杨雨说词

杨雨 著

YangYu
Shuo
Ci

宋　第三卷

上海教育出版社

目录

目录

宋

满庭芳（山抹微云）	秦观	3
鹊桥仙（纤云弄巧）	秦观	12
踏莎行（雾失楼台）	秦观	21
卜算子·送鲍浩然之浙东（水是眼波横）	王观	30
半死桐·鹧鸪天（重过阊门万事非）	贺铸	39
青玉案（凌波不过横塘路）	贺铸	47
兰陵王（柳阴直）	周邦彦	55
苏幕遮（燎沉香）	周邦彦	64
西河（佳丽地）	周邦彦	73
小重山（昨夜寒蛩不住鸣）	岳飞	82
如梦令（昨夜雨疏风骤）	李清照	91
点绛唇（蹴罢秋千）	李清照	100
醉花阴（薄雾浓雾愁永昼）	李清照	110
一剪梅（红藕香残玉簟秋）	李清照	121

声声慢（寻寻觅觅）	李清照	129
永遇乐（落日镕金）	李清照	138
渔家傲（天接云涛连晓雾）	李清照	147
武陵春（风住尘香花已尽）	李清照	156
如梦令（常记溪亭日暮）	李清照	165
相见欢（金陵城上西楼）	朱敦儒	173
卜算子（驿外断桥边）	陆游	180
钗头凤（红酥手）	陆游	188
诉衷情（当年万里觅封侯）	陆游	197
减字木兰花（独行独坐）	朱淑真	205
念奴娇（洞庭青草）	张孝祥	213
摸鱼儿（更能消几番风雨）	辛弃疾	222
青玉案（东风夜放花千树）	辛弃疾	231
西江月（明月别枝惊鹊）	辛弃疾	238
清平乐（茅檐低小）	辛弃疾	246
丑奴儿（少年不识愁滋味）	辛弃疾	255
破阵子（醉里挑灯看剑）	辛弃疾	263
南乡子（何处望神州）	辛弃疾	271
永遇乐（千古江山）	辛弃疾	279

宋

满庭芳

秦观

山抹微云,天连衰草,画角声断谯门。暂停征棹,聊共引离樽。多少蓬莱旧事,空回首、烟霭纷纷。斜阳外,寒鸦万点,流水绕孤村。　销魂。当此际,香囊暗解,罗带轻分。谩赢得青楼、薄幸名存。此去何时见也,襟袖上、空惹啼痕。伤情处,高城望断,灯火已黄昏。

秦观是北宋词坛最重要的词人之一,被认为是"有小晏之妍,其幽趣则过之"(刘熙载《艺概》),在词坛的地位更在晏几道之上,甚至还有人认为他是"宋一代词人之冠"(李调元《雨村词话》),历来被视为婉约之正宗。

秦观,字少游,一字太虚,别号淮海居士、邗沟居士,所以他又常常被称为秦少游、秦太虚、秦淮海。少游词最大的特点,就像李清照评价的那样,"专主情致",是抒情高手中的高手。我还想送给他一个绰号,那就是北宋词坛的"情歌王子"。这位情歌王子的代表作之一,就是这

首《满庭芳》：

山抹微云，天连衰草，画角声断谯门。暂停征棹，聊共引离樽。多少蓬莱旧事，空回首、烟霭纷纷。斜阳外，寒鸦万点，流水绕孤村。　销魂。当此际，香囊暗解，罗带轻分。谩赢得青楼、薄幸名存。此去何时见也，襟袖上、空惹啼痕。伤情处，高城望断，灯火已黄昏。

此词一出，立即传唱四方。秦观还由此得到了一个雅号，被他的老师苏轼戏称为"山抹微云秦学士"，秦观的大名也更加响亮。在详细解释这首词之前，我想先和大家分享两个和这首词有关的小故事，因为这两个小故事都无一例外地证明了，这首词在北宋词坛到底有多火爆！

秦观的女婿范温是史学家范祖禹的小儿子。有一次，他参加一个达官贵人在家举办的宴会。范温年纪轻，也没啥名气，在宴席上完全没有存在感。可是范温却是个有心人，他发现宴会上贵人的一个侍女最爱唱的流行歌曲都是秦观所写之词，尤其是那首"山抹微云，天连衰草"连着唱了好几遍，无疑是最受欢迎的歌曲。他心里暗暗得意：自己的岳父大人可是流行乐坛的大明星！

不过，范温很有修养，别人不问，他也不张扬，端着酒杯饶有兴致地欣赏歌女唱岳父的词，一遍接着一遍，很是陶醉。过了好一会儿，那个歌女看到范温很欣赏很享受的样子，才不经意地问了一句："不知这位先生尊姓大名？您也喜欢这首'山抹微云'词吗？"

范温这才逮着了好机会，他不慌不忙站起身来，高声回答道："我就是那'山抹微云'的女婿！"

话音刚落，举座哗然。不仅歌女连忙起立向他恭恭敬敬行大礼，宋

连在座的"贵人们"不约而同都站了起来:"原来先生就是秦学士的女婿!久仰久仰,失敬失敬。来,我们敬您一杯。"

范温也哈哈大笑,这顿酒席尽欢而散。

第二个小故事发生在杭州。有一次,在西湖边上,当地的官员们举行了一次盛大的聚会。在酒酣耳热之际,参加聚会的一位"公务员"随意地哼唱起了秦观的《满庭芳》:"山抹微云,天连衰草……"不过,大概是喝多了的原因,他不小心将接下来的一句"画角声断谯门"唱成了"画角声断斜阳"。他身边不远处一位名叫琴操的歌女听到了,连忙小声提醒:"大人,不是'画角声断斜阳',是'画角声断谯门'。"

这位"公务员"被人当众纠错,一时觉得很羞愧,下不来台。他斜着眼看了一眼琴操,装着醉意醺醺地说:"我知道是'谯门',我是故意唱成'斜阳'的。你既然熟悉这首词,那你能将接下来的歌词全部改成和'阳'字押韵的句子吗?"

琴操原本也是杭州数一数二的知名歌星,才华横溢,面对"公务员"的有意刁难,琴操并没有胆怯,而是抱起琵琶,轻启朱唇,随口就唱出了秦观的这首《满庭芳》,只不过所有韵脚都改成了和"阳"押韵的字:

山抹微云,天连衰草,画角声断斜阳。暂停征辔,聊共饮离觞。多少蓬莱旧侣,频回首,烟霭茫茫。孤村里,寒鸦万点,流水绕空墙。　魂伤,当此际,轻分罗带,暗解香囊。谩赢得青楼,薄幸名狂。此去何时见也?襟袖上空有余香。伤心处,高城望断,灯火已昏黄。

这首词只改动了几个押韵的字,与原词相比,意境和情感都没有大的变化。这样一来,不但"公务员"消了气儿,满座的宾客们都热烈

地鼓起掌来。由此可以看出来,琴操即席改韵的机智与才华,更可见秦观的词深入人心的程度。难怪前人说这首《满庭芳》在当时简直是"唱遍歌楼"啊!

那么,这首词凭什么能赢得这么高的人气呢?我觉得它至少有两大特点:第一,写冬日之景,如图如画,萧瑟空灵;第二,抒离别之情,如歌如泣,凄美动人。

"山抹微云,天连衰草,画角声断谯门。"词一开篇就仿佛是在我们眼前缓缓展开一幅水墨画卷:那是一个冬日的黄昏,远处的山峰上淡淡的云朵飘拂,好比是水墨画上轻轻涂抹的墨痕,枯黄的衰草仿佛一直延伸到天际。本来就是凄凉萧瑟的季节,怎经得住城外又传来了画角凄厉的声音。

画角是一种古代军中吹奏乐器,声音哀厉高亢,军队里面经常用来振作士气或者以警昏晓。日落时分,城门外照例吹响了号角声,越发增添了词人天涯漂泊的凄凉之感。谯门是城门楼,古时候是用来瞭望敌情的。在这里,谯门其实只是一个地点的暗示:到了城门边上,离别的时刻就在眼前了。

于是,如画的风景就此转入了凄恻的离情。"暂停征棹,聊共引离樽。"白天喧嚣的渡口早已沉寂下来,词人暂时停下船,喝着苦涩的送行酒。"聊共引离樽",请你尤其注意一下这个"引"字,不是"饮酒"的饮,而是引起的"引",也就是连续不断地喝酒。"共引",词人将要远行,送行的人和他一起对饮,一杯接一杯……"聊共引离樽",不是说他的酒量有多大,而是借酒消愁的他们感情有多深——实在是舍不得分开。

那么,究竟是什么人,才会让词人如此难分难舍呢?

宋

当然应该是他的恋人。这首词是写在元丰二年（1079），秦观客游会稽（今浙江省绍兴市）的时候，三十一岁的秦观此刻正处于极度失意之中。因为就在前一年，也就是元丰元年（1078）夏天，秦观入京参加科举考试，途中到徐州拜谒苏轼，写下了"我独不愿万户侯，惟愿一识苏徐州"的句子，苏轼也写和诗回赠，由此开启了他这一生与苏轼共荣共衰的师生情谊。可是，当年的秋天，秦观秋试不中，退居高邮，对才华横溢饱读诗书的秦观而言，这无疑是一次沉重的打击。

第二年夏天，秦观来到会稽做客。科场失意的秦观没有料到，在他客居会稽的短暂时光中，竟能邂逅一段美丽的恋情。这段恋情，温暖了他孤独失落的内心。"多少蓬莱旧事，空回首、烟霭纷纷。"在绍兴期间，秦观馆于蓬莱阁中，"蓬莱旧事"暗指他和一名歌女的缠绵爱情。我们无法知道他们的爱情世界当中到底发生过哪些难忘的故事，但我们可以知道的是，会稽毕竟不是秦观的久留之地。当年岁暮，他就不得不离开会稽，继续为生活和前途而奔波，他只能压抑着内心强烈的眷恋之情，与善解人意的恋人依依话别。

在离别的人眼里，一切景物都会染上伤感的色彩，"斜阳外，寒鸦万点，流水绕孤村。"这几句是整首词中写景最出色的地方。虽然这三句是化用了隋炀帝的诗句："寒鸦千万点，流水绕孤村。"但经过秦观的妙笔，尤其是通过参差不齐的长短句形式，让斜阳、寒鸦、流水、孤村这几个意象，产生了奇妙的"化合作用"，勾勒出一幅凄美的远景图画。甚至还有人这么说："斜阳外，寒鸦万点，流水绕孤村"，即便是不识字的文盲，一听也知道，这是天生的"好言语"。

恋人盈盈如秋水的眼神盛满了忧郁与眷恋，秦观不忍离去，不愿

离去,更不舍得离去,他暂时停下前行的脚步,与恋人再共饮几杯离别的淡酒。两情缱绻的往事,此刻却只能依稀在烟雾迷蒙的记忆中若隐若现。眼前的落日、寒鸦和缠绕孤村的流水,仿佛在静静诉说着令人黯然销魂的离情……

换头两个字"销魂",将情绪直接推向了最高潮。南朝江淹的《别赋》说:"黯然销魂者,唯别而已矣。"这是离别最痛苦的情绪了。"销魂。当此际,香囊暗解,罗带轻分。谩赢得青楼、薄幸名存。"香囊、罗带都是贴身佩戴的东西,这里其实是指恋人的定情之物。恋人轻轻解下系在腰带上的香囊,作为爱情的纪念。虽然难舍难分,可是游子终将离去,徒然留下青楼薄幸的名声,又有谁知道游子内心的凄楚呢?

"青楼薄幸"化用的是唐代诗人杜牧的诗句:"十年一觉扬州梦,赢得青楼薄幸名。"在别人看来,他们的相爱可能只是浪荡公子与青楼歌女的露水姻缘,可是又有谁知道,他们其实早已倾心相许,并不是逢场作戏呢?

"此去何时见也,襟袖上、空惹啼痕。伤情处,高城望断,灯火已黄昏。"此地一别,不知何时再能重逢,衣袖上仿佛还残留着泪痕,而小船载着游子渐渐远去,伤心回首时,高城渐渐消逝在泪眼模糊中。万家灯火点亮了昏黄的暮色,却点不亮游子心头的黯然神伤。

离别的伤感、深情的留恋、功名的失意、对前途的茫然、对天涯漂泊的厌倦,种种情绪交织在一起,催生了秦观这首经典名作《满庭芳》。一首词,仿佛是一幅凄美的画面,又仿佛是一段凄美又无法言传的爱情故事,如泣如诉,如梦如幻,在"情歌王子"秦观的笔下缓缓流淌,千回百转却又丝丝入扣。

宋

也许正是因为秦观最擅长写爱情词,能够将细腻的感情写得凄婉动人,"秦观"这个名字几乎就成了痴情的代名词。一直到清代曹雪芹写《红楼梦》的时候,还安插了这样一个重要情节,贾宝玉在秦可卿的卧室里午睡,秦可卿的房间自然是温馨雅致的,墙上还贴着宋学士秦太虚秦观的一副对联:"嫩寒锁梦因春冷,芳气笼人是酒香。"宝玉睡着了以后,做了一个梦,梦见秦可卿带着他游历了太虚幻境,"太虚"就是秦观的字。在太虚幻境中,宝玉窥见了贾府那些女孩子们未来的命运。曹雪芹还借贾雨村之口,说秦观是富有天地灵秀之气的"情痴情种",秦观简直成了文学史上浪漫与痴情兼具的一个文化符号。

正是因为秦观身上这种情痴情种的独特气质,自古以来更让女性读者为之痴迷疯狂。在北宋时期,被"情歌王子"的温暖情歌迷住的女孩子可以说是多如牛毛。据前人记载:"甚而远方女子,读《淮海词》,亦解脍炙,继之以死,非针石芥珀之投,易由至是?"(沈际飞《草堂诗余四集序》)一首《淮海词》,让女读者反应如此之激动。

秦观的作品具有强大的魔力,仿佛是磁石一般深深吸引着女性读者,让她们油然而生深刻的情感共鸣,甚至还有女子不过是因为读到了他的词便深深爱上他,连面都没见过便不惜为他"继之以死",那种痴迷的程度,可远远超过了如今的追星族的疯狂!也难怪秦少游在后代的文学作品中俨然成了多情才子的"形象代言人",比如元代就有《王妙妙死哭秦少游》的杂剧。最有意思的是明代人还虚构出《苏小妹三难新郎》的小说,硬是编出个莫须有的故事来,说苏轼将自己的才女妹妹嫁给了秦少游,成就了一段文坛佳话……这样几次三番"以讹

传讹",多情才子和美貌才女的美满姻缘满足了人们对爱情理想的追求,竟至于假戏真做,很多人将"故事"当成了"历史",以为历史上真有个苏小妹嫁给秦少游的浪漫故事了。其实啊,苏轼根本就没有妹妹,当然更不可能将妹妹嫁给秦观了。但问题在于,苏轼有那么多得意门生和好朋友:苏门四学士、苏门六君子……为啥别人就不瞎编苏小妹嫁晁补之、嫁张耒、嫁黄庭坚、嫁陈师道,偏偏只嫁秦少游呢?那还不是因为只有秦少游才是人们心目中多情才子,说明只有这样才能满足人们的良好愿望:才貌双全的妙龄佳人,只有嫁了秦少游这样的多情才子,才真正算得上美满良缘,完美人生。

山抹微云,天连衰草,画角声断谯门。暂停征棹,聊共引离樽。多少蓬莱旧事,空回首、烟霭纷纷。斜阳外,寒鸦万点,流水绕孤村。　销魂。当此际,香囊暗解,罗带轻分。谩赢得青楼、薄幸名存。此去何时见也,襟袖上、空惹啼痕。伤情处,高城望断,灯火已黄昏。

这首《满庭芳》虽然是写于会稽,但即便是在交通、通讯都远不如现在发达的宋代,这首词还是迅速地传遍各地。连秦观最敬爱的老师苏轼苏老师,也尤其偏爱得意弟子的这首代表作,就像明代文学家李攀龙评价的那样:"回首处斜阳远眺,情何殷也! 伤情处黄昏独坐,情难遣矣!""少游叙旧事有寒鸦流水之语,已令人赏目赏心。至下襟袖啼痕,只为秦楼薄幸,情思迫切。坡公最爱此词。"坡公就是苏轼了。

【拓展阅读】

黄昇《花庵词选》:

秦少游自会稽入京,见东坡,坡曰:"久别当作文甚胜,都下盛唱公宋

'山抹微云'之词。"秦逊谢。坡遽曰:"不意别后,公却学柳七作词。"秦答曰:"某虽无识,亦不至是,先生之言,无乃过乎!"坡云:"'销魂当此际',非柳词句法乎?"秦惭服,然已流传,不复可改矣。

叶梦得《避暑录话》:

苏子瞻于四学士中,最善少游,故他文未尝不极口称赞,岂特乐府?然犹以气格为病,故尝戏云:"山抹微云秦学士,露花倒影柳屯田。"

鹊桥仙

秦观

纤云弄巧,飞星传恨,银汉迢迢暗度。金风玉露一相逢,便胜却人间无数。　　柔情似水,佳期如梦,忍顾鹊桥归路。两情若是久长时,又岂在朝朝暮暮。

在北宋词坛上,有两大男神是许多少女心里的"偶像",一位是出身相门的贵族公子晏几道,另一位就是秦观了。不过,这两位男神的气质、个性差别还是蛮大的,晏几道性格清高孤傲,我觉得他是属于"高冷男神"那一类,可远观却难以亲近;而秦观似乎更偏向于"暖男"那一款,至少从他写的词来看,他就是一个阳光暖男。所谓"暖",主要是指情感上的温暖、心理上的懂得、言行上的体贴。我想这样的暖男是绝大多数女性梦寐以求的理想伴侣吧?而最能体现秦观暖男气质的词,当然就是这首家喻户晓的名作《鹊桥仙》了。

纤云弄巧,飞星传恨,银汉迢迢暗度。金风玉露一相逢,便胜却人

宋

间无数。　柔情似水,佳期如梦,忍顾鹊桥归路。两情若是久长时,又岂在朝朝暮暮。

这是一首吟咏七夕的词,自古以来吟咏七夕的诗词非常之多,但是没有哪一首的名气能比得上秦观的这首《鹊桥仙》。我们在讲解诗词的时候,往往都会重点强调一下这首诗词的经典名句。可是秦观的《鹊桥仙》,几乎每一句都是脍炙人口的经典名句。无论是"金风玉露一相逢,便胜却人间无数",还是"柔情似水,佳期如梦",又或是"两情若是久长时,又岂在朝朝暮暮",应该都是你耳熟能详的句子吧?

我一直认为这首《鹊桥仙》是一首很温暖的词,它反映的就是典型的秦观式的浪漫和温暖。直到今天,"两情若是久长时,又岂在朝朝暮暮"还是安慰异地恋人最温暖的句子,也是支撑异地恋人熬过辛苦的两地相思、最终长相厮守的精神力量。只要两个人深爱对方,只要两个人的心始终在一起,那么暂时的分离是可以忍受的,因为爱情的巨大力量可以征服异地相思的孤独和痛苦。

那么,这首《鹊桥仙》描写的真的是一个关于异地恋的故事吗?

答案当然是肯定的。这段异地恋情的男女主角分别是谁呢?答案也显而易见。因为这一对男女主角每一个中国人都很熟悉,他们的名字是牛郎和织女。

其实,牛郎和织女本来是指天上的牵牛星和织女星,牵牛织女两星隔着银河相对,这本来只是自然的天象,可是浪漫的中国人偏偏为他们编织了一个浪漫的神话故事,宗懔《荆楚岁时记》中记载:织女本来是天帝的孙女,她心灵手巧,特别擅长纺织,长年织造云锦,任劳任怨,忙得连梳妆打扮都顾不上。天帝可怜她的孤独,就把她许配给了

河西的牵牛郎。可是自从织女嫁给牛郎之后,就再也不织云锦了。天帝很生气,后果很严重,于是天帝责令两人分离,命令织女又回到河东,每年只准于七月七日这天晚上在天河上相会一次,俗称"七夕"。

牛郎织女相会的场面真是很壮观,喜鹊都来为他们搭桥,被称为"鹊桥"。因为织女擅长纺织,所以七夕又被称为乞巧节,这一天就成了女性的专属节日。我们现在的女性过三八妇女节,古代的女性过的是七七乞巧节。女性在这一天要结彩楼,叫作"乞巧楼",穿七孔针,在庭院里陈列各种瓜果,祭拜织女,希望能够学到织女那样的好手艺,像织女一样心灵手巧,这是所谓的"乞巧"了。乞巧的时候,她们还会在盒子里放上小蜘蛛,第二天早上再去看,如果蜘蛛在瓜果上结的网又圆又正,那就说明乞巧成功了。

在文学上,最早将牵牛星和织女星"拉郎配",拉到一起成为爱人的诗歌应该是《古诗十九首》里的《迢迢牵牛星》了:"迢迢牵牛星,皎皎河汉女。纤纤擢素手,札札弄机杼。终日不成章,泣涕零如雨。河汉清且浅,相去复几许。盈盈一水间,脉脉不得语。"

自从这首《迢迢牵牛星》开始,诗词当中吟咏七夕的主题几乎就凝固成了离情别恨。虽然七夕应该是牛郎织女一年一度相会的日子,可是人们往往将心比心地想象:一年才能见一次面,365天,有364天在孤独中等待、在痛苦中相思,那364天该有多难熬啊,和364天漫长的等待相比,一夜的欢聚又是多么的短暂啊!正因为别长聚短,所以绝大多数吟咏七夕的词重点都落在了对牛郎织女的同情上,又由对牛郎织女的同情转而变成同情人间的痴男怨女。例如欧阳修《渔家傲》咏七夕词云:"别恨长长欢计短,疏钟促漏真堪怨。"晏几道《蝶恋花》也宋

说:"路隔银河犹可借,世间离恨何年罢。"

不过,和大多数诗人词人不同的是,秦观这样兼具浪漫和多情的超级暖男,一定会为牛郎织女安排一个更温暖、更值得期待的命运。那么,在秦观的笔下,牛郎织女的爱情命运又会呈现出怎样与众不同的温暖呢?

《鹊桥仙》就是最好的答案,我用三个"最"来概括这个答案:最浪漫的相逢、最温柔的相守、最美丽的相思。《鹊桥仙》就是按照这三个"最"来安排它的逻辑思路的。

首先是最浪漫的相逢。

"纤云弄巧,飞星传恨,银汉迢迢暗度。"首先登场的女一号当然是织女了。纤细的云丝被织女的一双巧手织成了最巧妙的花样,首句"纤云弄巧"就点明了乞巧节的主旨。"飞星传恨"这一句又烘托出了女一号亮相的盛大场面,飞星就是流星,流星划过夜空,飞越银河,好像就是织女派出的信使,为牛郎织女传递着刻骨的离愁别恨。"银汉迢迢暗度"。银汉即银河,"银汉迢迢暗度",这个"暗"字真是传神。既然牛郎织女七夕相会,是天帝下了旨意表示许可的,为什么他们还要"暗度"呢?

这就是秦观心思细腻的地方了。不知道大家有没有观察过天象,即便没有仔细观察过也不要紧,我们大概都有这样的天文常识:现实当中分隔银河两端的牵牛星和织女星,在七月七日这一天,真能跨越银河,踏着鹊桥,去奔赴他们一年一度的约会吗?

当然不能。

按现在的科学理论来看,牛郎、织女两星每年相会一次是完全不可能的。

　　神话毕竟是神话，神话不能代替现实。杜甫的《牵牛织女》诗就非常客观："牵牛出河西，织女处其东。万古永相望，七夕谁见同？"谁说牵牛织女一年能相会一次呢？明明他们只能永远相隔两处，谁亲眼见过他们七夕相会了？谁也没见过，不是吗！反正我是没有见过的。

　　是的，正因为从来没有人真正见过牵牛星和织女星的相会，那么神话中的牛郎织女七夕相会就只能保存在人们善意的想象当中了。因此，秦观别出心裁地安排了一个"暗"字，"银汉迢迢暗度"——尽管我们谁也看不到他们的相聚，但人家神仙夫妻的相聚当然是要悄悄地，怎么能让你们这些凡夫俗子随便围观呢？！

　　"纤云弄巧，飞星传恨，银汉迢迢暗度。"七夕的夜空，果然是非比寻常的美丽，但我们只能看到美丽的风景，却看不到真正的男女主角，我们只能根据浪漫的风景去想象牛郎织女相会的旖旎浪漫。

　　文学作品最大的好处之一，就是想象总是远比现实更浪漫。"金风玉露一相逢，便胜却人间无数。"金风就是秋风，古人认为西方为秋而主金，所以秋风又称金风；玉露则是晶莹的露珠。唐代李商隐写过一首《辛未七夕》诗："由来碧落银河畔，可要金风玉露时。"七月七日正是孟秋时节，金风送爽，玉露呈祥，在最美的季节和最美的你相会，这就是最浪漫的爱情吧。

　　这是牛郎织女的专属节日，也是专属于牛郎织女的爱情："金风玉露一相逢，便胜却人间无数。"

　　在很多人看来，牛郎织女聚少离多，因此人们总是对他们的爱情悲剧寄予深切的同情，认为他们虽然是神仙，可是与其像他们那样长宋

期分离,还不如像人间的普通夫妻那样朝夕相处。秦观却偏偏和别人的想法不一样,他认为:即使牛郎织女的相逢是短暂的,但只要他们之间的感情是纯真美好的,那种短暂相逢呈现出的极致的美,就远远胜过人间无数美丽的风景。

男欢女爱的故事天天都在发生,没有什么可稀奇的,可是在彼此深爱的人心中,他们的爱情美得独一无二,因为他们爱的那个人是这个世间独一无二的,是不可复制的。芸芸众生,茫茫人海,"我"深爱的只有那一个人。

德国哲学家黑格尔曾经说过:"在浪漫型的爱情里,关键正在于这个男子就只爱这个女子,而且这个女子也就只爱这个男子……每一个男子或女子都觉得他或她所爱的那个对象是世界上最美,最高尚,找不到第二个的人,尽管在旁人看来只是很平凡的。"(《美学》)中国人说的"情人眼里出西施"也是这个意思。这正是秦观在这首《鹊桥仙》里表达的爱情态度:爱情美在独一无二。只要"金风玉露一相逢",即使"人间"还有"无数"的男欢女爱,也比不过此时此地的两情相悦了。

纤云弄巧,飞星传恨,银汉迢迢暗度。金风玉露一相逢,便胜却人间无数。

上片重点在写牛郎织女最浪漫的相逢,下片换头就转入了最温柔的相守。"柔情似水,佳期如梦,忍顾鹊桥归路。"即使只有一夜的相拥,也要留下你最柔美的模样。尽管相会的美好时刻如同做了一场梦一样短暂,甚至再次离别时都不忍心回顾乌鹊临时搭建的那座桥梁,可是柔情不会随着离别而消逝,牛郎织女的爱情如同流水般源源不断,没有尽头。

正因为相聚太温柔,离别才显得更加残酷:"忍顾鹊桥归路",一个"忍"字其实表达的是一种反问的语气:你怎么忍心回头去看归去时踏过的鹊桥呢!我们平时形容离别时的依依不舍,总是喜欢说"一步三回头",然而不忍回头才是更深的痛吧!

甚至还有传说,每年的七月七日,喜鹊的头忽然都无缘无故被剃光了似的,这就是因为它们要搭建桥梁引渡织女的原因啊。

柔情似水,佳期如梦,忍顾鹊桥归路。两情若是久长时,又岂在朝朝暮暮。

如果说上阕"金风玉露一相逢,便胜却人间无数"表达的是秦观的一个爱情态度:爱情美在独一无二。那么下阕"两情若是久长时,又岂在朝朝暮暮"就是秦观隆重推出的第二个爱情态度了:爱情美在天长地久。

也许,再美的爱情到最后都只有一种结局——分离,但无论是生离,还是死别,真正的爱情可以超越肉体的耳鬓厮磨,在精神的彼此吸引和信赖上达到天长地久的永恒:"两情若是久长时,又岂在朝朝暮暮。"这两句正是秦观比其他写七夕的诗人更高明的地方:他完全跳出了时空的局限,将爱情升华为超越时空的精神之爱。

仅仅停留在朝欢暮爱的生理激情,是一定会随着时间的流逝或空间的阻隔而褪色、消逝的,只有以精神为底色的爱情,才有可能天长地久。

难怪前人在读到秦观的《鹊桥仙》的时候,会为他拍案叫绝:"相逢胜人间,会心之语。两情不在朝暮,破格之谈。七夕歌以双星会少别多为恨,独少游此词谓'两情若是久长时,又岂在朝朝暮暮'二句,最

宋

能醒人心目。"(明代李攀龙《草堂诗余隽》卷三眉批),真可以说是化臭腐为神奇的笔法了。

当然,秦观的"化臭腐为神奇"并不是只停留在填词的技巧上面,而重在他要表达的两大爱情态度:爱情美在独一无二,爱情美在地久天长。

"两情若是久长时,又岂在朝朝暮暮。"经得起天荒地老的考验,才不负你我苦苦的相思与相守。因为爱情的永恒,才会让原本痛苦的相思都染上了温柔的色彩。

"金风玉露一相逢,便胜却人间无数。"这是最浪漫的相逢。

"柔情似水,佳期如梦。"这是最温柔的相守。

"两情若是久长时,又岂在朝朝暮暮。"这是最美丽的相思。

我们已经很难知道秦观的这首《鹊桥仙》对应的是他生命中的哪一段爱情,但我们每一个人,都能从秦观的温暖词句里,读到我们每一个人对于爱情的向往。

纤云弄巧,飞星传恨,银汉迢迢暗度。金风玉露一相逢,便胜却人间无数。　柔情似水,佳期如梦,忍顾鹊桥归路。两情若是久长时,又岂在朝朝暮暮。

"金风玉露一相逢,便胜却人间无数。"爱情美在独一无二。真正的爱情,与身份无关,与名分无关,只因为你是我的唯一,天下美景无数,却只有你是我眼中的最美。

"两情若是久长时,又岂在朝朝暮暮。"爱情美在天长地久。朝朝暮暮卿卿我我固然是所有相爱的人的期盼,但如果只停留在男欢女爱的身体欲望,那这样的爱情注定无法长久。只有灵魂的相爱,才能经

得住时空的考验,提炼出永恒的爱情。

【拓展阅读】

陈廷焯《白雨斋词话》:

子瞻辞胜乎情,耆卿情胜乎辞,辞情相称者,惟少游而已。(蔡伯世语)

宋

踏莎行
秦观

雾失楼台,月迷津渡,桃源望断无寻处。可堪孤馆闭春寒,杜鹃声里斜阳暮。　　驿寄梅花,鱼传尺素,砌成此恨无重数。郴江幸自绕郴山,为谁流下潇湘去。

秦观,这位流行歌坛有名的"阳光暖男",曾经写过"两情若是久长时,又岂在朝朝暮暮"这样动人心弦的爱情,也写过"斜阳外,寒鸦万点,流水绕孤村"这样优美的风景。也许你和我一样,我们都特别希望,秦观在爱情里一直就是温暖的模样,那样才更符合我们对多情才子形象的期待。可是,事实上,对于秦观的一生来说,人生不如意事常八九,这首《踏莎行》就是秦观写于人生从得意到失意的跌落时期。王国维甚至说,秦少游的词境最为"凄婉",可到《踏莎行》一词却变而为"凄厉"矣。一个人的情感为何会从凄婉变为凄厉,这种变化又是如何发生的呢?还是让我们先从词作开始读起吧。

雾失楼台,月迷津渡,桃源望断无寻处。可堪孤馆闭春寒,杜鹃声里斜阳暮。　　驿寄梅花,鱼传尺素,砌成此恨无重数。郴江幸自绕郴山,为谁流下潇湘去。

这首《踏莎行》是在湖南郴州的一家旅馆里创作完成的,所以有的版本在《踏莎行》的词调名之后还附加了一个词题"郴州旅舍"。我曾为此专门到过郴州,去实地踏访了郴州市区苏仙岭上的一处著名人文名胜:三绝碑。

在中国,叫作"三绝碑"的名胜古迹并不止郴州这一处,可是如果在百度里输入"三绝碑"这个关键词的话,搜索结果的第一条内容就是有关于秦观的郴州三绝碑。这个三绝碑是哪三绝呢?

第一绝就是秦观在郴州写的这首词《踏莎行》;第二绝是他的老师苏轼苏老师为这首词题写的跋;第三绝是宋代著名书法家米芾的书法。米芾将秦观的词和苏轼的跋都写了下来,就刻在苏仙岭白鹿洞的石壁上。三绝碑旁边还有秦观斜倚在石凳上的铜像,面容清瘦,目光幽怨,非常符合秦观来到郴州之后的心境和处境。

秦观是江苏扬州高邮人,他怎么会来到当时还是蛮荒偏僻之地的湖南郴州呢?他的老师苏轼为什么对这首《踏莎行》尤其情有独钟,要专门为它写下跋文呢?跋文的内容到底是什么呢?

我们还是先来看这首词的创作时间吧。

北宋元祐八年(1093)九月,宋哲宗亲政,开始重新任用新党之人,以苏轼为代表的"元祐党人"相继被贬出京城,苏轼在一个月内连续三次降官,被贬到广东的惠州。作为苏轼的得意门生,秦观先是出为杭州通判,又道贬处州,再贬徙到湖南的郴州。这次贬谪可以说是彻底

宋

改变秦观命运的一次转折点:他被削去了所有的官爵和俸禄,心里的悲苦凄凉是可想而知的。

"雾失楼台,月迷津渡,桃源望断无寻处。"词起首就营造了一派凄迷怅惘的意境:在浓厚的烟雾笼罩下,楼台被隐没在雾气中。津渡,本来是指渡口,但联系后一句的"桃源望断无寻处",那么,这里的津渡应该并不是实指,而是指通向桃花源的渡口。陶渊明笔下的"桃花源"本来只是一个虚构的意象,不过很多人认为其原型就是现在湖南常德的桃花源。秦观既然被贬到湖南,联想到常德的桃花源也是情理当中的事。

既然"津渡"是虚景,那么"楼台"也未必是实景了。"楼台"应该是高耸挺拔、华贵富丽的地方。在这里,"楼台"和"津渡"很可能被赋予了各自不同的象征意义:楼台象征入世的庙堂,津渡则象征出世的桃花源,实际上是在朝和在野的区别。

在遭遇了接二连三的贬谪之后,秦观想在庙堂上大显身手的雄心壮志已经被打击得七零八落了。当他济世之心受挫,转而企图像陶渊明那样寻觅一方桃源净土的时候,通向桃源的渡口在朦胧迷离的月光下也看不到了。哪里才是宁静的、没有争斗的桃花源呢?词人真是前进无门,后退无路,进退两难了。

"可堪孤馆闭春寒,杜鹃声里斜阳暮。"紧接着的两句就从内心的"虚景"转向了眼前的实景。"孤馆"应是词人当时暂且栖身的郴州小旅舍。

今天的郴州当然是城市繁华,人口兴旺;可是当年的郴州,在初来乍到、孤苦伶仃的秦观眼中,却是荒无人烟,凄凉冷僻之地。看看他这

两首《题郴阳道中一古寺壁二绝》就可知一二:

哀歌巫女隔祠丛,饥鼠相追坏壁中。北客念家浑不睡,荒山一夜两吹风。

门掩荒寒僧未归,萧萧庭菊两三枝。行人到此无肠断,问尔黄花知不知。

饥饿的老鼠在破败的墙壁中窜来窜去,隔壁祠堂传来巫女的哀哀歌吟,暂时寄居荒凉古寺的词人,独自在寒风中瑟瑟发抖。寺庙里的僧人还没回来,陪伴词人的只有后园中残败的两三朵菊花。风雨交加的荒山野岭,这种荒凉的处境让他这个"北客"怎能不肝肠寸断、夜夜无眠,念念不忘自己的家乡呢?

"行人到此无肠断",秦观,就是那个悲伤断肠的"行人"。

在这个小旅舍中,秦观同样感受到了断肠的痛苦。"可堪孤馆闭春寒","孤馆"既是指小旅馆的偏僻,也是指词人内心的荒凉。秦观刚到郴州的时候,大约是在绍圣四年(1097)的早春,因此他说"春寒",早春的寒意还没有完全消退。铺天盖地的孤独和寒冷包围了词人,仿佛将词人闭锁在其中,让他觉得逃无可逃、不堪忍受。

此时,黄昏中传来的杜鹃鸣叫声又为词人的伤口上再添了一把盐:"杜鹃声里斜阳暮。"

杜鹃,在中国的古典诗词里本来就是一个很悲情的意象,李商隐的《锦瑟》诗就有"望帝春心托杜鹃"的句子。传说古代蜀国的君主名叫杜宇,又号望帝。望帝后来禅位退隐,不幸看到国家灭亡,又被迫与自己所爱的女人分离,最后在痛苦和寂寞中郁郁死去。杜宇的灵魂化作一只杜鹃鸟飞回蜀都,日夜哀鸣,声音凄厉幽怨,直到它的口中流宋

血,滴血染红了漫山遍野的花朵,于是此花得名杜鹃花。

"杜鹃声里斜阳暮。"杜鹃凄厉的鸣叫声其实就是秦观自己的凄凉断肠音,所以王国维读到"可堪孤馆闭春寒,杜鹃声里斜阳暮"两句时,才会说少游词境至此一变"凄婉"而为"凄厉"也。

在如此艰难的生活和悲凉的心境中,词人也不是完全没有心灵的安慰。下片"驿寄梅花,鱼传尺素"应该就是秦观在贬谪途中得到过的安慰。这两句词都是与书信相关的两个典故,说明词人收到了远方的来信。

第一个典故,南朝的时候陆凯曾经从江南折了一枝梅花,寄给他远在长安的好朋友范晔,并附赠了一首诗:"折梅逢驿使,寄与陇头人。江南无所有,聊赠一枝春。"于是后人就用折梅来代表传递感情的书信了。

第二个典故,"鱼传尺素"则是来自一首古乐府诗《饮马长城窟行》:"客从远方来,遗我双鲤鱼。呼儿烹鲤鱼,中有尺素书。"尺素,是指写在绢帛上的书信,长度往往在一尺左右。古人将书信置于鲤鱼形状的信匣子里捎给远方的友人或者爱人,以寄托相思之情。因此,鲤鱼、尺素在古典诗词中都具备了"信使"的寄托意义。

这两个典故都是写书信所包含的珍贵情谊和精神慰藉。可是在灰心到极点的秦观看来,来自远方的书信和礼物,更让他触景伤情,倍增相思的痛苦。"砌成此恨无重数",一个"砌"字,就是极言这种痛苦的深度与强度。

你肯定看到过砌房子吧?以前砌房子是将砖石一层一层叠加垒上去的过程。可是词人却说他的"恨"也是像砌房子一样,一层又一

层,层层叠叠,到底砌了多少层他已经数不清了,只知道满腔悲愤就好像砌成了一堵越来越高、越来越厚的围墙,他已经没办法将它推倒冲出去了。在绝望中,词人忍不住发出最后的哀叹:"郴江幸自绕郴山,为谁流下潇湘去。"

最后这两句就是所有悲情的集中爆发了。郴江和郴山都是郴州的山和河流;潇湘,则是湖南境内潇水和湘水两条河流的并称,这两条水系在今天湖南的永州汇合。"幸自"是本来的意思。这两句词,字面上的意思很好理解:郴江本来是好好地围绕着郴山转的呀,却为何要离开郴山,流到潇湘去呢?

可是,越是字面上看上去很简单的句子,越是容易被人弄出很多复杂的解释来。

有人认为秦观是因为元祐党争受到牵连被贬到郴州,看到郴江与郴山本来是想厮守在一起的,却身不由己地要离开,这使他联想到了自身的遭遇:他本来是想和苏轼那一群志同道合的朋友一起为朝廷做一番事业,施展自己的才华和抱负,最终却被卷入政治漩涡,不得不远离他们,孤零零地流浪到异地他乡。

有人则认为,秦观是在发挥自己的想象:连郴江都耐不住郴山的寂寞,而选择了离开,流到远方去了,可是自己不是自由之身,没办法决定自己的去留,只能孤独地守在这个荒无人烟的地方继续受苦。

不过也还有另外一个理解的版本,我想着重介绍一下。有人说,"秦少游发郴州,反顾有所属"(周煇《清波杂志》),于是才写了这首《踏莎行》。"反顾有所属",当然是说秦观心中有所属意的人,这位让秦观梦萦魂牵的女子到底是谁,秦观没有明说。但是在洪迈的《夷坚宋

志补》中,记录了这么一位痴情的女子,或许正是秦观此刻的"所属"。

故事发生在秦观从处州往郴州的途中。秦观路经长沙时无意中遇见一个他的"女粉丝",这位歌女平素最喜欢吟唱秦观写的词,而且只愿意唱秦观的词,甚至平生所愿,只要能做秦观的小妾或者是丫鬟就死而无憾了。秦观被长沙歌女的痴情与多情深深打动,可是此时的他毕竟还是戴罪之身,他无法与女子长相厮守,他必须离开,继续前往贬谪地——郴州。

没想到,秦观走后,长沙歌女竟然从此闭门谢客,连官府的召唤都再三推辞,守身如玉,痴痴等待着秦观被赦免的那一天。

秦观来到郴州之后让他仍然梦萦魂牵的那个人是否就是这位长沙歌女,秦观没有明说,我们当然也不好瞎猜。不过词中"桃源望断无寻处"一句,虽然让人很容易马上联想到陶渊明笔下的桃花源,但是在中国古典文学里,桃源还有另外一层含义。这个典故出自南朝宋刘义庆的小说《幽明录》,讲的是刘晨、阮肇在桃源遇到仙女并且还发生了一段浪漫爱情的故事,于是"桃源""桃源洞""桃花洞""桃源遇仙"成了诗词中频繁化用的典故,用来比喻邂逅传奇爱情婚姻的经历或者浪漫的约会地点。例如周邦彦就写下过这样旖旎的词句:"昨夜里,又再宿桃源,醉邀仙侣。"(《芳草渡·别恨》)引用的就是刘晨、阮肇桃源遇仙的典故。

因此,在中国古典诗词中,"桃源"意象拥有了两个特殊的象征意义,一个是陶渊明《桃花源记》奠定的隐士传统;另一个则是刘、阮天台山桃源遇仙奠定的爱情传统。

"郴江幸自绕郴山,为谁流下潇湘去",又何尝不是恋人之间的决

绝语?恋人寄来的彩笺,既传递着绵绵的相思,也捎来了她痴痴地怨恨:我本来是和你相依相偎在一起的,可现在你又因为谁要舍我而去,独自流下遥远的潇湘呢?

这样看来,谪居之恨和相思之怨都挺合乎逻辑的。那么,到底哪一种解读才更接近《踏莎行》的原意呢?

关于这个问题的标准答案,我想只有秦观一个人可以回答,但是我们没办法去问他了。

顺便补充说明一下,秦观后来又被贬到雷州。直到元符三年(1100),哲宗驾崩,宋徽宗即位,秦观被赦北归。一天下午,一直在痴痴等待秦观的长沙歌女忽然从噩梦中惊醒,不祥的预感顿时让她坐立不安,于是她连忙派人往南去打听消息,果然——秦观已于元符三年(1100)八月十二日殁于藤州(今广西藤县)。得知此噩耗以后,女子换上丧服,日夜兼程几百里,终于赶上了秦观的灵柩,她抚摸着秦观的棺木,绕棺三周,大哭一声,气绝而亡,这位痴情的女子终究与秦观永远相守于地下了……

"郴江幸自绕郴山,为谁流下潇湘去",这样的句子,无论是理解为缠绵的爱情意识,还是理解为无奈的身世感怀,在它呈现出来的凄怆美、悲情美这一点上其实都是共通的。也难怪,连秦观的老师苏轼也对这两句词尤其钟爱。甚至在秦观去世之后,苏轼还将秦观这首《踏莎行》的最后两句:"郴江幸自绕郴山,为谁流下潇湘去"写在自己的扇子上,还题了一句跋:"少游已矣,虽万人何赎。"

少游已经永远地离开了,即使再有千千万万的人,又有谁能替代得了他呢?

宋

雾失楼台,月迷津渡,桃源望断无寻处。可堪孤馆闭春寒,杜鹃声里斜阳暮。　　驿寄梅花,鱼传尺素,砌成此恨无重数。郴江幸自绕郴山,为谁流下潇湘去。

如果要把秦观和他的老师苏轼相比较的话,那么,苏轼是以一种超然世外的态度来化解悲情,秦观则是以一种一往而深的入世态度来承受悲情,他的词就比苏轼来得更为凄婉甚至是凄厉。

如果说苏轼是词中之仙,那么秦观就是地道的"词人",将剪不断理还乱的爱恨情愁撒满人间烟火。

"词仙"我们只能仰望,人间烟火却天天都在我们身边。

【拓展阅读】

冯煦《宋六十一家词选例言》:

少游以绝尘之才,早与胜流,不可一世;而一谪南荒,遽丧灵宝。故所为词,寄慨身世,闲雅有情思,酒边花下,一往而深;而怨悱不乱,悄乎得《小雅》之遗。后主而后,一人而已。

卜算子·送鲍浩然之浙东
王观

水是眼波横,山是眉峰聚。欲问行人去那边?眉眼盈盈处。　才始送春归,又送君归去。若到江南赶上春,千万和春住。

王观的这首《卜算子》词相当有名,不过相对他的词名来说,王观这个词人就显得很没有名气了。可是王观自己却自视甚高。我们此前说过,在北宋词坛上,最受欢迎的流行音乐制作人是柳永,柳永的名气大到连苏轼都不得不服气。可偏偏王观竟然自认为才气之高还要盖过柳永,所以他的词集名为《冠柳集》。

王观,字通叟,因为排行第三,又有"王三"之称,如皋人,生卒年不详,只是大略知道他应该比苏轼略大几岁,嘉祐二年也就是1057年登进士第,和王安石、苏轼、秦观等同时代的大文豪都有交集。他最有名的代表作当然就是这首《卜算子·送鲍浩然之浙东》:

水是眼波横,山是眉峰聚。欲问行人去那边?眉眼盈盈处。　才

宋

始送春归,又送君归去。若到江南赶上春,千万和春住。

这首词好像还入选了中小学的语文教材,也可见它的重要性。而且这首词的好处很明显,如果要做一道考试题的话,那肯定会要考到一种修辞手法的运用——比喻。

起首两句写景,就纯用比喻手法,"水是眼波横,山是眉峰聚。"我们平时形容女性的美貌,倒是经常会用山水来进行比喻,例如眼如秋水,就像李贺《唐儿歌》里形容的那样:"一双瞳人剪秋水。"古代女性画的眉毛往往也会画成小山的形状,唐宋时期画眉的式样很多,有"十眉"的说法,远山眉就是很受欢迎的眉式之一。据说从汉代的时候开始,因为著名美女卓文君"眉色如望远山",所以大家都纷纷模仿她,将眉毛画成远山的形状。诗词当中经常会用山来形容女性的眉毛,例如欧阳修的《诉衷情》:"清晨帘幕卷轻霜,呵手试梅妆。都缘自有离恨,故画作、远山长。"就是用"远山长"来比喻弯弯、长长的眉形。

不过王观这首《卜算子》却是反其道而行之,不是用水来比喻眼波,也不是用山来比喻眉毛,而是反过来,用美女的眼波来比喻水,用眉峰来比喻山。这样别出心裁的比喻,使得本来没有生命的山水立即灵动起来,仿佛是一个娇媚的美女,一个眼神,甚至一次轻轻地皱眉,都显得无比动人。

"水是眼波横。"一个"横"字,简直绝妙。我们应该都有这样的经验,两个人说话的时候,如果是正眼直视对方,这样会显得比较端庄持重,也表示对对方的尊重。可如果是斜着眼睛瞟对方,就会显得有那么一点勾魂摄魄的意思。

"横",是斜着眼睛看人的意思。汉代傅逸的《舞赋》在形容舞女

妖娆的神态时,就写过这样的句子:"眉连娟以增绕兮,目流睇而横波",这里的"横波"就是描写舞女跳舞的时候,转头的方向和眼神看人的方向正好是相反的,随着头部的转动,眼波就像一汪秋水一样流淌而过,真是摄人心魄呀。

我记得有一次我们学校工会举行教职工的文艺汇演,我被邀请去参加一个模特儿走秀的节目,当时学校里还专门请了老师来教我们如何走台步。我印象特别深的是,老师反复跟我们强调,走台步走到舞台前端需要转身走回去的时候,头和眼神一定不能跟着身体同时转,一定要身体先转回去,头和眼神仍然要一直看着观众席的方向,然后再慢慢地转头回去,也就是说转头比转身的动作要慢几拍,这个动作在舞台上称作"留头"。

我猜想,歌女舞女在舞台上表演的时候,那种眼光斜视的媚态,和我们走模特步时"留头"的性质是相似的。我记得当时,光这个"留头"的动作,我们就反反复复练了很多次,动作看上去很简单,可是要将"临去秋波那一转"的神韵诠释出来还真是很不简单。反正我觉得,当时我的动作是很僵硬的,可见真要将"眼波横"这个动作很传神地演绎出来,还真是需要长期的专业训练才行。

"水是眼波横,山是眉峰聚。"与"眼波横"相呼应的是"眉峰聚"。"眉峰聚"本来是形容美女皱眉的样子。像《红楼梦》中林黛玉初进贾府的时候,贾宝玉第一次见林妹妹,就送了她一个字"颦颦",颦就是皱眉的意思。探春问宝玉为什么要取这个"颦"字。宝玉道:"《古今人物通考》上说:'西方有石名黛,可代画眉之墨。'况这林妹妹眉尖若蹙,用取这两个字,岂不两妙!"

宋

可见只要是美女,一颦一笑都是美的,尤其是美女轻蹙蛾眉的样子更是楚楚可怜——当然,东施效颦就只能适得其反了。

"水是眼波横,山是眉峰聚。"妙用比喻,我们眼前看到的仿佛不是普通的山水,而是一个风情万种、楚楚动人的绝色佳人。这样的风景,真是让人心醉神迷呀!

"水是眼波横,山是眉峰聚。欲问行人去那边?眉眼盈盈处。"在动人的山水风景描摹之后,第三句"欲问行人去那边"终于点明主题了,这本来是一首送别词,词人要送别的那位"行人",就是词题里面写到的鲍浩然——"送鲍浩然之浙东"。王观的朋友鲍浩然要去浙东了,王观特地来为他送行,可是在词当中,词人偏偏不说要去的目的地,而只是说,朋友要去的地方是"眉眼盈盈处。"

不得不说,王观这个词人真的不走寻常路,别的词人大多是走"煽情"路线,尤其是在送别词当中,那真是各种依依不舍、无限眷恋啊。黯然神伤的送别词实在太多了,像白居易的《长相思》、牛希济的《生查子》、秦观的《满庭芳》等,我就不一一举例了。可是王观的送别词当中,我们一点都感觉不到伤感的情绪,反而是感受到了一种很喜感的调侃。好像词人在拍着好兄弟的肩膀,满脸促狭地取笑说:"嗨,哥们儿,你要去的那地方不错呀,好山好水好姑娘,兄弟我只有羡慕没有嫉妒恨呀!"

"欲问行人去那边?眉眼盈盈处。"因为有了前两句"水是眼波横,山是眉峰聚"的铺垫,我们可能很容易就想当然地认为,"眉眼盈盈处"也是比喻山山水水的秀美风情。他们送别的地方固然是风景如画:"水是眼波横,山是眉峰聚",而朋友要去的地方同样是好山好水胜

过万千美女:"眉眼盈盈处。"

"盈盈",是清澈晶莹的意思,常常用来形容水流或者美女的眼波,也有仪态万方、容貌姣好的意思,《古诗十九首》当中就有"盈盈一水间,脉脉不得语"的句子,还有"盈盈楼上女,皎皎当窗牖"的诗句。张先的《临江仙》词里也用到了这个词:"况与佳人分凤侣,盈盈粉泪难收。"

不过啊,再仔细一琢磨,我们就会发现,王观好像是别有用意哦。既然送别的地方已经用美人的眉眼来形容山水了,再用同样的比喻去形容目的地的山水,是不是显得有点儿重复呀?

其实,我觉得王观在这里应该是一语双关,"眉眼盈盈处"不应该只是形容目的地的风景,而是回到了"眉眼盈盈"的本来意义——那真的就是一个风情万种的美女。所以,有学者推测,其实鲍浩然之所以要去浙东,是因为他有一名爱姬在那里等着他回去。因此,"眉眼盈盈处"表面上好像是说浙东的山水更有吸引力,但其实恐怕他是在调侃朋友之所以归心似箭的真正理由是因为美女。

明白了这一层意思,我们就更能理解为什么王观一开始就要用美女的眼波和眉峰来形容山水了。

对的,这首《卜算子》的与众不同,除了绝妙的比喻之外,就在于这样一种俏皮的调侃。我们习惯了在词当中去感受悲悲切切的各种情感,偶尔也能感受到像苏轼、辛弃疾那样的豪迈不羁,可是像王观这样轻松地取笑朋友,还真是不多见。

在日常生活当中,开玩笑很容易落入粗俗,可是像王观这样,将玩笑话说得这么新鲜俏皮,还一点都不落俗套,那才真叫高水平的"段子宋

手"。南宋的词学家王灼曾经评价王观的词,说他"新丽处与轻狂处皆足惊人"(《碧鸡漫志》),这首《卜算子》就可以证明这个评价的准确。比喻新鲜,语言清丽,态度诙谐甚至带着些轻狂,语不惊人死不休,这正是王观词的重要特点。

虽然这一类诙谐风趣的词,我们可能读的不是很多,但其实词本来就是休闲娱乐的产物,在北宋词坛上,以善于戏谑调侃闻名的词人词作并不少见,像我们熟悉的苏轼、欧阳修、辛弃疾都是这类高水平的"段子手",王观只是其中比较有代表性的人物而已。在这里,我再举一个例子,不知道你还记不记得,《红楼梦》里薛宝钗填了一阕描写柳絮的《临江仙》词,最后几句是这样写的:"万缕千丝终不改,任他随聚随分。韶华休笑本无根,好风凭借力,送我上青云。"按薛宝钗的说法,林黛玉写的词太悲了,依她的主意,偏要把柳絮说好了,才不落套。

但"好风凭借力,送我上青云"这样的豪迈并不是薛宝钗的原创,她也是向一位北宋词人学来的,这位北宋词人和王观一样,也是一个很幽默风趣的人。这位词人叫作侯蒙,侯蒙是北宋词坛著名的丑星,长得丑不说,考场上也屡屡受挫。那年头,长得特别帅容易出名,长得特别丑也容易出名。有不怀好意的人为了嘲笑侯蒙,居然把侯蒙的丑相画在风筝上,风筝一飞,多少人仰头看着,指指点点笑话侯蒙的丑。可是侯蒙看见以后,不但没有生气,反而干脆添油加醋,狠狠地自嘲一番,并且当场填词一首,说是"无端良匠画形容。当风轻借力,一举入高空"。

这就是典型的"自黑"了,"当风轻借力,一举入高空"就是薛宝钗"好风凭借力,送我上青云"的原始出处。原本是被恶意的嘲笑,结果

那份尴尬和难堪被侯蒙勇于"自黑"的精神,轻轻松松地化解了。而且在词的最后几句,侯蒙还非常机智地翻出了"正能量":"几人平地上,看我碧霄中。"

嘿,你们这些人还真别嘲笑我长得丑,结果还不是我飞得最高,你们只能留在平地上,眼巴巴地仰望我展翅高飞。果然,侯蒙就在这一年考中了进士,后来还做到了户部尚书、中书侍郎,相当于现在国务院副总理的级别了。

试想,如果不是侯蒙那么机智,而是在别人的嘲笑中自暴自弃,那我们也看不到这个"励志青年"后来的光辉前程了。

所以啊,就像苏轼说的那样,对于智慧的人来说,嬉笑怒骂都可以写成好文章,王观也是如此。

俗话说,人生不如意事常八九,王观的人生道路就很不顺利。据说,他曾经因为写过一首应制词《清平乐》,讽刺宋神宗沉溺于声色,风格极为诙谐,语气也颇有些辛辣,尤其是最后两句"一夜御前宣住,六宫多少人愁",说皇帝对某位宫娥表现出亲昵之意,当晚就留她侍寝,不知道后宫有多少嫔妃羡慕她,有多少人又要伤心得夜不能寐啊!别人给皇帝写应制诗词都是诚惶诚恐,不知道有多严肃,可这个王观倒好,连皇帝他都敢"黑"。结果当然就很严重了,皇帝怎么想的我不太清楚,反正太后是怒了。太后一怒之下,第二天就撤了王观的职。可这个王观,竟然将"自黑"精神进行到底,索性给自己再取了一个外号:"逐客",于是世称"王逐客"。

越是人生多苦难,越是要用幽默的精神去化解苦难,正像英国的批评家米克说的那样,其实幽默是"避免被人生压垮的一种表现,是对宋

人的精神力量超然于存在之上的一种肯定。"具有幽默精神的人,是不容易被苦难压倒的。王观就将这种幽默精神演绎到了人生的各个时刻。哪怕只是送别朋友,也不忘优雅地调侃一番:"水是眼波横,山是眉峰聚。欲问行人去那边?眉眼盈盈处。 才始送春归,又送君归去。若到江南赶上春,千万和春住。"

词的上半阕是调侃朋友归心似箭地赶去会见那位眉眼盈盈的爱姬,连一路上的山山水水仿佛都流溢着万种风情。而下半阕终于回归了送别的主旨,表达了那么一点儿依依不舍之情:"才始送春归,又送君归去。若到江南赶上春,千万和春住。"人生到底要经历多少场离别啊?才刚刚将春天送走,却又要面临与好友的离别。好在朋友的离开是一场奔赴幸福的远行,所以整首词的基调依然洋溢着一种喜感。尤其是好友将要去的浙东,正是典型的江南,虽然春天将逝,但江南一定还是桃红柳绿,春意盎然。因此词人才会殷殷话别好友:"若到江南赶上春,千万和春住。"如果你还赶上了江南的春天,你一定要将春天好好留住啊!

这里的"春"是仅仅指季节的春天,还是呼应上半阕,暗含了好友爱情的春天,词人并没有明说,但以我的猜测,以王观好戏谑的个性,我是宁可把"千万和春住"的"春"也理解为一语双关的。

漂亮的比喻,幽默诙谐而不落俗套的词风,将送春送人、留春留人的情绪融为一体,这是王观《卜算子》带给我们的清新感受。其实不止是我们喜欢这首词,许多诗人词人对这首词也多有模仿和化用,例如苏轼的得意门生黄庭坚就写过:"春归何处?寂寞无行路。若有人知春去处,唤取归来同住。"北宋末年的诗人韩驹也写过:"今日一杯愁送

春,明日一杯愁送君。君应万里随春去,若到桃源问归路。"南宋末年词人王沂孙的词:"怕此际春归,也过吴中路。君行到处,便快折河边千条翠柳,为我系春住。"直到元代梁贡父还写过:"拼一醉留春,留春不住,醉里春归。"这些送别、留春的诗词,和王观的原作相比各有千秋,只是若论起幽默风趣来,终究是王观要胜出一筹了。

水是眼波横,山是眉峰聚。欲问行人去那边?眉眼盈盈处。才始送春归,又送君归去。若到江南赶上春,千万和春住。

离别原来不是只有伤感,也可以挥洒出如此愉悦的情调,这就是王观带给我们的另类人生感悟。

【拓展阅读】

王观《清平乐·应制》:

黄金殿里。烛影双龙戏。劝得官家真个醉。进酒犹呼万岁。折旋舞彻《伊州》。君恩与整搔头。一夜御前宣住,六宫多少人愁。

半死桐·鹧鸪天

贺铸

重过阊门万事非,同来何事不同归?梧桐半死清霜后,头白鸳鸯失伴飞。　原上草,露初晞。旧栖新垅两依依。空床卧听南窗雨,谁复挑灯夜补衣!

贺铸在词史上的名气可能比不上苏轼、李清照,不过他在北宋词坛上的光彩可一点儿不比他们逊色。就连李清照眼光这么苛刻的人,都对贺铸另眼相看,李清照写过一篇《词论》,在这篇文章里,她逐一点评了北宋词坛的名家,像苏轼、柳永、晏殊、欧阳修、王安石这些大名鼎鼎的词人都入不了她的法眼,毛病一个比一个多:柳永嘛,太俗!欧阳修、苏轼、晏殊嘛,经常跑调,"不协音律";至于王安石嘛,她连评都懒得评,直接说,谁要是读王安石的词,那会笑死去,因为你根本读不下去,"人必绝倒,不可读也"。瞧瞧李清照的批评,任性吧!

当然,也不是完全没有李清照看得上的词人,在她眼里,除了她自

己之外,北宋只有四个人算得上是真正的词人。哪四位呢?

晏几道、贺铸、秦观、黄庭坚。

没想到吧?李清照列出来的这个排行榜,不管你是不是同意,反正,贺铸能上榜,我就觉得,李清照同志还是很有眼光的。贺铸的这首悼亡词《半死桐·鹧鸪天》便是他的代表作之一:

重过阊门万事非,同来何事不同归?梧桐半死清霜后,头白鸳鸯失伴飞。　　原上草,露初晞。旧栖新垅两依依。空床卧听南窗雨,谁复挑灯夜补衣!

这首词的词牌名是《鹧鸪天》,但是贺铸挺特立独行的,他喜欢从词中的句子里摘取几个字出来作为词题,然后再注明这首词的曲调,这首词题名为《半死桐·鹧鸪天》,因为词中有一句"梧桐半死清霜后",所以他就给这首词安上了一个题目"半死桐",而且"半死桐"这个题目就直接表明了这首词的主题就是悼亡——悼念妻子的去世。古人认为合欢树长得很像连理梧桐,"合欢树,似梧桐。枝叶繁,互相交结。"古典诗文中常用"梧桐半死"来比喻丧偶。像汉乐府《孔雀东南飞》形容焦仲卿和刘兰芝至死不渝的爱情,就写到了这样的句子:"东西植松柏,左右种梧桐。枝枝相覆盖,叶叶相交通。"另外,西汉枚乘《七发》也说到,龙门有梧桐树,树根半死半生,砍伐下来制成琴,据说琴声为天下之至悲。唐代诗人李峤还有"琴哀半死桐"的诗句(《天官崔侍郎夫人吴氏挽歌》)。

当代学者甚至这么评价,贺铸这首悼念亡妻的《半死桐·鹧鸪天》,与苏轼写给妻子王弗的《江城子》(十年生死两茫茫),是"北宋悼亡词中的双绝",而且在情感的深度上甚至还超过了苏轼的《江城宋

子》。毕竟,苏轼与王弗的婚姻只持续了十一年,他在写《江城子》的时候,早已续娶后来的妻子王闰之,夫妻感情也很好,而且身边还有像王朝云这样堪称红颜知己的侍妾,他的感情世界还是挺充实的。贺铸就不一样了,他和妻子赵夫人长达大约三十年的婚姻生活,真正称得上是相濡以沫、相依为命,一旦离世,对于贺铸的感情可以说得上是毁灭性的打击。

讲到这里,我想你一定很想对贺铸的个人经历及其婚姻再多一些了解。如果让我用一句话来概括贺铸这个人,我首先想到的就是这句话:"我很丑,可是我很温柔。"

"我很丑,可是我很温柔。"我觉得,这简直就是最适合贺铸的身份标签了。我曾经开玩笑说过,谁要是想看古代的美女,那应该多看唐宋词,因为唐宋词最擅长的就是描写美女,美女的花容月貌、千回百转的爱情世界,这是唐宋词最重要的主题;那谁要是想看古代的帅哥呢,就应该多看《世说新语》,因为《世说新语》这部小说,集中描写了魏晋时代最有风度、最有个性的帅哥,以至于再后来,谁要是想表扬某个帅哥很有气质很有内涵很有个性,人们就会送这样一个评价给他:"魏晋风度"。

好吧,幸亏宋代不是一个只看脸的时代,如果要拼颜值的话,那贺铸就太惨了。先来看看贺铸到底有多丑吧?他有一个著名的外号"贺鬼头",陆游对他的评价是:"貌奇丑",说他丑还不够,还要说是"奇丑",陆游说话也是够损的了;而且贺铸还疑似秃顶,头发稀少,肤色很黑,"色青黑""面铁色,眉目耸拔。"(《宋史·贺铸传》)

综合这些权威人士的权威评价,贺铸是够丑的吧?古往今来的名人里面,能够因为长得丑而被正史记上一笔的人,那可真是极其少见

的。这么丑的人,怎么会被赵夫人看中的呢?难道赵夫人也和他一样貌似无盐?

不不不,首先,赵夫人不但不是一个丑女,而且还是一个美女,不仅是美女,而且还出身高贵。赵夫人父亲是赵克彰,赵克彰正是宋太祖赵匡胤的弟弟——魏王赵廷美的曾孙,封济国公,正宗的皇室后裔。宋宗室济国公赵克彰愿意将自己的掌上明珠嫁给超级丑男贺铸,到底是看上了贺铸的哪一点呢?

我觉得,贺铸是凭借自己的两大优点征服了济国公赵克彰,这两大优点就是:血统高贵,才华横溢。

贺铸的出身也很了不起。你还记得唐代那个著名诗人贺知章吧?就是写过"少小离家老大回,乡音无改鬓毛衰。儿童相见不相识,笑问客从何处来"的那位,贺知章是贺铸的第十五代族祖。他们都是会稽山阴(今浙江绍兴)人,会稽山阴贺氏是当地响当当的名门望族。而贺铸的第五代姑祖母贺夫人还嫁给了宋太祖赵匡胤,被追封为孝惠皇后,为赵匡胤生下了他们的长子赵德昭。所以,贺铸其实也算是和皇族沾亲带故的皇亲国戚了。

贺铸虽然出身不错,但他可能也知道,自己毕竟长得丑啊,不能跟人家拼颜值,那就只能拼才华了,所以他从小就知道要刻苦攻读,博学强记,"书无所不读",文采飞扬,而且还"最有口才",如果那个时期要举行辩论大赛的话,最佳辩手肯定非他莫属。

赵克彰非常欣赏贺铸的才学和性情,将自己最钟爱的女儿嫁给了贺铸。贺铸和赵夫人,这两位皇族后裔的联姻,开启了贺铸三十来年恩爱情笃的婚姻生活。

宋

但是贺铸虽然出身好又有才,偏偏在仕途上一直不如意,一直在一些低级官吏的位置上辗转,怀才不遇,家境也比较困难。赵夫人一个千金小姐,却能与贺铸甘苦与共,奔波辗转始终无怨无悔;而贺铸,也回报了妻子他最深挚的柔情。贺铸在元符元年(1098)到建中靖国元年(1101)这三年期间客居苏州,为他的母亲服丧。正是他这三年期间,他相依为命近三十年的妻子赵夫人也去世了,接连两次巨大打击让词人有了物是人非事事休的悲剧情怀。这首《半死桐·鹧鸪天》就写在赵夫人去世之后不久。

"重过阊门万事非,同来何事不同归?"词一开篇就直抒胸臆:当词人再次经过阊门的时候,感觉到一切都和以前不同了!"阊门"是苏州著名的城门,贺铸在居留苏州为母亲守孝期间,曾于元符三年(1100)冬天北上过一次,赵夫人去世于词人北行之前,而《半死桐·鹧鸪天》这首悼亡词应该是贺铸北行返回苏州之后,再次来到赵夫人坟茔前吊唁所作。

白头偕老本来是所有恩爱夫妻共同的期盼,可是妻子的猝然离去,让贺铸不由得对命运发出了悲怆的质问:"同来何事不同归?"为什么有缘相爱相守,却不能相伴终老呢?

"梧桐半死清霜后,头白鸳鸯失伴飞",词人连用两个经典意象来抒发这种痛失爱妻的感慨——梧桐和鸳鸯。半死梧桐比喻丧偶,这个典故前面已经说过了,贺铸将妻子的离去比喻成是梧桐遭遇严霜摧折而半死,由此寄托特别沉痛的哀思;鸳鸯失伴更是夫妻死别的象征。正如唐代孟郊的《烈女操》所说的那样:"梧桐相待老,鸳鸯会双死。"

"重过阊门万事非,同来何事不同归?梧桐半死清霜后,头白鸳鸯

失伴飞。"词的上片是对于妻子离世的现实描写,下片转入深挚的回忆与抒情。"原上草,露初晞"句,化用了乐府诗《薤露》:"薤上露,何易晞。露晞明朝更复落,人死一去何时归。"《薤露》《蒿里》本来就是汉乐府中的挽歌,是悼亡主题的诗作,《薤露》的意思是人的寿命短暂,就像薤草上的露水一样昙花一现。到汉武帝的时候,著名歌手李延年更明确了《薤露》歌的作用:王公贵人去世之后,让挽柩者唱着《薤露》歌为亡者送行。如果是普通的士大夫庶人,则唱《蒿里》作为挽歌。

贺铸在这里化用乐府挽歌,说薤草上的露水很容易干,但是干了的露水明天早上还会有,离开的妻子永远都不会再回来了。"原上草,露初晞。旧栖新垅两依依。""旧栖"是指他们曾经一起住过的家,"新垅"当然是指妻子的新坟。词人那么殷切地期盼着妻子能够再回到他的身边:他在过去他们居住的小家里久久守候,等待着妻子回来;他无数次到妻子的坟前徘徊,盼望着妻子能够听到自己的呼唤,等待着妻子回来,依依之情,不胜悲感……

可是事与愿违,现在陪伴他的只有窗外点点滴滴的雨声。"空床卧听南窗雨,谁复挑灯夜补衣!"词人独自躺在冰冷的床上,这个似曾相识的情景,让他又一次回想起了那无数个下雨的夜晚,他也是这样卧床休息,妻子就坐在他的身边,挑着烛灯,为他缝补衣服,那是多么静谧而温暖的景象。"空床卧听南窗雨,谁复挑灯夜补衣!"这是我个人觉得最动人的两句词,尤其是"谁复挑灯夜补衣"这句词,完全是一幅家居日常的景象,实在是太有画面感了。

"慈母手中线,游子身上衣",这是母亲给即将远行的儿子缝补衣裳,"谁复挑灯夜补衣",这是贤惠的妻子给奔波的丈夫缝补衣裳。

宋

  缝补衣裳,大约是最普通的家庭生活了,可是妻子在昏暗的烛光下补衣服的那个侧影,是那么安静那么柔美那么温馨,留给贺铸的记忆也最为深刻、最让他眷恋。贺铸还曾经写过一首《问内》诗,真实地记录了他和妻子之间发生的一件小事:

  炎炎夏日的一天,贺铸看到妻子竟然在缝制他冬季穿的厚棉服,他很惊讶,很体贴地对妻子说:"这么大热的天,夫人为什么要急着缝冬天的衣服啊?你身体又不大好,别太劳累了。"

  赵夫人莞尔一笑,淡淡地回答他:"针线活儿本来就是我的分内之事,一天都不敢怠慢,怎么会嫌累呢。"

  贺铸知道夫人一贯都是这么勤劳贤惠,但他还是心疼啊,又说:"冬天的衣服,反正现在也不急着穿,天太热你还是该好好歇着才是啊。"

  妻子并没有停下手中的活儿,反而对贺铸说:"夫君,我给你讲个小故事吧。古时候有户人家要嫁女儿,直到婚礼前一天,才想着要请大夫来艾灸女儿脖子上的肿瘤,这样临时抱佛脚又怎么来得及呢?所以啊,要真到了冰天雪地的时候再急急忙忙缝补冬衣,那不就和那个嫁女儿的人家一样蠢么?再说了,夫君你可能不知道,夏天才是最适合做针线活儿的时候,等到天冷了,手脚也没那么灵便了,再要缝补厚衣服可就困难多了呀。"

  几句简简单单的对话,看上去很平淡很朴实,夫妻间相处的那种温馨、亲切却仿佛就在眼前:有丈夫的温柔体贴,有妻子的勤劳聪慧,日子虽然过得穷一点,却是有滋有味。

  也许漫长的婚姻生活,需要的并不是轰轰烈烈的浪漫激情,而是就在这样日复一日的平凡小事中,积累着夫妻之间互相依赖、互相体

贴的点滴深情。

"空床卧听南窗雨,谁复挑灯夜补衣!"妻子日日"挑灯夜补衣"的身影已经永远定格成了回忆,而眼前的实景只剩下贺铸一个人,夜夜"空床卧听南窗雨"。

"谁复挑灯夜补衣"的温馨,"空床卧听南窗雨"的凄凉,形成了强烈的对比,而词人最深的悲哀就在这样的对比当中呼之欲出。

重过阊门万事非,同来何事不同归?梧桐半死清霜后,头白鸳鸯失伴飞。 原上草,露初晞。旧栖新垅两依依。空床卧听南窗雨,谁复挑灯夜补衣!

三十年的相依为命,他们一起度过那么多日日夜夜,妻子一定给词人留下了无数平凡却美好的回忆,然而在这阕小词中,贺铸单单选择了"挑灯夜补衣"这一个场景——宁静的夜,温暖的灯火,补衣的妻子,没有大富大贵的繁花似锦,只有温暖踏实的家居场景和绵延一生的深情回忆。

皇族后裔却一生沉沦,才华横溢却始终钟情一人,也许,"我很丑,可是我很温柔"正是贺铸留给这个世界最浓烈的爱情宣言吧。

【拓展阅读】

张耒《〈东山词〉序》:

余友贺方回博学业文而乐府之词妙绝一世,携一编示予,大抵倚声而为之词,皆可歌也。其盛丽如游金、张之堂,妖冶如揽嫱、施之袂,幽索如屈、宋,悲壮如苏、李,览者自知之。

宋

青玉案
贺铸

凌波不过横塘路,但目送、芳尘去。锦瑟华年谁与度？月桥花院、琐窗朱户,只有春知处。　飞云冉冉蘅皋暮,彩笔新题断肠句。试问闲愁都几许？一川烟草,满城风絮,梅子黄时雨。

贺铸喜欢从词的句子中摘取几个字出来,作为词题,然后再注明这首词的曲调,悼亡词《半死桐·鹧鸪天》是如此,这首《青玉案》也是这样。贺铸长得特别丑,人称"贺鬼头",但最丑的人,却偏偏能够写出最美的词,看来上帝还真是公平的。贺铸这首《青玉案》实在是太有名了,尤其是最后几句"试问闲愁都几许？一川烟草,满城风絮,梅子黄时雨"更是千古流传的名句,因为它写江南的梅雨季节写得太美,以至于人们都忘了它的作者是一个外号名叫"贺鬼头"的超级丑男。这首词为贺铸赢得了另外一个浪漫优美的外号"贺梅子",这个雅号就是来自于"梅子黄时雨"的优美意境。

关于贺铸这位词人,我总结过他的几个特点,第一个特点是出身皇亲国戚,却始终怀才不遇,在官场上一直是郁郁不得志;第二个特点就是"我很丑,可是我很温柔",虽然人是丑了点,可他写的很多词都缠绵悱恻,婉约凄美。这首《青玉案》就是其中的典范。

其实除了这两大特点之外,贺铸还有第三大特点,虽然他是北宋著名词人,但他却是一个武官,所以,他还具有文武双全的特点。

熙宁四年(1071),二十岁的贺铸由门荫入仕,授右班殿直,监军器库门,文人出身的贺铸,第一份工作却是一个武官,并且这个身份还持续了相当长的一段时间。例如元祐三年(1088)贺铸赴和州任管界巡检,主要的工作内容是掌管当地训练甲兵、抓捕盗贼、巡逻州邑等事情,实际上还是武官。长期在武官工作岗位上兜兜转转的经历,使得贺铸多少浸染了武官的方刚血气。所以贺铸很温柔的另外一面,就是非常的侠义,遇见不平之事,他就要两肋插刀,人们甚至将他视为"侠士"。

《宋史·贺铸传》里记录了一个贺铸为官时的小故事:他的下属中曾经有一个权贵的子弟,这个人仗着有个位高权重的爹,平时不但不好好工作,还经常盗取公物,如果通过正常渠道去处罚他,那这个权贵子弟不但可以借助父亲的权势继续逍遥法外,连贺铸自己的职位都难以保住。

于是有一天,贺铸屏去周围的属下和仆役,将这个贵族弟子单独关在一间密室之中,一手拿着他偷盗的铁证,一手拿着刑杖,呵斥那个贵族弟子说:"你过来!你自己看看,这是不是你在某时某地偷去做某用的东西?你再看看,这是不是你在某时某地偷回自家去的东西?……"那纨绔子弟吓得直哆嗦,忙不迭地承认说:"是我干的,是我宋

干的。"贺铸说："如果你让我处罚你,并且保证绝不再犯,那么我也就不将你的丑事公之于众了。"

贵族弟子只好乖乖地脱掉衣服,请贺铸杖责。贺铸手起鞭落,贵族子弟哪里受过这样的痛苦,磕头如捣蒜地求饶,贺铸才大笑着释放了他。

虽然贺铸自己没有张扬这事儿,但世上没有不透风的墙,这事儿传开之后,那些仗势欺人的纨绔子弟再也不敢耀武扬威了。

那么,这样一位特立独行、豪迈不羁的人,写起词来又会有怎样婉转动人的魅力呢？我们现在就来仔细品读一下这首《横塘路·青玉案》。

"凌波不过横塘路,但目送、芳尘去。"词一开篇就营造出一种摇曳生姿的意境：词人目送着一位女子的背影飘然而去,那位女子的步履轻盈,姿态飘逸,就像女神一样超凡脱俗,长久地占据着词人深情的视线。

横塘是一个很美的地方,贺铸在这里遇见了一位步态轻盈、婀娜多姿的"女神"。"女神"经过横塘却毫无停留的意思,词人刚想上前搭讪,却又目送"女神"的离去,只留下一个令人浮想联翩的美丽背影。

这三句开场白还包含着一个很浪漫的典故。"凌波"出自于三国时期曹植的《洛神赋》。《洛神赋》写洛水女神的轻盈身姿用了这样两个优美的句子："凌波微步,罗袜生尘。"后来唐代的著名学者李善在注释《文选》的时候记录了一段说明：曹植一直暗恋甄氏。甄氏是谁呢？

甄氏本是袁绍次子袁熙的妻子,曹操破袁绍之后,将甄氏赐给曹丕当了妻子。曹丕称帝之后封甄氏为皇后,但曹植对甄氏念念不忘。

后来甄皇后失宠被曹丕赐死,曹丕却又故意将甄氏生前的玉缕金带枕赐给了曹植。曹植返回自己的封地时,途经洛水,梦到了甄氏前来与他相会,醒来之后,他不胜悲感,写下了这篇《感甄赋》。后来魏明帝也就是甄氏与曹丕的儿子曹叡为了避嫌,将《感甄赋》改名为《洛神赋》。

这个故事的真实性虽然很值得怀疑,但是后代诗人在引用这个典故的时候,却常常会暗寓爱情得失的情绪。贺铸也不例外,贺铸另一首词《忆秦娥》有"凌波人去,拜月楼空"句,也是用到了这个典故。

有意思的是,金庸的武侠小说《天龙八部》里也提到过"凌波微步"这个词儿。"凌波微步"是《天龙八部》里逍遥派的独门轻功步法,因为"凌波微步"的步法很神奇,所以虽然段誉的武功修为不怎么样,可是每当遇到危险关头,总能使出"凌波微步"及时逃跑。"凌波微步"这门轻功的特点就是步速快、步态轻盈,让人完全判断不了它的路线,因而成了段誉的逃生利器。

正因为"凌波不过横塘路,但目送、芳尘去"是引用了曹植《洛神赋》的典故,表达一种爱情失落的情绪,所以就有人认为这是一首描写艳遇的词。似乎是词人偶遇了某位绝代佳人,匆匆邂逅却又匆匆离别,因此而生发出绵绵的闲愁;也有的人将这首词解读为屈原的香草美人之意,贺铸以那位孤芳自赏的绝代佳人自拟,表达孤臣自诩的含义。当然了,本来诗词的解读就有"作者未必然,而读者何必不然"的种种可能,但我认为,这首词并不是描写贺铸一次偶然的艳遇,而应该也是写给他妻子的一首悼亡词,和《半死桐·鹧鸪天》主题是一样的。

为什么我会有这样的观点呢?

宋

  我的第一个理由就是作者运用了曹植《洛神赋》的典故,因为据说《洛神赋》是曹植梦见了甄氏而作,所以一度被看成是曹植为甄氏写下的悼亡之作。如果这样理解的话,那么贺铸引用这个典故当然极有可能指向悼亡的主题。

  第二个理由就是"凌波不过横塘路"的"横塘"这个地名。

  "横塘"在今天苏州市的西南部,这首词大约作于徽宗建中靖国元年(1101)贺铸客居苏州的时候,和《半死桐·鹧鸪天》差不多同一时期。据当代学者钟振振先生的考证研究,贺铸在居留苏州为母亲守孝期间,曾于元符三年(1100)冬天北上过一次,赵夫人去世于词人北行之前,而《半死桐·鹧鸪天》这首悼亡词应该是北行返回苏州之后,再次来到赵夫人坟茔前吊唁所作,所以词中才有"旧栖新垅两依依"这样悲恸的句子。而这首《横塘路·青玉案》"凌波不过横塘路,但目送、芳尘去"的句子,又何尝不是贺铸在苏州痛失妻子的心情写照呢?

  第三个理由在接下来几句词当中可以得到证明:"锦瑟华年谁与度?月桥花院、琐窗朱户,只有春知处。"这几句化用了李商隐《锦瑟》诗的典故:"锦瑟无端五十弦,一弦一柱思华年",《锦瑟》很可能就是李商隐写给妻子王氏的悼亡诗,正如清代学者冯浩所云:"此悼亡诗定论也。""锦瑟",是绘有锦绣般美丽图案的一种弦乐器,据说瑟本来有五十根弦,后来因为泰帝受不了声调的悲凉凄苦,将它改为二十五弦。天若有情天亦老,琴瑟本是无情无生命之物,可是连琴瑟都能发出如此悲苦的声音,何况情根深种的诗人呢?每一弦每一柱仿佛拨动的都是诗人自己的心音,如梦如幻,如泣如诉,唤起诗人内心对逝去华年的

深深怀念。

在古典诗词中,琴瑟本来就常常用来比喻夫妻之情,琴一般主阳,指丈夫,瑟主阴,指妻子。断弦常喻指妻子去世,那么五十弦之瑟断为二十五弦,很可能暗含了对妻子的无限伤逝。

"锦瑟华年谁与度","女神"的离去让贺铸陷入了深深的思考,如果女神真的是指与贺铸相伴三十年的妻子赵夫人,当赵夫人猝然撒手离去,留下贺铸一个人独自面对惨淡的人生,如此大好的年华谁来与词人共度呢?

"锦瑟华年谁与度?月桥花院、琐窗朱户,只有春知处。"那个能陪伴词人共度锦瑟年华的人,她在花前月下,还是在朱户窗前?"月桥花院"是室外的景象,"琐窗朱户"是室内的场景,一内一外的实景描写,呈现出一派富丽堂皇之态。然而场景的华美只能更反衬出内心的孤独,词人无数次的追问都得不到"美人"的答复,或者答案只有春知道吧?这几句词是虚实相生的,"月桥花院、琐窗朱户",场景是实的;"只有春知处"却是虚指,一虚一实之间,词人的情绪跌入了谷底。

这首词表面看上去写的是非常美丽的风景,但其实是以乐景写哀情,字里行间无不透露着词人内心深层次的孤独和寂寞,尤其是这首词的写作时间是在妻子离世的两三年之内,词人才会以如此浓艳的笔墨来反衬深度苍凉的心境。

既然上半阕用"凌波"和"锦瑟"两个典故含蓄地暗示了悼亡的主题,下半阕便进入了浓烈的抒情。"飞云冉冉蘅皋暮,彩笔新题断肠句。试问闲愁都几许?一川烟草,满城风絮,梅子黄时雨。"

宋

　　的确,如果只是一场萍水相逢的艳遇,又何至于"彩笔新题断肠句",用"断肠"这么重的词来形容词人的痛苦?又何至于用"一川烟草,满城风絮,梅子黄时雨"这样浓墨重彩的句子来形容词人铺天盖地的愁绪?

　　过片"飞云冉冉蘅皋暮",承接上片的意思而来,化用了南朝江淹的《休上人怨别》"日暮碧云合,佳人殊未来"句,仍然延续着上片的无人共度美好年华之意。

　　"彩笔"用南朝江淹的典故。《南史·江淹传》中有这样一段记载:一日,江淹在冶亭休息,梦见了一个自称是郭璞的男子。郭璞是晋代著名诗人,尤以游仙诗最为出名,他对江淹说:"我有一支笔放在你这里很多年了,现在你可以还给我了。"于是江淹将自己怀中一支五色笔拿出来还给了他。从那以后,江淹再也没有写出美丽的诗句,这也就是后人所谓的"江郎才尽"的出典。因此,"彩笔"实际是词人自恃才华的表达。贺铸也希望自己能有一支彩笔,写出美好的诗篇,但是在此情此景之下,恐怕他笔端流出来的只能是肠断心伤的句子了。

　　那么,词人到底伤心到何种程度呢?

　　试问闲愁都几许?一川烟草,满城风絮,梅子黄时雨。

　　在词中借用他物写愁,可以说是一种传统的写法,李煜说"问君能有几多愁,恰似一江春水向东流",秦观说"自在飞花轻似梦,无边丝雨细如愁"。李煜的愁像一江春水,秦观的愁似连绵的细雨,贺铸的"愁"却是全方位、多角度的,是一川烟草的无边无际,也是满城风絮的绵密幽远,更是黄梅时节滴滴小雨的连绵不绝……愁之多,愁之深,愁

之广,仿佛一张巨大的网,朦胧缥缈却又无处不在,令词人身陷其中,无处可逃。

贺铸的词传到今天还有286首(含残篇),在北宋词人中仅次于苏轼。但他最有名的词还是这首《横塘路·青玉案》,最有名的句子还是这几句:"试问闲愁都几许?一川烟草,满城风絮,梅子黄时雨。"这四句词,为贺铸在词坛上赢得了无上的荣耀,他也因此被称为"贺梅子"。苏轼的得意弟子黄庭坚尤其偏爱这几句,在他的眼里,只有秦观的词能到此境界,黄庭坚还写了这样一首诗寄给贺铸:"少游醉卧古藤下,谁与愁眉唱一杯。解道江南断肠句,只今唯有贺方回。"(《寄贺方回》)

秦观的离世,固然让黄庭坚深感惋惜,同时黄庭坚认为当时的词坛上,能与秦观并驾齐驱的,就只剩下贺铸一人了。

【拓展阅读】

罗大经《鹤林玉露》:

诗家有以山喻愁者,杜少陵云"忧端如山来,澒洞不可掇",赵嘏云"夕阳楼上山重叠,未抵闲愁一倍多"是也。有以水喻愁者,李颀云"请量东海水,看取浅深愁",李后主云"问君能有几多愁?恰似一江春水向东流",秦少游云"落红万点愁如海"是也。贺方回云:"试问闲愁都几许?一川烟草,满城风絮,梅子黄时雨。"盖以三者比愁之多也,尤为新奇,兼兴中有比,意味更长。

宋

兰陵王
周邦彦

柳阴直，烟里丝丝弄碧。隋堤上、曾见几番，拂水飘绵送行色。登临望故国，谁识京华倦客。长亭路、年去岁来，应折柔条过千尺。　　闲寻旧踪迹，又酒趁哀弦，灯照离席，梨花榆火催寒食。愁一箭风快，半篙波暖，回头迢递便数驿。望人在天北。　　凄恻，恨堆积，渐别浦萦回，津堠岑寂，斜阳冉冉春无极。念月榭携手，露桥闻笛，沉思前事，似梦里，泪暗滴。

在北宋词坛，这首《兰陵王》堪称现象级的流行歌曲，而他的词作者和曲作者周邦彦，又是宋代殿堂级的天王巨星。他写的这首新歌，在宋徽宗重和元年（1118）的三月间，突然在北宋都城汴京（今河南开封）流行开来，"点歌率"迅速爬升至各大"歌厅"榜首并且长期霸占排行榜首位。许多高级"歌厅"里的著名"歌手"更是以能演唱这首歌曲为荣。

这首词当中出现的"柳阴""送行""长亭"等关键词都表明了离别主题,"隋堤""故国""京华"等关键词又点明了离别的地点就是汴京。周邦彦本是钱塘(今浙江杭州)人,二十四岁那年,也就是宋神宗元丰二年(1079),他第一次来到都城汴京,成了一名太学生,从此开始了他的"北漂"生涯。这首词是在重和元年也就是1118年所作,他即将再次告别京城,出知真定府(治所在今河北正定)。这是他第三次挥别汴京,因此他才会说"曾见几番,拂水飘绵送行色"。而这一次,也将是他与京城的永别,因为此后他再也没有回到汴京。这一年,周邦彦已经六十三岁了。当《兰陵王》在京城迅速蹿红的时候,其实正是周邦彦黯然告别京城的时候。

那么,这首词为什么会迅速蹿红的呢?

我认为这首词之所以爆红,主要有两大原因。第一个原因,当然是因为这首词确实写得超级好,尤其是将离别的情绪渲染得千回百转,缠绵动人,"酷尽别离之惨"(贺裳《皱水轩词筌》)。

第二个原因,是因为这首词的背后有一个著名的八卦绯闻,而且卷入这个"八卦"的两个人物还是超级重量级的,一个是当朝皇帝——宋徽宗,另一个是流行歌坛的"天后"——李师师。

我不妨先来说说第二个原因,也"跟风"来八卦一下这个著名绯闻。

传说周邦彦来到汴京以后,和汴京的天后级歌手李师师关系非常亲密,他为李师师量身打造过不少流行歌曲,两人配合十分默契。不过,李师师实在是太有名了,有名到连宋徽宗都忍不住经常要微服私访,到李师师家来听她唱歌。

宋

有一天晚上，宋徽宗又突然驾幸师师家，没想到这回周邦彦到得比他早。听到报告说宋徽宗已经进门，周邦彦来不及回避，李师师只好把他藏到复壁间。宋徽宗兴冲冲进来，带了一个外地进贡来的新鲜橙子，一边和李师师聊着天，一边剥着橙子分享美味。当时天气正冷，师师的闺房却温暖如春，还弥漫着浓郁的馨香，两人低低的说笑声让这个寒冷的夜晚更添温馨。当然，宋徽宗和师师聊天的内容被周邦彦一字不落地都听进去了，后来还将这幕场景写成了一首新词《少年游》："并刀如水，吴盐胜雪，纤手破新橙。锦幄初温，兽香不断，相对坐调笙。低声问：向谁行宿？城上已三更。马滑霜浓，不如休去，直是少人行。"

尽管宋徽宗和李师师的绯闻在坊间早就是公开的秘密，被炒得沸沸扬扬，但那多是老百姓捕风捉影的猜测，像《少年游》这样具体的细节和场景被曝光，那还真是第一次，而且在口口相传中又被人们添油加醋，增加了很多想当然的夸张甚至虚构，所以，这首风情旖旎的小词自然很快就风靡京城，而且很快就传到了宋徽宗耳朵里。

皇帝的私生活被"朋友圈""刷屏"，这还了得，徽宗勃然大怒，于是随便找了个莫须有的罪名，将周邦彦贬出京城。

这道旨意下发之后两天，宋徽宗又来到李师师家，却被告知师师不在家，说是给周邦彦送行去了。徽宗左等右等，一直等到天黑，师师才回来，两只眼睛又红又肿，愁眉不展，憔悴可掬，显然是刚刚哭过。

徽宗一见师师那副依依不舍、愁肠百结的样子，心头怒火不禁一冒三丈，他板起脸明知故问："你跑到哪里去了？让朕等了这么久。"师师盈盈下拜，低着头回答说："臣妾罪该万死。臣妾听说周邦彦获罪被

贬,押出国门,臣妾于心不忍,于是略备一杯薄酒为他饯行去了。臣妾事先并不知道官家今天会来,臣妾万死!"

徽宗的怒火被师师楚楚可怜的样子浇灭了一大半,他悻悻地又问了一句:"那家伙是不是又写了什么新歌?"师师答道:"的确有一首新歌《兰陵王》。"徽宗也是一"奇葩",居然好奇心大发——当然,徽宗有好奇心也不奇怪,徽宗治国的水准不怎么样,艺术鉴赏的水准可是一流,在音乐、书法、文学等领域都堪称大家,词也写得很不错。徽宗好奇心一发,忍不住就下了旨意:"那你给朕唱一遍听听。"

李师师含着晶莹的泪花,朱唇轻启,为宋徽宗演唱了这首《兰陵王》。徽宗沉醉在师师动情的歌声中,一曲终了,他的满腔怒气早就跑得无影无踪,一迭连声派人去把周邦彦召了回来,还任命他为朝廷音乐机构大晟府的乐正。

这个故事非常生动,各种细节言之凿凿,相当长时间内被人当作真实的历史深信不疑并且广为流传。但我们一听可能也会产生疑惑,像这样的八卦,如果当事人不承认,别人怎么传都只能是捕风捉影,并且还很有可能纯属虚构。但从古至今娱乐圈从来都是八卦绯闻聚集的地方,更何况这个八卦的三个主角之间还确实有着转弯抹角、千丝万缕的联系呢:宋徽宗与周邦彦是君臣关系,宋徽宗与李师师是情人关系,周邦彦与李师师是音乐制作人与歌手的关系,这就难怪他们三人会被编排在一起,被制造出一个耸人听闻的"娱乐头条"出来。

之前我们说过还有一个原因,那就是《兰陵王》这首词实在写得太美了,美到人们忍不住要给它配一个极具冲击力的精彩故事,一首又好听又有故事的流行歌曲当然更容易打动人心,也更容易被人牢记

宋

不忘。

那么,这首《兰陵王》到底美到什么程度呢?我们不妨从四个角度来欣赏一下周邦彦这首经典之作。

首先,这首词美在情景交融。

风景的主体是依依杨柳,情感的主体则是离情别绪。

"柳阴直,烟里丝丝弄碧。隋堤上、曾见几番,拂水飘绵送行色。"宋代汴京的"隋堤"在开封城外三里,当年隋炀帝开通济渠,沿河筑堤,遍植柳树。此后每到暮春三月,隋堤上柳树成荫,柳荫成行,柳絮飘飞,碧绿的柳叶在春光的雾霭中更添一份朦胧的柔美。柔软的柳条轻拂水面,漫天飞絮沾惹在行人的衣袖上、衣襟上,拂之不去,仿佛是向人倾诉着依依不舍的离情别绪。如此美好的春光,如此令人眷恋的京城,可词人却不得不挥手告别这个美丽的地方。"登临望故国,谁识京华倦客。"故国、京华都是指都城,"京华倦客"当然就是词人自己了。当京城的人们还沉浸在温暖的春光里的时候,词人却独自登上高堤,回头眺望即将离别的都城,有谁理解他此时此刻的凄凉情绪呢?

回首这一生,从他二十四岁第一次入京,到六十三岁最后一次离京,整整四十年过去了。四十年中,他感受过京城的繁华,体验过晋升的喜悦,珍藏过爱情的甜蜜。但同时,四十年的时光流转,他也经历过太多人事沧桑,感受过太多的人情冷暖,遭遇过太多的悲欢离合。当他在离去之前,最后一次回望汴京城的时候,他的内心百感交集:"登临望故国,谁识京华倦客。"一个"倦"字,饱含了他四十年来难以言传的辗转沉浮。

"长亭路、年去岁来,应折柔条过千尺。"在古代,驿道上五里一短

亭,十里一长亭,长亭本是行人话别、休息的地方,折柳赠别是汉代以来形成的习俗,而汴京城外的长亭柳树,不知道一年到头会见证多少次黯然神伤的离别?被折断的柳条恐怕早已不止千尺了吧?

看上去,周邦彦好像是在怜惜长亭的柳树被人频频攀折,其实是在感慨频繁的离别给人带来的无限伤怀与深深无奈。

第二,这首词还美在特别的节日寓意。

"闲寻旧踪迹,又酒趁哀弦,灯照离席,梨花榆火催寒食。"离别的场景是相似的,但是这一次离别的时间却有些与众不同。"梨花榆火催寒食",这个特别的日子便是重和元年的寒食节。

唐宋时期一般以冬至以后第 105 天为寒食节,寒食第三天便是清明节,清代以后,才将清明节改为寒食节后一天。寒食是一个节日,清明则是二十四节气之一,在时间上寒食清明紧连在一起,也就是说,在宋代,清明前两天是寒食节,寒食节包含了清明这个节气,两节相连,一共放假七天,这可是宋代公务员难得享受到的假期黄金周。因此在唐诗宋词中,寒食、清明两个词往往被混用,表示的是同一个节日。

寒食、清明已经是暮春季节,这是一年之中风景最优美的时令之一。"梨花榆火催寒食",这首词里提到的梨花、榆火、柳树都是寒食清明特别的节日风物。据《梦粱录》记载,在寒食这天,"家家以柳条插于门,名之曰明眼。"插柳即是清明寒食的重要节俗。

梨花也是开在寒食前后,在古典诗词中,梨花与寒食节往往并提,成为寒食节诗词最重要的意象之一,例如"寂寞游人寒食后,夜来风雨送梨花"(温庭筠《鄠杜郊居》);"细笼芳草踏春后,欲打梨花寒食时"(梅尧臣《次韵和永叔雨中寄原甫舍人》)等都是如此。

宋

至于"榆火"就更是寒食节的特别象征了。寒食节这天,要严禁烟火,将上一年传下来的旧火种全部熄灭,火种禁灭之后第三天,要重新钻燧获取新火种,新火种一般是从榆木、柳树钻取得来,按《周礼》的记载,是"春取榆柳之火"。

"闲寻旧踪迹,又酒趁哀弦,灯照离席,梨花榆火催寒食。"这本应是一个美好的春假,往常在这个假期的黄金周里,也许词人会陪着心爱的人郊外踏春,享受美好的时光。可这一次,他却很可能面临的是与爱人的诀别。

寒食节前夕,相爱的人为他设宴饯行,琴声幽怨,灯火昏黄,那个夜晚依依惜别的场景还历历在目,转眼已是分隔两端。清明的时候,宫廷中一批批赏赐出来的榆柳新火,仿佛在提醒着词人岁月匆匆、行色匆匆。"愁一箭风快,半篙波暖,回头迢递便数驿。望人在天北。"他恨,恨风为什么那么急,船为什么开得那么快,一转眼,已经离京城天遥地远了。送行的她会不会还呆呆地伫立在渡口,痴痴地望着船只远去的方向、思念着北去的词人呢?

第三,这首词还美在梦幻般的凄美回忆。

《兰陵王》从上片的隋堤柳色,到中片的寒食送别,下片最终转入了词人的回忆。而回忆又从含蓄婉转的"凄恻",终究化作了堆积如山的"恨",随着京城的距离越来越遥远,情绪也越来越强烈。"渐别浦萦回,津堠岑寂,斜阳冉冉春无极。"津是渡口,堠是古代记录里数的土堡,五里为一堠。黄昏时分,渡口已是冷冷清清,水波兀自回旋不已,在夕阳余晖的照耀下,一派春色无边的景致,却越发衬托出词人的形单影只。他不禁陷入了深深的追忆之中,回忆的内容只有这简简单单

的八个字:"月榭携手,露桥闻笛",当年他和爱人在明明如水的月色下携手私语,月榭之中,露桥之上,留下了他们相依相伴的身影。一别之后,当年那些温馨的一幕一幕竟然像梦境一样变得可望而不可即。"沉思前事,似梦里,泪暗滴。"现在的孤独落寞,当年的温馨相伴,今昔对比竟然有着如此巨大的落差,想到这里,怎不令词人泪如雨下呢?

最后,这首词还美在《兰陵王》这个词调。

《兰陵王》这个名字也蕴含着一个动人的历史故事。南北朝的时候,北齐文襄帝的儿子高长恭被封为兰陵郡王,高长恭长相俊美,文武双全。可是,因为他长得太漂亮了,打仗的时候不能对敌军形成威慑力,所以每次临阵杀敌他都要带上一个凶狠的假面具,再加上他威猛善战,一时间勇冠三军威名远扬。战士们编了歌谣来歌颂他,名为《兰陵王入阵曲》。而宋代《兰陵王》作为词调的创始人就是周邦彦。

《兰陵王》的歌词很长,我们此前读的词通常分为上下两片,可这首词却分为上、中、下三片,长达130个字,算得上是北宋年间歌词最长的流行歌曲之一。

情景美、节俗美、梦幻美、音律美,这正是周邦彦《兰陵王》成为经典名作的四大要素。遥想当年,若真由色艺双绝的李师师来演唱这首身兼"四美"的《兰陵王》,那一定是无比动人的美丽场景,假如宋徽宗真的被这首词深深打动,那也一点儿都不值得大惊小怪。

柳阴直,烟里丝丝弄碧。隋堤上、曾见几番,拂水飘绵送行色。登临望故国,谁识京华倦客。长亭路、年去岁来,应折柔条过千尺。　闲寻旧踪迹,又酒趁哀弦,灯照离席,梨花榆火催寒食。愁一箭风快,半篙波暖,回头迢递便数驿。望人在天北。　凄恻,恨堆积,渐别浦萦回,津

宋

堠岑寂,斜阳冉冉春无极。念月榭携手,露桥闻笛,沉思前事,似梦里,泪暗滴。

一首《兰陵王》,让我们看到了周邦彦告别京城的不舍,下一讲我们依然会停留在周邦彦笔下的北宋都城汴京,继续感受"北漂一族"的帝都生涯。

【拓展阅读】

王国维《清真先生遗事》(周邦彦字美成,号清真居士):

先生于诗文无所不工,然尚未尽脱古人蹊径。平生著述,自以乐府为第一,词人甲乙,宋人早有定论。唯张叔夏(张炎)病其意趣不高远。然北宋人如欧、苏、秦、黄,高则高矣,至精工博大,殊不逮先生。故以宋词比唐诗,则东坡似太白,欧、秦似摩诘,耆卿似乐天,方回、叔原则大历十才子之流,南宋惟一稼轩可比昌黎,而词中老杜,则非先生不可。

苏幕遮
周邦彦

燎沉香,消溽暑。鸟雀呼晴,侵晓窥檐语。叶上初阳干宿雨,水面清圆,一一风荷举。　　故乡遥,何日去。家住吴门,久作长安旅。五月渔郎相忆否,小楫轻舟,梦入芙蓉浦。

上一讲的《兰陵王》,是周邦彦告别京城时候的伤别之词;这首《苏幕遮》的主题恰恰相反,是周邦彦第一次离开家乡,作为北漂一族客居京城的思乡之词。词中"久作长安旅"这一句,语气听上去很平淡,但一个"久"字,到底又蕴含了北漂青年多少不为人知的酸甜苦辣呢!

既然《兰陵王》和《苏幕遮》这两首词都和周邦彦的北漂生活相关,那我觉得在仔细解读这首《苏幕遮》之前,不妨再隆重介绍一下周邦彦这位北宋词坛殿堂级的"大咖"。

周邦彦,字美成,号清真居士,宋仁宗嘉祐元年(1056)出生于钱塘

宋

(今浙江杭州),卒于宋徽宗宣和三年(1121),经历北宋仁宗、英宗、神宗、哲宗和徽宗五朝。其词集名《清真集》,又名《片玉词》,存词200余首。我以前介绍柳永的时候说过,柳永是北宋的职业词人,他创作的歌词歌曲是可以产生经济效益、可以用来谋生的;周邦彦则是官方认定的专家词人。

政和六年(1116),六十一岁的周邦彦以杰出的音乐才能提举大晟府。大晟府是徽宗年间朝廷的主要音乐机构,网罗了当时最顶尖级的专业音乐人,有赖于他们的工作,词曲的收集、整理、创制、传播被推向极盛。

周邦彦生活的时代,正是宋词最为鼎盛的时期,许多一流大词人活跃的年代都和周邦彦有交集。周邦彦出生的时候,也就是1056年,北宋词人张先仍然健在;欧阳修、王安石、晏几道、苏轼等人都正在壮年;秦观也已七岁。周邦彦二十九岁的时候,李清照出生。

然而,群星璀璨的北宋词坛不但没有掩盖住周邦彦的耀眼光芒,反而衬托出周邦彦更加出类拔萃。直到清代,周邦彦的词仍被视为填词的最高境界,《四库全书提要》夸他"妙解声律,为词家之冠",王国维夸他是词人中的杜甫,清代词学家周济甚至为学习填词的人设计了这样一条学习的途径:"问途碧山,历梦窗、稼轩以还清真之浑化。"(《宋四家词选目录·序论》)也就是说,学习填词入门的时候先模仿南宋词人王沂孙,然后进一步学习吴文英和辛弃疾的风格,最后努力攀登最高境界——达到周邦彦之浑化。

在很多词人和学者眼里,周邦彦成了高居宋词巅峰的一个偶像。

周邦彦之所以被人推崇备至,是因为他兼通文学与音乐,拥有了

音乐家与文学家这双重身份,既能填词还能作曲,所以才能比其他人更加游刃有余地驾驭词这样一种音乐文学。周邦彦甚至还将自己与三国时候的周瑜相比,因为周瑜也是一个旷世难遇的音乐家,据说只要乐师演奏的乐曲中有任何一点点细微的瑕疵,他都能敏锐地察觉到,察觉到以后还一定要找到乐工,将瑕疵指出来。所以当时人都说:"曲有误,周郎顾。"周邦彦也姓周,他就自号其堂为"顾曲"堂,说明他对自己的音乐才能自视甚高。以周瑜自比,是不是挺自信啊?

虽然周邦彦特别擅长原创谱曲填词,这首《苏幕遮》恰恰并不是他的原创调。《苏幕遮》是唐代教坊曲,最早来源于西域的舞曲,是唐代高昌国也就是今天新疆吐鲁番的民间音乐,是盛夏时节人们互相泼水来取凉的一种歌舞戏,我估计可能有点儿类似于今天傣族的泼水节。高昌的方言里把女子头上戴的一种油帽称为"苏莫遮",这就是这个词牌名的来历了。

有意思的是,周邦彦这首《苏幕遮》恰恰就是描写夏天的景致。咱们中国的古典诗词,描写春天和秋天的作品占据了绝大多数,可能是因为这两个季节更能够在人的感觉上凸显出时间的流动性,自然风景在这两个季节的变化也尤其明显,所以特别能引发文人的情绪波动。而且中国大多数地方属于农耕文化,春、秋两季是播种和收获的两大季节,就连民间许多相关的重要仪式化的活动,甚至婚恋嫁娶都和春秋两季关系更为密切,因此古典诗词中最常见的与季节相关的题材就是伤春和悲秋了。相比之下,写夏天和冬天的诗词数量就要少得多,写夏天的经典作品就更少了,虽然夏天也是农村比较繁忙的时候,可对于文人来说,也许在夏天和冬天,是特别容易思静而不思动的。在宋

词人的笔下，夏天的景致也往往显得更为宁静和幽深，这首《苏幕遮》便是这类作品的典范。

"燎沉香，消溽暑。"燎就是燃烧的意思，沉香是一种名贵的香料，放到水中会下沉，又名沉水香。据说沉香的香味可以辟恶气辟邪气，因此在酷暑盛夏点燃沉香来"消溽暑"，溽就是炎热潮湿的暑气。

开篇的两句词，显然是室内的景象，呈现出一种香雾缭绕，暑气消退的宁静气氛。

接下来的两句词转向了室外："鸟雀呼晴，侵晓窥檐语。"和室内的静态相比，室外立即显出了一种动态的活泼气氛。因为雨后初晴，大概室外的暑气也消退了不少，所以不仅人会感到一种身心舒爽，连鸟儿雀儿好像都在开心地窃窃私语了。尤其是"侵晓窥檐语"这一句非常生动活泼，一个"窥"字，仿佛鸟儿雀儿都通了人性，一方面调皮地在屋檐下偷偷窥视室内静静燃烧的沉香，叽叽喳喳提醒着主人外面已经雨过天晴啦，气温也降下来啦，你可以起床啦……另一方面，也让词的结构通过这一个"窥"字，自然地从室内人物的活动转向了室外的自然风景。而且上半阕的时间发展也脉络清晰了：先是凌晨，然后到侵晓也就是拂晓，再到太阳初升……随着词句的发展，时间也在自然而然地静静流动着。

既然时间从安静的凌晨来到了太阳升起的上午，场景也从室内转向了室外，接下来这几句就是描写室外风景了："叶上初阳干宿雨。水面清圆，一一风荷举。"歇拍这三句是咏荷花的经典名句，王国维《人间词话》认为"此真能得荷花之神理者"，认为这三句写足了荷花的神韵。

细细品读之下，你会发现这短短的三句词竟然也是层次分明的：第一句"叶上初阳干宿雨"纯粹是客观的描写，初升的太阳照在荷叶上，昨晚下的雨也被晒干了；接下来一句"水面清圆"转而写雨后湖面的清澈圆润，再次凸显了"初阳"的时间特征；最后一句"一一风荷举"是三句中写得最为生动别致的。"一一"极写雨后荷花满池、荷花盛开的情景，不是只有一两朵荷花，而是满池的荷花都盛开了啊。"举"字真是一个特别有力量的字，而且还必须先有了"水面清圆"的背景铺垫，才更能突出"举"的立体感。因为一个"举"字，二维的平面空间立即变成了三维的立体空间。"风荷举"，既勾勒出荷茎挺立出水面的清高姿态，又呈现出荷花在夏日微风吹拂下的翩翩神韵。难怪前人评价周邦彦词"结构天成"，"抚写物态，曲尽其妙"，从这短短的几句词中我们就能看出周邦彦确实功力不凡了。

　　上片纯写夏日风景，并且层层铺垫，最后推出这首词最核心的意象，也是夏天的标志性意象——盛开的荷花。下半片又从自然风景过渡到了思乡之情。过片两句"故乡遥，何日去"，开门见山点出了思乡主题，而且一入题就渲染出情感的浓厚：一个"遥"字，强化了远离故乡和滞留他乡的无奈；一个问句"何日去"，问得尤其凄惨，故乡迢迢，何时能够重返故乡呢？

　　"家住吴门，久作长安旅。"吴门本来是指苏州，周邦彦是杭州人，这里应该是以吴门代指苏杭为中心的江南一带了。"久作长安旅"，一个"久"字，从远离故乡的空间距离转到了阔别故乡的时间距离。长安本是汉朝和唐朝的都城，后代的古典诗词就常常用"长安"作为京城的代指，这里是代指北宋的都城汴京（今开封）了。例如辛弃疾的"西北

宋

望长安,可怜无数山"(《菩萨蛮》"郁孤台下清江水"),李清照的"空梦长安,认取长安道"(《蝶恋花·上巳召亲族》),都是用"长安"代指北宋京城开封。

"故乡遥,何日去。家住吴门,久作长安旅。"一个江南游子长年北漂的辛酸无奈,就通过这几句词含蓄而又惆怅地流露出来。既然词人说到了北漂的艰辛和思乡的痛苦,那我们就来回顾一下周邦彦这位北漂一族的代表,在他的北漂生涯中到底经历了什么吧。

宋神宗元丰二年(1079),也就是周邦彦二十四岁那年,他第一次来到都城汴京,成了一名太学生,相当于考上了国家设立的大学;元丰六年(1083),周邦彦写了一篇文采飞扬的《汴都赋》献给宋神宗,神宗大为叹赏,当即命令一位很有学问的朝廷高官当众朗诵这篇赋。可是这个博学的官员竟然好多字都不认识,所谓秀才认字认半边,只能按偏旁去推测字的读音。宋神宗觉得周邦彦简直是个奇才,年纪轻轻,"大学"还没毕业,可学问已经超过了很多名家宿儒,于是将他从一个太学生直接破格提拔为"太学正",相当于从一个大学生直接晋升为大学的教务处长或者是学工部部长之类的职务了。一直到五年后,也就是宋哲宗元祐二年(1087)春,周邦彦第一次告别京城,出任庐州(今安徽合肥)教授。

第一次入京,周邦彦从一名"大学生"被破格提拔为"公务员",在京城一待便是八年之久。

宋哲宗绍圣三年(1096),四十一岁的周邦彦在江苏溧水任满,接到了回京的调令,第二年开始担任国子主簿,后来又屡次升迁。直到宋徽宗政和二年(1112),五十七岁的周邦彦以奉直大夫直龙图阁知隆

德军府(府治在今山西长治市)。这是他第二次告别京城到外地赴任。这一次在京城逗留长达16年之久。

宋徽宗政和六年(1116),六十一岁的周邦彦回到京城任秘书监,三年后,也就是重和元年(1118),六十三岁的周邦彦出知真定府(治所在今河北正定县)。这是他第三次也是最后一次挥别汴京,所以他才会在《兰陵王》那首词里面说到"曾见几番,拂水飘绵送行色""登临望故国,谁识京华倦客"。

从《苏幕遮》词意来看,这首词应该是写于周邦彦第一次客居京城期间,也就是1079年到1087年这八年期间,这是他从二十四岁到三十二岁的青年时期,是他希望能够在京城谋得一席之地的奋斗时期;这也是他离开家乡"吴门",第一次成为北漂一族的时期,思乡之情自然难免浓烈。

而且,虽然周邦彦的仕途看上去还比较顺利,但到了中晚年的时候,他也身不由己地被卷入了激烈的党争之中。周邦彦在北宋朝廷活跃的时代,正是宋神宗、哲宗、徽宗三朝,应该说是大宋王朝最为鼎盛的阶段,同时也是政治斗争颇为剧烈的时候。例如新旧两党的政治斗争从神宗朝一直持续到徽宗朝,新旧两党交替执政,斗得不亦乐乎。可是无论谁上台谁主政谁风光得意,周邦彦从不依附于任何一党,只是凭借自己的真才实学,一点点获得职位的晋升。可以说,他不是靠钻营获得在朝廷的立身之地,靠的是业务上的专业实力。

可是不偏不倚的政治立场并不能给他带来安稳。重和元年,六十三岁的周邦彦不得不离开京城,就是因为不愿依附蔡京一党才从大晟府提举任上被外放。在经历了朝廷党争争权夺利的斗争之后,晚年的

宋

周邦彦会在词中流露出更为复杂更为隐秘的情绪。

不过这首《苏幕遮》并没有掺杂太多其他的复杂情绪，表现的情感非常单纯，只有一股淡淡而又深切的思乡之情。这样的单纯之词，在周邦彦中晚年饱经情感波折后是很难再写出来的。举个例子，大约在周邦彦五十二岁左右的时候，他也写过一首思乡的《点绛唇》词："辽鹤归来，故乡多少伤心地。寸书不寄，鱼浪空千里。　凭仗桃根，说与凄凉意。愁无际，旧时衣袂，犹有东门泪。"

这首《点绛唇》的用笔就要重得多了，像"伤心地""凄凉意""愁无际""东门泪"这一类词语或者意象、典故的运用，都显示出一个中老年人饱经世事沧桑的伤感，和《苏幕遮》里那种虽然强烈却依然很单纯的思乡情感，风格是很不一样的。

"故乡遥，何日去。家住吴门，久作长安旅。五月渔郎相忆否，小楫轻舟，梦入芙蓉浦。""久作长安旅"一句将思乡情感推向高潮之后，煞拍三句又回归了轻灵和淡雅。"五月渔郎相忆否"，五月正是仲夏季节，从结构上说，这一句正是承上启下的句子，因为五月是溽暑初发、风荷正举之时，所以词人才会由此处京城的五月联想到记忆中故乡的五月。水面清圆，风荷正举，京城的夏季与故乡的夏季，风景如此相似，怎不令游子倍增思乡情愫呢？

因此，"相忆否"的反问是将情感加倍一层的写法，言下之意正是不能不忆。有了这一句的过渡，接下来再继续写回忆中的江南夏日，"小楫轻舟，梦入芙蓉浦"，就更显得自然浑成了。

一首短短的《苏幕遮》，从上阕的眼前实景，落脚到京城的荷花胜景，转入下阕的思乡之情，最终依然落笔到江南的芙蓉，前后呼应，脉

　　络井井。现在与过去的对比,京城与故乡的对比,实景与回忆的对比,宁静的风景与强烈的情感对比,在时空的转换中,虚虚实实,词人那种久客帝都、思念家乡却又欲归不能的情绪抒发得曲折回环,余味无穷。

　　燎沉香,消溽暑。鸟雀呼晴,侵晓窥檐语。叶上初阳干宿雨,水面清圆,一一风荷举。　　故乡遥,何日去。家住吴门,久作长安旅。五月渔郎相忆否,小楫轻舟,梦入芙蓉浦。

　　"故乡遥,何日去。家住吴门,久作长安旅。"这首词虽然是周邦彦的思乡之作,又何尝不是北漂游子共同的心声呢?

【拓展阅读】

　　陈廷焯《云韶集》:

　　不必以词胜,而词自胜。风致绝佳,亦见先生胸襟恬淡。

宋

西河

周邦彦

佳丽地，南朝胜事谁记？山围故国绕清江，髻鬟对起。怒涛寂寞打孤城，风樯遥度天际。　　断崖树，犹倒倚，莫愁艇子曾系？空遗旧迹郁苍苍，雾沉半垒。夜深月过女墙来，伤心东望淮水。　　酒旗戏鼓甚处市？想依稀、王谢邻里。燕子不知何世，入寻常巷陌人家相对，如说兴亡斜阳里。

宋哲宗元祐八年（1093），三十八岁的周邦彦出知溧水县（今江苏南京溧水）。溧水在当时属于江宁府，靠近现在的南京市。在此期间，周邦彦感慨于金陵旧事，创制了这首咏史怀古词《西河》。

第一次看到这首词的时候，你可能会心里一动，产生类似于贾宝玉初次见到林黛玉那样的感受："这个妹妹我曾见过的。"如果你产生了和贾宝玉一样的感觉，那就对了。周邦彦这首《西河》我们看着确实很"面善"，就好像是"远别重逢"的老朋友一样，而且这一次"重逢"的

还不止一位老朋友。我们第一眼认出来的也许是这两位最熟悉的"老朋友":

其一,是刘禹锡的《石头城》:"山围故国周遭在,潮打空城寂寞回。淮水东边旧时月,夜深还过女墙来。"

其二,还是刘禹锡的一首诗,《乌衣巷》:"朱雀桥边野草花,乌衣巷口夕阳斜。旧时王谢堂前燕,飞入寻常百姓家。"

唐朝诗人刘禹锡的两首诗都是吟咏金陵(今南京)的名篇,现在却完全融化在了周邦彦的《西河》词中。

在诗词中引用或化用前人成句并非周邦彦首创,我们熟悉的很多千古名句其实都是对前人成句的"点铁成金"。例如曹操的"青青子衿,悠悠我心"就是完整袭用《诗经》里的句子;初唐诗人王勃《滕王阁序》中的"落霞与孤鹜齐飞,秋水共长天一色"是从庾信《马射赋》"落花与芝盖齐飞,杨柳共青旗一色"脱胎而来;宋代诗人林逋咏梅花的"疏影横斜水清浅,暗香浮动月黄昏"就是化用"竹影横斜水清浅,桂香浮动月黄昏"的句子;晏几道"落花人独立,微雨燕双飞"也是完整袭用前人的成句……

"点铁成金""夺胎换骨"这一创作手法在宋代更是从理论上被推向了一个巅峰,江西诗派的领袖人物之一黄庭坚就说过:"古之能为文章者,真能陶冶万物,虽取古人之成言入于翰墨,如灵丹一粒,点铁成金也。"(《答洪驹父书》)

词坛大家周邦彦就是一位"夺胎换骨""点铁成金"的典范。

"佳丽地,南朝胜事谁记。"《西河》词题标明了是"金陵怀古",应该是周邦彦来到金陵时,这座历史名城带给了他无数感慨,因而催生宋

出这首咏史怀古名篇。中国的文人往往在咏史诗词中寄托自己对于历史兴亡、人事变迁、命运沧桑的种种见解和感悟,周邦彦也不例外。不过,他的开篇很别致,金陵是六朝金粉之地,她的"艳名"在明末清初再度传布开来,功臣就是著名的秦淮八艳(又称金陵八艳)。在北宋的时候,金陵的"艳名"也许还不及扬州等地;不过,既然周邦彦被公认是当行本色的词人,词作主题自然往往不离"艳情",因此,他对金陵的感慨首先就从"佳丽地"发端了。

其实,"佳丽地"也是一位我们熟悉的"老朋友"。

南朝诗人谢朓写过一首《入朝曲》,头两句就是:"江南佳丽地,金陵帝王州。"当年谢朓吟咏金陵,主要是想借金陵的帝王气象表达自己要跻身朝堂、施展功名抱负的理想。周邦彦则反用谢朓诗中的典故,发出了更沉重的质问:如今的金陵城仍然是美女如云,可谓处处莺歌燕舞,红袖飘飘;可是在这一片艳丽繁华之下,谁还能想起金陵这座雄伟牢固的城池,也曾经是有着赫赫帝王之气的六朝古都呢?言外之意,别看现在的金陵如此富庶繁华,如果没有远大的目光和强悍的手段,今天的富贵也许就会被明天的烟尘所覆盖。

这样的开篇真有一点振聋发聩的意味了!

周邦彦活跃的时代,正是宋神宗、哲宗、徽宗三朝,应该说是大宋王朝最为鼎盛的阶段,表面上的繁华富庶掩盖了激烈的朝政危机:朝廷内部党争不断,边境屡屡受到北方少数民族的威胁,国家形势岌岌可危。皇帝和文武群臣常常沉溺在太平盛世的奢侈享乐中,似乎全然不觉国家的危机正在步步逼近。而金陵这座六朝古都(六朝古都是唐人说法,事实上五代亦有立金陵为都城者,如南唐),其煊赫的历史更

容易让人联想到王朝的兴替、国家的兴亡。

当然,此时的周邦彦还未必有那样的远见,能够预见到二十多年后北宋的灭亡,可当词人来到金陵,目睹了金陵的繁华太平,联想到这座古都经历的沧海桑田,内心难免掀起强烈的忧患意识。因此,词人才会提笔就是一句掷地有声的质问:"佳丽地,南朝胜事谁记。"

这样的质问不知道能不能惊醒在富贵温柔乡中醉生梦死的朝野君臣,让他们若有所悟呢?

"山围故国绕清江,髻鬟对起。怒涛寂寞打孤城,风樯遥度天际。"这四句就是化用刘禹锡的《石头城》诗了。刘禹锡诗中的原句是:"山围故国周遭在,潮打空城寂寞回。"诗中流溢的是一种追溯历史兴亡之后的萧瑟寂寞。这两句诗一经周邦彦的化用,立即显出"顿挫""拗怒"之美。

"顿挫"既是指声调的高低抑扬、停顿转折,也是指意思的曲折回环,跌宕起伏。所谓"拗怒",字面上的理解是强行压抑住愤怒从而转移情绪的意思;用于诗词创作理论,则是指不按常规格律加以变化,将原本上扬的声情加以抑制,然后呈现出更大的感情力度和激昂发越的美感。

比如说,五、七言诗词的调式,一般在每个句子中是两平两仄相互穿插的,我们熟悉的晏殊的名句"无可奈何花落去,似曾相识燕归来",就是"平仄仄平平仄仄,仄平平仄仄平平"的调式。上一句以去声字"去"结,下一句则以平声字"来"作为韵脚结尾,在音律上就起到了中和平复的作用,使词句呈现和谐舒缓之美。晏殊的词从整体内涵上来说,表现的也应该是一种理性、节制的平和之美,因此调式的选择和词宋

要表现的情感内涵是完全匹配的。

反之,诗词则可能呈现拗怒美。我们可以大声吟诵一下周邦彦的这四句词,用心感受一下"平平仄仄仄平平,仄平仄仄。仄平仄仄仄平平,平平平仄平仄"的声调,我们会发现词人不但在句中打破了两平两仄交替的惯例,经常连用三个仄声字,而且押的是仄声韵,音调上就给我们营造出一种整体上的拗怒感,不同于刘禹锡原句的"平平仄仄平平仄,平仄平平仄仄平"的平和之美。

再从意蕴上看。刘禹锡原诗突出的是兴亡之后的萧条寂寞,仿佛是诗人一声轻轻的长叹。周邦彦感受到的却是惊涛骇浪。"山围故国绕清江,髻鬟对起。"金陵城四面环山,历来被认为是虎踞龙盘之地;既有长江天堑可以依靠,又有秦淮河贯穿其中,可谓依山傍水,充满灵气。金陵地势总体上是北高南低,词人伫立城中,向北眺望,看到一左一右高高矗立的山峰,就像女子头顶高高盘起的两个发髻。

"怒涛寂寞打孤城,风樯遥度天际。"樯,本是指船上悬挂风帆用的桅杆,这里代指船。这两句的意思是说山峰包围下的金陵就好像一座"孤城",任凭长江的"怒涛"一波接一波地拍打着岸边,一叶孤舟在汹涌的波涛中渐行渐远,好像要挣扎着驶向遥远的天边。这似乎是很惊悚的一幕场景:一边是惊涛骇浪,一边是风雨飘摇的帆船。词人似乎在暗示着什么,但是他并没有给出明确的回答。

那一叶帆船是摇摇欲坠的大宋江山吗?

上片到这里戛然而止。我们接下来再看中片:"断崖树,犹倒倚,莫愁艇子曾系?空遗旧迹郁苍苍,雾沉半垒。"在这几句中我们又看到了一位"老朋友"——古乐府诗《莫愁乐》:"莫愁在何处?莫愁石城

西。艇子打两桨,催送莫愁来。"不过,周邦彦将古乐府诗的句子很自然地融化在他的想象中:一棵很有年头的老树倒倚在断崖之上,这一幕再次激发了词人绵延今古的联想。当年莫愁姑娘的小艇就是系在这棵老树上的吧?这里又显出了周邦彦词的"顿挫"之妙。刚刚还是怒涛拍岸的激越拗怒,紧接着又以柔情稍作舒缓。

莫愁是一个流传在金陵的优美传说。莫愁是洛阳一位善良美丽的姑娘,卖身葬父,远嫁金陵,后来丈夫被征兵远戍,长年未归。莫愁姑娘化作一泓湖水,想要流到丈夫戍边的地方。这泓湖水就被命名为莫愁湖,直到如今,莫愁湖还是南京城内一处著名的风景胜地。

莫愁也曾经是金陵的"佳丽",如今却已芳踪远逝,眼前只剩下系过莫愁小艇的老树,只留下她曾经到过的"旧迹"。浓郁的云雾,若隐若现地掩盖住了半边城墙的营垒。

"夜深月过女墙来,伤心东望淮水。"女墙,是城墙上端呈凹凸状连环起伏的矮墙,墙上之人可以通过矮墙的凹陷处窥视城外的动态,具有隐蔽的军事防御功能。

此处词人再次化用了刘禹锡的诗句:"淮水东边旧时月,夜深还过女墙来。"化用后词句的意蕴也有所变化:寂寞凄凉的深夜,只有冷冷的月色透过女墙,月儿仿佛也在伤心地向东方眺望着淮水。淮水这里不是指淮河,而应该是指金陵城内的秦淮河。白天熙熙攘攘的秦淮河此时笼罩在凄冷的月色之中,越发显得苍凉清寂。

与上片以拗怒激越为主的格调相比,中片的语气显得舒缓平静得多,我们的情绪也仿佛随着词人的情绪潮涨潮落,从怒涛拍岸的汹涌来到了月色如水的凄清。如果说上片的情感密如鼓点,那么中片的情

宋

绪则疏淡有如低沉的箫声,穿过夜色,穿过历史,传递着悠长的叹息。

下片"波涛"再起。"酒旗戏鼓甚处市?"和上片起句一样,下片转折处又是一个惊问:当年酒旗飘飘、戏鼓咚咚的热闹繁华景象,如今再到哪里去寻找呢?上片的问题"南朝胜事谁记",词人已经给出了答案:人事沧桑变化,能够见证历史风云的就只有不变的山山水水了,故云"山围故国绕清江"。

下片的这一问:"酒旗戏鼓甚处市",和上片的问题异曲同工,山水是历史的见证,人的记忆也可以穿越历史。当然,可以穿越历史的记忆总是借助于不朽的文字,例如刘禹锡的《乌衣巷》就提供了这种穿越的可能。

下片其实都是融化了刘禹锡的诗句,来回答"酒旗戏鼓甚处市"这一个问题。"想依稀、王谢邻里。燕子不知何世"也许金陵古都的昔日繁华只有在回忆当中才能依稀见到了吧?南京的乌衣巷,在东晋的时候是王导、谢安这些豪门世族聚居的地方。当时曾经在王谢家族堂前"安家"的燕子,它们曾是贵族家的"邻居",如今也随着这些大家族一一消逝在历史中。

"入寻常巷陌人家相对,如说兴亡斜阳里。"当年高贵的燕子,如今不得不在普通老百姓的屋檐下栖身。这些燕子,就好像已经没落的贵族子弟,只能在斜阳西下的时候,絮絮叨叨地诉说着辉煌的过去。

"酒旗戏鼓甚处市"一句,连下五个仄声字,以"仄平仄仄仄仄仄"的拗怒之问领起下片,情绪是相当强烈的。可后面的回答"想依稀、王谢邻里"却以相对较为舒缓的语气,逐渐平息了这种拗怒。就仿佛提问的是一个年轻气盛的少年,一副要打破砂锅璺(问)到底的气势,回

答问题的却是一个饱经沧桑的老者。少年追切地要向历史追问一个真相；老者却只是轻声地叹息：在浩渺的历史中，人的力量太渺小……

请你重点注意一下哦：下片的收尾是"如说兴亡斜阳里"，以"平仄平平平平仄"的格律形式收尾。七字中有五个平声字，其中"说"为入声，归入仄声；仄声字的韵脚"里"是上声。

在上、去、入三种仄声里，如果说去声表达的情感相对高亢激烈，那么上声字往往较为委婉沉郁，更容易给人留下回环婉转、余味不尽的感觉。因此在连下数个平声字之后，再以上声字收尾，之前悲壮拗怒的急迫追问，"酒旗戏鼓甚处市"，就被这一声悠长又余音袅袅的叹息给平息了，"如说兴亡斜阳里"，留给读者的是无尽的联想和回味。

"入寻常巷陌人家相对，如说兴亡斜阳里。"一声悠长的叹息，结束了这首极具顿挫回环之妙的长调词。

佳丽地，南朝胜事谁记？山围故国绕清江，髻鬟对起。怒涛寂寞打孤城，风樯遥度天际。　断崖树，犹倒倚，莫愁艇子曾系？空遗旧迹郁苍苍，雾沉半垒。夜深月过女墙来，伤心东望淮水。　酒旗戏鼓甚处市？想依稀、王谢邻里。燕子不知何世，入寻常巷陌人家相对，如说兴亡斜阳里。

我们常说"言为心声"，语气音调的轻重缓急能够反映出心绪的剧烈变化，可以说周邦彦的词在化用了刘禹锡的诗后，利用词调独特的音声表现力，将情感的表现力也推向了更深更强更广的境界，"点铁成金"的妙用大概就在此吧。就好比站在我们面前的，明明是"远别重逢"的老朋友，但这个老朋友显然已经脱胎换骨，是那种"士别三日当刮目相看"的老朋友了。

宋

【拓展阅读】

陈允平《西河》

形胜地。西陵往事重记。溶溶王气满东南,英雄闲起。凤游何处古台空,长江缥缈无际。　石头城上试倚。吴襟楚带如系。乌衣巷陌几斜阳,燕闲旧垒。后庭玉树委歌尘,凄凉遗恨流水。　买花问酒锦绣市。醉新亭、芳草千里。梦醒觉非今世。对三山、半落青天,数点白鹭,飞来西风里。

小重山
岳飞

昨夜寒蛩不住鸣。惊回千里梦,已三更。起来独自绕阶行。人悄悄,帘外月胧明。　白首为功名。旧山松竹老,阻归程。欲将心事付瑶筝。知音少,弦断有谁听?

岳飞,字鹏举,他出身农家,在北宋徽宗宣和年间,以敢战士应募参军,是著名的抗金英雄,南宋中兴名将。岳飞是一位抗金名将,流传后代的文学作品并不多。有《岳武穆集》十卷,可是早已失传。词作传下来的就更少了,仅有三首,一首便是《小重山》,还有两首《满江红》。而那首最著名的《满江红》"怒发冲冠,凭栏处、潇潇雨歇",根据后代学者的考证,是不是岳飞写的还有很大的疑问。因为在宋元时期的所有文献中,都找不到这首词,连岳飞的孙子岳珂在主编《金陀粹编》的时候,也没有将《满江红》收录进去。直到明代中期以后这首词才突然冒出来,因此学者们多怀疑这首《满江红》是明代人的伪作。

宋

不过,无论《满江红》是不是岳飞所作,那首词的壮怀激烈、凛凛生气,读来确实让人有仰天长啸、气吞凌云的慷慨壮志。所以,在没有更充分的证据否认岳飞的著作权之前,我们还是宁愿相信,"三十功名尘与土,八千里路云和月。莫等闲、白了少年头,空悲切",那就是岳飞最真实的感慨。

不过,严谨地说来,岳飞的词作,最可靠的还是这首《小重山》。

昨夜寒蛩不住鸣。惊回千里梦,已三更。起来独自绕阶行。人悄悄,帘外月胧明。　白首为功名。旧山松竹老,阻归程。欲将心事付瑶筝。知音少,弦断有谁听?

和《满江红》的壮怀激烈相比,这首《小重山》的整体风格更为沉郁悲凉。从词的艺术风格来说,《小重山》也更加符合含蓄婉约的词体本色。

"昨夜寒蛩不住鸣。"词的起句貌似比较平淡。蛩可以是蝗虫,也可以是蟋蟀,不过这里的"寒蛩"当然是指蟋蟀,也就是我们俗话说的蛐蛐儿。晋崔豹《古今注》释曰:"蟋蟀,一名吟蛩,一名蛩。秋初生,得寒则鸣。"在古典诗词中,蟋蟀这个意象往往是秋天的代言人。

蟋蟀本来是生活在野外的,可是随着天气寒暑冷热的变化也会经常移动,所以古人是把蟋蟀看成"候虫"的。早在《诗经》当中就有一首《蟋蟀》诗:"蟋蟀在堂,岁聿其莫。"大致意思是,一年快到岁暮的时候,天气冷了,蟋蟀也从野外躲到屋子里来了。《诗经·七月》诗里有"七月在野,八月在宇,九月在户,十月蟋蟀入我床下"的句子。可见古人认为夏历九月份的时候,正值深秋季节,也是蟋蟀躲进室内的时候了。南朝宋鲍照《拟古八首》之七也有"秋蛩挟户吟,寒妇晨夜织"的

句子。

现在住在城市高楼大厦的我们,当然是不可能感受到蟋蟀"九月在户""十月蟋蟀入我床下"这样原生态的季候变化了。但是我们完全能够想象,当岳飞写下"昨夜寒蛩不住鸣"的时候,应该也正是农历九月、十月这样的秋冬之际了。"不住鸣",表面上是写蟋蟀不停地在鸣叫,实际上,岳飞想要表达的还是一夜无眠吧?

不知道是因为蟋蟀的鸣叫,打扰了词人的睡眠,还是词人本就失眠,所以才听了一夜的蟋蟀声呢?

"昨夜寒蛩不住鸣。惊回千里梦,已三更。"原来是蟋蟀冷得叫个不停,所以惊醒了词人的"千里梦",三更具体是指夜里十一点到凌晨一点,这里当然有可能就是泛指深夜。耐人寻味的是"千里梦",岳飞在梦中,是要去千里之外的什么地方,又要去做什么呢?

要回答这个问题,就必须回到岳飞创作这首《小重山》的历史背景当中去。结合岳飞的主要经历,不难猜到,这里的"千里",一定是千里之外的中原吧!

岳飞生于1103年。1125年(宋徽宗宣和七年)十月,也就是岳飞二十三岁的时候,北方的金人派两路大军直取中原,尤其是东路军,一路所向披靡,根本就没遇到过什么像样的抵抗。短短一两个月的时间,金人长驱直入,第二年正月初七就已经直逼宋朝的都城东京(今河南开封)。

宋徽宗吓得赶紧禅位给儿子赵桓,也就是历史上的宋钦宗。金兵围城的时候,宋钦宗也想像他爹一样,赶紧逃跑,但是以宗泽、李纲为代表的爱国将领却主张坚决抵抗,他们不但没有逃,还临危不惧,勇敢

宋

地挑起了保家卫国的重担,最终还说服了宋钦宗留在京城主持抗战。

就在李纲率领开封军民坚决保卫都城的时候,宋钦宗却听信奸臣的话,时不时动起逃跑的念头。一会儿说:啊呀呀,我的皇后已经先逃跑了,我要追她去;一会儿又说:啊呀呀,金兵已经答应我们的求和了,你看,只要给他们几百万两黄金,我叫他们的皇帝一声"伯父",给他们几个亲王、大臣当人质,我们就可以太平无事了……可怜李纲这样一个铁血男儿,偏偏碰到了这样一个扶不起的阿斗!

要知道,金兵已经包围了开封,为什么还愿意答应宋朝的求和?那是害怕啊。因为在李纲的领导下,开封城没攻下,从四面八方陆续赶来支援的宋军已经达到了二十多万人。金人也不是傻子,看到形势不利于自己了,当然愿意跟宋朝议和。条件是要求宋朝送给他们五百万两金子,五千万两银子,更无耻的是,他们还要求宋朝割让太原、中山、河间三镇。这样屈辱的议和条件,怕死的宋钦宗不顾李纲的反对,居然全部答应下来了!

金兵一撤退,北宋朝廷又好了伤疤忘了痛,以为从此天下太平了,又可以长治久安了。沉浸在"胜利"中的钦宗不仅不加强守备,反而命令四方的援军全部撤回原地,还罢免了开封保卫战的头号功臣李纲。

金兵撤退半年之后,卷土重来,靖康元年十一月份再一次包围了开封。开封城沦陷了。大宋的半壁江山,从此改姓了"金"。宋徽宗和宋钦宗被俘虏以后,继位的宋高宗继续奉行"逃跑"策略。建炎二年(1128),也就是宋高宗当上皇帝的第二年,当时他已经逃到了扬州。二月,金人再次发兵攻打东京,被留守在东京的抗金大将宗泽打败,金人狼狈撤退。

宗泽和李刚都强烈要求高宗回銮东京。皇帝如果能回到京城，肯定能起到鼓舞士气、安定民心的作用，才有可能进一步收复北方的失地。尤其是宗泽，他前前后后一共上了24道奏折，恳请皇帝回京。可是软骨头赵构，一门心思只想往南边逃，哪里敢回去？当年七月份，七十高龄的宗泽忧愤成疾，临终的时候还大呼了三声：过河！过河！过河！

令人痛心的是，由于南宋朝廷的软弱，收复黄河以北的愿望终于没有实现，一代抗金名将死不瞑目。

爱国诗人陆游在六十四岁的时候，曾经写过一首《感秋》诗："君不见昔时东都宗大尹，义感百万虎与狼，疾危尚念起击贼，大呼过河身已僵。"抒发的就是对宗泽的敬仰、对中原沦陷的痛惜之情。

这一段历史，对于二十多岁、正值年轻气盛的岳飞，当然是非常震撼的。因为岳飞正是宗泽麾下的一员骁将，宗泽的爱国气节对岳飞影响深远。宗泽去世之后，岳飞继续举着抗金的大旗，战斗在宋金对峙的最前线。

建炎四年，岳飞率军拦截金兵，收复了建康，宋高宗亲笔手书"精忠岳飞"四个大字，制成旗帜赐给他，以表彰他的忠勇报国。

这首《小重山》中写到的"惊回千里梦"，毫无疑问，就是岳飞对千里之外的中原收复之梦。这种抗金报国的慷慨之情，岳飞在另外一首《满江红·登黄鹤楼有感》中也有相似的流露："兵安在？膏锋锷；民安在？填沟壑。叹江山如故，千村寥落。何日请缨提锐旅，一鞭直渡清河洛！"

可是，就在建炎四年（1130）十月，本来被俘虏到金国的秦桧被放宋

了回来,秦桧早就投降了金国,在金国当了官,他却对高宗说是杀了监视他的金兵之后逃回来的。宋高宗听信了他的花言巧语,任命他为礼部尚书。从绍兴八年(1138)到绍兴二十五年(1155),秦桧当了整整十八年的丞相,他是非常强硬的主和派,奉行对金国割地、称臣、纳贡的主张,对于抗金志士的恢复大业更是千方百计地阻挠、打压。

理想和现实的差距实在是太大。对山河残破的沉痛之情,对朝廷和议汹汹的忧虑之情,让岳飞感到深深的悲凉。"起来独自绕阶行。人悄悄,帘外月胧明。"让他再一次深夜失眠的,并不是深秋蟋蟀的鸣叫声,当他独自徘徊在月色之下的时候,对国事的深切忧虑紧紧地缠绕着他,愤慨、遗憾、辛酸……种种情绪一齐涌上心头,让他再也无法平静地安睡。

1139年,绍兴九年,在秦桧的主导下,宋金再次议和。这年二月,爱国主战人士李纲、张浚、赵鼎都被驱逐出京城。第二年正月,李纲忧愤而卒。五月,金人单方面撕毁和议,都元帅完颜宗弼率军分四路大举攻宋。七月,岳飞击败宗弼于郾城,并且一直追到朱仙镇,再一次大破金兵。

岳飞这一轮挥师北伐,连连收复蔡州、郑州、洛阳,渡河收复失地指日可待。可是,因为秦桧力主与金国议和,就在岳飞率军逼近汴京,金兵全面溃退的大好形势下,岳家军被宋高宗一日之内以12道金牌召回。岳飞班师回朝以后,黄河以南各州郡再一次被金人攻陷。

大好的恢复形势,就这样毁于一旦。

在南宋巴巴儿地与金国求和的时候,岳飞曾经上表朝廷,他说:"莫守金石之约,难充溪壑之求。暂图安而解倒悬,犹之可也。欲远虑

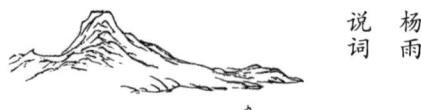

而尊中国,岂其然乎!""金石之约"应该是指像金石一样坚固的约定,"溪壑之求"当然就是指金国的贪欲是没有止尽的。岳飞的言下之意非常明显,和议只能带来暂时的太平,却永远无法满足敌国无穷无尽的欲望。而且,我方表现得越懦弱,敌国就会越发得寸进尺。由此可见,岳飞反对和议、主张抗战恢复的态度十分坚决。

可是宋高宗和秦桧,一君一臣,高度一致的主和态度,让岳飞这样的抗金志士只能是扼腕叹息,高唤奈何、奈何。《小重山》下阕流露的,就是岳飞这种无奈、悲凉的情绪。

白首为功名。旧山松竹老,阻归程。欲将心事付瑶筝。知音少,弦断有谁听?

"白首为功名。旧山松竹老,阻归程。"换头几句听上去有些消极和悲观,随着时光飞逝如电,随着抗金的大好机会一个个丧失,英雄终究会有白头迟暮的一天,建功立业的理想迟迟不能实现。什么时候才能够恢复中原,率领着沙场征战的将士们班师回朝,庆祝凯旋呢!

"欲将心事付瑶筝。知音少,弦断有谁听?"词的最末三句化用了钟子期和俞伯牙知音相惜的故事,沉痛地抒发了岳飞的这一番报国志向和无人理解的孤独感慨。传说伯牙擅长弹琴,钟子期擅长听琴。当伯牙弹到志在高山的曲调时,钟子期就会感叹:"峨峨兮若泰山。"当伯牙弹到志在流水的曲调时,子期又会说:"洋洋兮若江河。"通过琴音的流淌,钟子期和俞伯牙达到了心有灵犀的最高境界。后来钟子期去世,伯牙感叹世上再无知音,于是破琴断弦,终身不再弹琴。

顺便强调一下,"欲将心事付瑶筝"这一句,很多版本作"欲将心事付瑶琴"。从伯牙子期的典故来说,"瑶琴"的版本更加合适,意思

宋

更加贴切。可是从押韵的角度来看,"琴"字和其他韵脚的字并不押韵,而"筝"字则是押韵的。当然了,格律并不是判断作品优劣的唯一标准,如果情感抒发到位的话,不以辞害意也是完全可以的。因此"欲将心事付瑶筝"或者"欲将心事付瑶琴"这两个版本都是可以的。

"欲将心事付瑶筝。知音少,弦断有谁听?"对于岳飞来说,人生最大的遗憾和痛苦,莫过于知音难遇、壮志难酬了。绍兴十一年(1141)四月,张俊、韩世忠、岳飞三位大将兵权被罢。六月,秦桧拜左相(自绍兴八年十月至绍兴二十五年十月,秦桧均独相)。完颜宗弼致书秦桧,命令秦桧杀掉岳飞后才允许议和。十月,岳飞被捕下大理寺狱。

十一月,在秦桧的操纵下,宋金签订了绍兴和议,议和的结果是:宋金东边以淮水为界,西边以秦岭大散关为界。北方632县的土地全部沦为金国的属地。另外,宋朝皇帝还要向金国皇帝称臣,每年进贡岁币银帛各二十五万两、匹。第二年,金国甚至还派使臣册封赵构为"大宋皇帝"。

堂堂大宋皇帝,居然要得到金国的承认,才能取得"合法"的地位,这是何等的荒谬!

回顾了这一段屈辱的历史,也许我们更能体会岳飞那种"知音少,弦断有谁听"的沉痛、无奈与悲凉吧!

昨夜寒蛩不住鸣。惊回千里梦,已三更。起来独自绕阶行。人悄悄,帘外月胧明。　白首为功名。旧山松竹老,阻归程。欲将心事付瑶筝。知音少,弦断有谁听?

1141年十二月,岳飞以"莫须有"的罪名被赐死于大理狱,年仅三

十九岁。岳飞的儿子岳云也被杀害。直到宋孝宗时期,岳飞才被追谥武穆,宁宗朝追封鄂王,后来又改谥号忠武,因此后人又尊称岳飞为岳武穆或岳忠武王。

知音虽然来得太晚,但英雄的悲愤之怀、壮烈之志,依然会在历史的流转中驱散曾经的黑暗。

【拓展阅读】

岳飞《满江红》

怒发冲冠,凭栏处、潇潇雨歇。抬望眼、仰天长啸,壮怀激烈。三十功名尘与土,八千里路云和月。莫等闲、白了少年头,空悲切。　　靖康耻,犹未雪;臣子恨,何时灭?驾长车踏破、贺兰山缺。壮志饥餐胡虏肉,笑谈渴饮匈奴血。待从头、收拾旧山河,朝天阙。

岳飞《满江红·登黄鹤楼有感》

遥望中原,荒烟外、许多城郭。想当年、花遮柳护,凤楼龙阁。万岁山前珠翠绕,蓬壶殿里笙歌作。到而今、铁骑满郊畿,风尘恶。　　兵安在?膏锋锷;民安在?填沟壑。叹江山如故,千村寥落。何日请缨提锐旅,一鞭直渡清河洛!却归来、再续汉阳游,骑黄鹤。

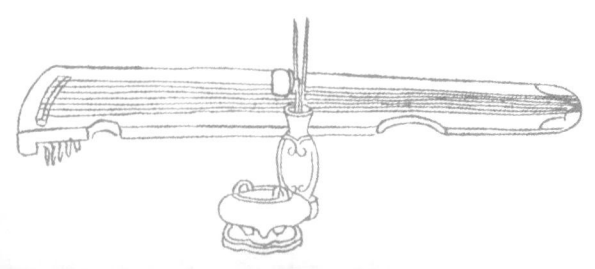

宋

如梦令
李清照

昨夜雨疏风骤，浓睡不消残酒。试问卷帘人，却道海棠依旧。知否？知否？应是绿肥红瘦。

在和大家分享李清照的《如梦令》之前，我想先讲一个就发生在我身边的真实故事。

我有一个女同事，也是从事古代文学研究工作的大学教授，她的丈夫是理工科的教授，平时他们夫妻经常会开开玩笑彼此打趣儿：妻子说丈夫呆头呆脑没情趣，丈夫就调侃妻子只会风花雪月。但毕竟多年的夫妻，两个人总会有些互相影响的地方，尤其是丈夫还颇受到了妻子文学修养的影响。有一天，丈夫正在电脑前看股市的情况，妻子不懂股票，也就随口一问："今天股市怎么样啊？"丈夫头也不抬地回答了一句："知否？知否？应是绿肥红瘦。"

妻子顿时笑翻了，她没想到丈夫平时装出一副很瞧不起文学的样

子,可是引用起古典诗词来,竟然还那么自然,那么巧妙。"绿肥红瘦",本来是指绿叶多红花少,用到股市上,不就是说股票跌的多,涨的少,所以绿色多红色少嘛!

这个小故事,是不是可以说明古典诗词的魅力,也证明了李清照的影响力呢?

这位理工科教授信手拈来的这几句词:"知否?知否?应是绿肥红瘦",正是出自李清照的这首《如梦令》:

昨夜雨疏风骤,浓睡不消残酒。试问卷帘人,却道海棠依旧。知否?知否?应是绿肥红瘦。

《如梦令》这个词牌名的由来还有个有趣的小故事。这个词调本来是五代时候后唐庄宗李存勖的自度曲,原来的名字叫作"忆仙姿",后来苏轼觉得这个调名不够高雅,就取李存勖词中的"如梦、如梦"两个叠句,改名为《如梦令》了。所以用《如梦令》作为词牌名,最开始是见于苏轼的《东坡乐府》。不过,最有名的《如梦令》,还是非李清照的这首词莫属!尤其是"绿肥红瘦"不知收获了多少赞美之词,甚至到了"天下称之"的地步。一句"应是绿肥红瘦",既显示出了李清照奇绝的想象力,又不失清新自然的格调,真可以说是匠心独具,人工天巧。

关于李清照写的这首《如梦令》,历史上还有两大争议。其中一个争议是,这首词到底写于什么时候。是少女时代、待字闺中的李清照?还是结婚以后,少妇时期的李清照呢?这个问题一直没有定论。

另外一个争议是,"试问卷帘人"中的"卷帘人"到底是谁呢?有人说,应该是李清照的贴身丫鬟,也有人猜测,可能是李清照的丈夫赵宋

明诚。

这两个问题,说重要呢也不那么重要;可是啊,都还挺有意思的,对我们理解这首词也是大有好处的。

那我们不妨先来看第一个争议,这首词到底是写于李清照人生中的哪个阶段呢？我个人比较支持第二个观点:应该是结婚以后少妇时期的李清照。

我的理由就在这首词的前两句:"昨夜雨疏风骤,浓睡不消残酒。"你可能会觉得有点奇怪,这两句词和李清照的年龄看上去没有直接关系啊？

是的,是没有直接关系,但我们可以分析出关系来。"昨夜雨疏风骤",这句理解起来比较容易,说的就是春天的天气善变:前一天夜里,一场暴风骤雨来袭,不过,风雨再大,也没有影响李清照的睡眠质量——"浓睡"啊,可见她是睡得挺沉。那为什么她会睡得那么香那么沉呢？

答案在下一句:"浓睡不消残酒。"肯定是昨晚酒喝多了,醉醺醺的,所以才能一觉睡到大天亮,完全不受风雨声的干扰。那我们想想看啊,假如这个时候李清照还是一个待字闺中的少女,她的父母怎么可能允许一个未成年少女喝高了呢？

李清照的父亲是李格非,北宋著名学者,被视为苏轼的传人,"苏门后四学士之一"。到李清照十八岁出嫁的时候,李格非已经官至礼部员外郎,礼部主管教育和外交等事项,所以李格非大约相当于教育部或者外交部的司长了。这样一位大学者、朝廷官员、诗礼传家,李清照是他的长女,他总不可能让自己的大女儿有事没事、老喝得醉醺醺

的吧?

再来看李清照的母亲,她的母亲就更是名门闺秀了。李清照的生母是北宋初年汉国公王准的孙女,当朝宰相、岐国公王珪的长女。不幸的是,李清照还在幼年的时候,她的生母就去世了。而不幸中的万幸是,她的继母也姓王,也是出自名门望族,是北宋初期著名的状元王拱辰的孙女儿,性格温柔端庄,琴棋诗画无所不通。连对女人向来很吝啬的正史都留了句话给她,说她"亦善文",文章写得相当漂亮。而且这位继母对李清照也很好,视若己出,亲自教她识文断字,李清照能成长为千古第一才女,和母亲的良好教育应该是有直接关系的。

有这样端庄持重的父母,即使他们都很开明,也不大可能让一个未成年少女喝个通宵不醒吧?

所以,我觉得应该排除少女李清照喝醉酒的可能性。那她结婚以后,丈夫难道就允许她这么喝了吗?

那当然是允许的。因为赵明诚和李清照的婚姻可不是一般的世俗婚姻,他们是珠联璧合的完美组合。赵明诚也是出身名门,他们结婚的时候,赵明诚的父亲赵挺之是吏部侍郎,大约相当于中组部副部长这个级别,后来赵挺之还当上了宰相。不过赵明诚跟他父亲不一样,赵明诚的主要成就不在政治上,而是在金石考古方面,他是北宋最著名的金石学家之一,和欧阳修并称"欧、赵"。所以赵明诚和李清照的婚姻,应该说是学者和才女的组合,两个人在日常生活中特别有共同语言。我也觉得,最和谐的夫妻关系就是夫妻情趣相投,才学相当,价值观一致,两个人在一起就总是有说不完的话,彼此都把对方当作自己的蓝颜知己和红颜知己。

宋

那么,这种夫妻感情和喝酒又有什么关系呢?当然有,我就说一个小故事作为证明吧。

赵明诚不是金石学家嘛?他对收藏古籍文物有特别的嗜好,李清照也是全力支持丈夫的事业,甚至还是丈夫在金石学方面最好的助手。有一次,赵明诚偶然见到了一百幅白居易亲笔楷书的《楞严经》,对于他这样疯狂的收藏家来说,那可比天上掉一千两黄金下来还要高兴啊!赵明诚一拿到这幅白居易的真迹,马上骑上马往回跑,急着赶回去"与细君共赏"。细君即夫人,夫人就是李清照啊!

你看,他拿到宝贝的第一想法:就是要第一时间赶回去,跟李清照一起好好欣赏这幅字。回家时,天已经很晚了,两个人"狂喜不支",哪里还想睡觉?得,开酒庆祝吧。这酒一喝,两个人都喝得醉醺醺的,还舍不得放下宝贝去睡觉,又煮了一壶"小龙团"茶,边喝茶醒酒,边欣赏字画。

"小龙团"具体是什么茶,现在不好说,但是可以知道的是,对于李清照夫妻这样的文化人来说,喝茶绝对是一件很讲究很风雅的事。李清照自己写过一句词,"酒阑更喜团茶苦",看来,小龙团是一种很苦很浓的茶,有醒酒的功效。先酒后茶,应该是李清照夫妻文化生活的"标准配置"。

可见,这夫妻俩,一边欣赏宝贝,一边喝酒煮茶,那是他们很日常的生活方式。这一天,他们也是这样:仔细展开白居易的手迹,促膝把玩,一支蜡烛烧完了,换一支,又烧完了,还是不肯睡,赵明诚干脆和李清照一起,磨好墨,铺开纸,把得到《楞严经》的前后经过,包括怎么急急忙忙赶回家跟李清照一起分享快乐的情景,原原本本记了下来。

这个事情既然是出自赵明诚自己的记载,那真实性是不容置疑的。而且这件事儿发生在靖康元年也就是1126年,李清照和赵明诚结婚已经有二十五年。按我们现在的算法,25年就是银婚纪念了,名副其实的老夫老妻了。可是你看他们夫妻的日常生活,还像是新婚夫妻一样,彼此依赖,亲密得就好像是一个人。

这样的生活在李清照的婚姻中当然不是偶然的,如果前一天晚上和赵明诚喝酒聊天太兴奋,晚上沉沉一觉一直睡到第二天,"浓睡不消残酒",那就完全可以理解了吧!

所以,我认为这首词写于李清照婚后的可能性更大。

"昨夜雨疏风骤,浓睡不消残酒。"第二天睡醒了,头还晕晕乎乎的,酒意还没有完全散去,词人慵懒地靠在床上,看着"卷帘人"卷起门帘,她突然想起,昨天睡觉前好像又是刮风又是下雨的,也不知道雨停了没有,院子里的海棠花正是盛开的时候,会不会受到风雨的影响呢?于是她就问了一句,"卷帘人"探头出去看了看,回答说:"还好还好,海棠花还开得好好的呢。"

可是,听了卷帘人的回答,词人并没有放下心来,而是长长地叹息了一声,说:"唉,你知道什么呀,这一夜的风雨,海棠花肯定是'绿肥红瘦'了吧?"

"试问卷帘人,却道海棠依旧。知否?知否?应是绿肥红瘦。"绿肥红瘦的意思,当然就是指海棠花的叶子在雨水的冲洗下更加翠绿浓密,而红色的海棠花却凋零得差不多了吧?

词人还没起床,并没有亲眼看到海棠花的模样,可是她却断定海棠花一定谢得差不多了,显然,词人是把自己的主观感情,不由分说移宋

植到了海棠花上面,实际上,李清照是在借此表达自己一朝春尽红颜老的感叹吧!这样的感慨,也不大像是一个不足十八岁的未婚少女能够想到的,这也是我认为这首词应该写于李清照婚后的另外一个理由。

现在还剩下一个问题没有解决,那就是,这个"卷帘人"到底是谁?既然我们大致确定这首词写于李清照婚后,那么这个卷帘人既有可能是贴身侍女,当然也有可能就是丈夫赵明诚。

不过,我个人更偏向于侍女。为什么呢?我完全是主观判断啊。从古典诗词的意境来说,"卷珠帘"不仅仅是一个日常的工作,而是一个审美的场景。一般出现在古典诗词当中的卷珠帘,主人公往往都是女性,比如说李白写的《怨情》诗:"美人卷珠帘,深坐颦蛾眉。但见泪痕湿,不知心恨谁。"还有杜牧写的"春风十里扬州路,卷上珠帘总不如"(《赠别》)写的也是美女。再比如说南唐中主李璟的《摊破浣溪沙》:"手卷真珠上玉钩,依前春恨锁重楼",主角也是一位美女。珠帘是很柔美的装饰,所以在古典诗词当中,卷帘的动作一般都是由美女来完成的,尤其在烟雨蒙蒙的春天,美人和珠帘才更配哦。

因此,我很不能接受赵明诚这样一个大男人,去做卷珠帘这样优美的动作。李清照写词,是很注重意境和谐的,她的想法应该和我是一样的吧?

昨夜雨疏风骤,浓睡不消残酒。试问卷帘人,却道海棠依旧。知否?知否?应是绿肥红瘦。

顺便再说一下,虽然我分析了这么多,但这首《如梦令》是不是真的是李清照个人的亲身经历呢?其实也未必。因为晚唐诗人韩偓写

过一首《懒起》诗,其中有这么四句:"昨夜三更雨,今朝一阵寒。海棠花在否,侧卧卷帘看。"这首词甚至和孟浩然著名的《春晓》诗,意境也有相似之处:"春眠不觉晓,处处闻啼鸟。夜来风雨声,花落知多少。"李清照完全有可能就是化用前人的诗句,而未必是她自己的亲身经历。

只不过,李清照的词比起韩偓的原诗来,语言更加新巧别致,情绪更加起伏有致。韩偓的原诗:"卷帘"看"海棠",花是花,"我"是"我",意境虽然美,情意却显得很贫乏。可李清照的"知否知否,应是绿肥红瘦",一个"应"字就点出词人着重的不是实景,而是她的心情,她并没有亲眼看到海棠花,却将心比心地想象:那样柔弱的花儿,怎能敌得过强劲的风雨呢?一个"瘦"字,又说出了词人与花儿的心心相通。在词人眼里,花瘦就意味着人瘦,人瘦又同情着花瘦;在词人的心中,花即是她自己,她自己就是花。这种意境还挺像王国维《人间词话》里所说的"以我观物,则物皆著我之色彩"。但在李清照这里,她连"观"这个过程都已经超越了,因为她根本无须去看,她的心就是花的心。"绿肥红瘦"的巧妙之处、一语之工,就在于词人不是要把"我"强加于物,她以女性那天然敏感纤细的洞察力与感受力使"我"与"海棠"之间的那道阻碍物——"帘"在心灵的交汇之中已经完全不存在了。

【拓展阅读】

李清照,生于 1084 年(一说生于 1081 年),大约卒于 1155 年左右。号易安居士,济南章丘邑人。父李格非,母王氏。易安雅善诗文,才名卓著。《宋史·李格非传》:"女清照,诗文尤有称于时。嫁赵挺

之之子明诚,自号易安居士。"

  李清照曾协助其夫赵明诚编定《金石录》一书,并为之作后序。据《宋史·艺文志》记载,著有诗文集《易安居士集》7卷,不传。词集名《漱玉词》,一称《漱玉集》,各本著录卷数不一,但大多亡佚。光绪七年(1881),王鹏运以毛晋《诗词杂俎》本《漱玉词》为基础,从宋人选本、说部中广为搜集,辑为《漱玉词》一卷,为近代李清照词辑本之祖。

点绛唇
李清照

蹴罢秋千,起来慵整纤纤手。露浓花瘦,薄汗轻衣透。　　见有人来,袜刬金钗溜,和羞走。倚门回首,却把青梅嗅。

在词坛女神李清照的这首小令《点绛唇》当中,我们将会看到女神萌萌哒的少女情怀。这是我个人非常喜欢的一首小词,喜欢的原因,是因为它带着浓厚的喜剧色彩。什么样的喜剧色彩呢?不知道大家有没有玩过抖音?我自己没玩过,不是不喜欢,而是不会玩,也没有认真去学,但我的学生们貌似很热衷,朋友圈里经常会看到他们发的抖音小视频,偶尔点开看看,还确实挺有趣,有时甚至还会忍不住捧腹大笑。李清照这首《点绛唇》就有那么一点抖音的喜剧效果。

我们不妨一起来解读一下这首词:

蹴罢秋千,起来慵整纤纤手。露浓花瘦,薄汗轻衣透。　　见有人来,袜刬金钗溜,和羞走。倚门回首,却把青梅嗅。

宋

和大多数词主要是抒情不同,这首《点绛唇》描述了一个比较完整的故事情节,尽管故事非常短,但特别有戏剧效果。我们可以用拆分剧情和镜头的办法来分析这首词。

第一个镜头,背景是"露浓花瘦","露浓"表明时间是在春天的早晨,"花瘦"说明这已经是暮春时节。李清照很喜欢用"瘦"字来形容花儿,表达花儿开过、即将枯萎凋零的感觉,例如她的名句"知否?知否?应是绿肥红瘦",就是指花儿凋零,绿叶多花儿少的暮春景色;再比如"莫道不销魂,帘卷西风,人比黄花瘦",形容九九重阳节之后菊花凋零的深秋景象;又比如"新来瘦,非干病酒,不是悲秋"。当然了,最后这几句就不是说花瘦,而是说人瘦了。正是因为李清照这三首词中都出现了"瘦"字,而且成为点睛之笔,她还因此得到了一个雅号,叫作"李三瘦"。

"露浓花瘦",这是一个温暖的、暮春的清晨,碧绿的树叶上还闪烁着晶莹的露珠,花儿虽然已经谢得差不多了,但星星点点地点缀在浓密的绿叶之间,依然显得娇美可爱。

当然了,最娇美可爱的还是第一个镜头中的女主角,这是一个青春飞扬的美少女,她正在干吗呢?"蹴罢秋千,起来慵整纤纤手。露浓花瘦,薄汗轻衣透。"原来少女刚刚荡完秋千,大概荡秋千的时间有点长,感觉有点累了,微微的汗水浸透了薄薄的罗衣;手也酸了,一双纤纤玉手有点发红,因此她从秋千上下来,懒洋洋地揉揉手腕,慢慢地转上几圈,舒缓一下疲劳的感觉。

荡秋千虽然是一个非常动感的活动,但李清照并没有正面描写少女荡秋千的动态画面,而是直接将镜头对准荡完秋千之后的少女,那

是一种慵懒、娇柔的情态。词的上片其实是以动写静,表面上看,荡秋千、按摩纤纤玉手似乎是一系列的动作,但这一系列动作反映的是动极思静的过程,是秋千荡累了之后,少女需要静静休息的状态。相比荡秋千的动态过程而言,从秋千上下来之后的这一系列活动都是非常舒缓的、宁静的。

如果把整首词设计成一个抖音视频的话,那么上片的节奏相对比较缓慢,第一个镜头中只有一个慵懒的女主角,静静垂着的秋千和"露浓花瘦"的背景,画面相对比较宁静。接下来,画风突变的喜剧效果就要靠下片的情节来营造了。

见有人来,袜刬金钗溜,和羞走。倚门回首,却把青梅嗅。

抖音的第二个镜头突然出现了:"见有人来"。换头第一句省略了主语,是谁看到有人闯入呢?当然是那个荡完秋千的少女了。她正慵懒地舒展着身体,却忽然看到了陌生人闯入。这会是一个什么样的人呢?第二句就泄露了闯入者的身份:"袜刬金钗溜。"这一句的主角仍然是少女,她一看到陌生人,第一反应是跑——赶紧逃啊,而且逃得还很狼狈。"袜刬",也就是说她连鞋子都来不及穿,只穿着袜子就慌忙开溜;"金钗溜",荡了一早晨的秋千,头发也散乱了,头上戴的金钗跑掉了,她也顾不上去捡,先逃走再说:"和羞走。"古代的"走"可不是我们今天说的"走",古代人说"走"就是撒开腿、大步奔跑的意思;古人说"行"才是我们现在所说的正常走路的意思。像《古诗十九首》里的"行行重行行",翻译成现代汉语,大概就是"走啊~走啊~"的意思了。

因此"见有人来,袜刬金钗溜,和羞走"翻译过来,也就是少女看到陌生人闯入,羞得掉头就跑,鞋也忘了穿了,金钗掉了也顾不上捡了。

宋

由少女这一系列反常的反应,我们当然可以很容易地推断出,闯入者显然是个陌生男性。因为只有异性,才会让少女反应这么强烈,并且产生这么强烈的害羞感。

除此之外,我们还可以推断出这位少女的大致身份。我觉得,她不应该是普通的民间少女,而是大家闺秀;而且她荡秋千的地方,也应该是自家的私家花园。为什么我会做出这样的推断呢?

我的结论主要是通过文学作品,尤其是唐宋词中经常出现的少女形象对比得出来的。我们讲到过的词里,出现过不少民间少女。通常而言,民间少女虽然也会害羞,但她们的本性比较率真大胆,就以遇到陌生异性这样的事件来举例吧,例如我们讲过皇甫松的《采莲子》,当陌生男子忽然闯入视线,少女的本能反应是"贪看年少信船流",不仅没有匆忙逃跑,反而是盯着帅哥看都看呆了;不仅贪看帅哥,还"无端隔水抛莲子",主动抛莲子过去表达爱慕之意。瞧,民间少女足够大胆吧?

再比如说韦庄写的《思帝乡》:"陌上谁家年少,足风流。妾拟将身嫁与、一生休。纵被无情弃,不能羞。"这位民间少女更泼辣,看到一个陌生帅哥,一下子就动心了,不仅没打算害羞地逃跑,甚至打定主意这辈子非他不嫁,完全不顾后果。

这样一比,李清照笔下的少女就显得矜持多了,看来,她受到的教育就是男女授受不亲,未出嫁之前是绝不可以私自去见陌生男性的。

大家还可以对比一下《红楼梦》里的女孩子们,别说那些高贵的千金小姐了,连地位高一点的丫鬟都是不能见陌生男人的。比如晴雯生病那一回,贾府请了太医过来给晴雯看病,"这里的丫头都回避了",只

"有三四个老嬷嬷,放下暖阁上的大红绣幔,晴雯从幔中单伸出手来",有一个老嬷嬷还赶紧拿了一块手绢给她盖上手。大夫看完病出去的时候,"李纨已遣人知会过后门上的人及各处丫鬟回避,大夫只见了园中景致,并不曾见一个女子。"

看来这贵族人家的规矩就是大,姑娘家不能让陌生男人看见就是一条铁的规矩。这就难怪这位荡秋千的少女,"见有人来",会慌慌张张、"袜划金钗溜,和羞走"了。

如果说上片作为抖音视频的第一个镜头和前奏,节奏是比较舒缓的;那么下片一开始,不仅增添了一个男主角,而且第二个镜头节奏突然变得极快,"袜划"和"金钗溜"显然是可以作为抖音反复抖几下的吧?

正当我们因为这个突如其来的"抖音"而忍俊不禁的时候,第三个镜头闪现了。虽然下片的剧情里增加了一个男主角,但显然镜头的焦点始终对准的是少女的反应:"倚门回首,却把青梅嗅。"少女飞快地逃到闺房门口,我们都顺理成章地以为她肯定会一个健步就冲到屋里去,迅速放下门帘或者关上房门,平复自己剧烈波动的心情了。

然而——世界上的事最怕的就是一个"然而",因为,它总会让我们理所当然的想象落空——这第三个镜头并不是少女飞快地逃回屋里,而是飞奔到门口的时候,突然来了个急刹车,停在门口,不仅没有进门,反而是"倚门回首",她躲在门边上,转回头来,又朝陌生男子这边偷偷看了过来……

正是这个"倚门回首"的动作,泄露了少女最真实的内心。看到陌生帅哥之后,她的第一反应是快跑,第二反应却是回头偷看。如果说,

宋

此前的"和羞走"是她所受到的传统教育认知的结果,那么紧接着的"倚门回首"就是最本能的天性流露了。

可以想象,闯进来的人虽然冒失,却是一位大帅哥,连这位貌美如花的贵族少女,也情不自禁地被打动,看了还想看。可她毕竟还是大家闺秀,那么多年的教育不是白受的,所以偷看帅哥还得来点儿掩饰,于是,就用嗅青梅的动作,掩饰一下自己怦怦乱跳的少女春心:"倚门回首,却把青梅嗅。"

请注意,"青梅"再一次呼应了上片的时间概念,"露浓花瘦"是暮春景象,"青梅"指的也是春夏之交这个时间段。梅子青青,还没有成熟。当然了,"青梅"在古典诗词中还有特别的象征意义,你一定知道一个成语"青梅竹马"吧?

是的。青梅竹马这个成语出自李白的一首诗《长干行》:"郎骑竹马来,绕床弄青梅。同居长干里,两小无嫌猜。"青梅竹马从此成为形容男孩女孩两小无猜的成语了。

如果再把时间继续往前溯源到《诗经》,《诗经》中有一首《摽有梅》诗,就是典型的描写少女怀春、急着想要出嫁的诗篇:

摽有梅,其实七兮。求我庶士,迨其吉兮。

摽有梅,其实三兮。求我庶士,迨其今兮。

摽有梅,顷筐塈之。求我庶士,迨其谓之。

这首诗就是用梅子成熟的过程来象征少女年龄和心态的变化:少女看到梅子成熟,掉落得越来越多,引发了青春将逝的惆怅甚至恐慌,希望马上能够找到意中人将自己嫁出去,前人解释这首诗的主旨时直截了当地说:"《摽有梅》,急婚也。"(龚橙《诗本义》)而且因为"梅"和

"媒"谐音,梅子象征婚恋的寓意就更加明显了。

正因为在古典诗歌的传统中,"梅"具有婚恋的象征含义,李清照词中少女这个"嗅青梅"的动作,也不难理解了:那就是为了掩饰内心悄然萌动的爱慕之意。她可没有民间少女主动向帅哥"抛莲子"的那份勇气,更没有"妾拟将身嫁与一生休"的大胆泼辣,"却把青梅嗅"的羞涩显然更符合贵族少女的身份与性格。

"倚门回首,却把青梅嗅。"这就是抖音的第三个镜头,而且也是属于再一次的画风突变,当然需要通过反复抖动来强调的特殊情节了。

好了,词解释到这里,我们已经将《点绛唇》这首小词拆分成了一段抖音视频的三个镜头:第一个镜头是:"蹴罢秋千,起来慵整纤纤手。露浓花瘦,薄汗轻衣透。"第二个镜头:"见有人来,袜刬金钗溜,和羞走。"第三个镜头:"倚门回首,却把青梅嗅。"而且抖音的重点落在了第二个和第三个镜头上。

词解释完了,也许细心的你,又有了新的困惑。既然这个少女的身份很有可能是大家闺秀,类似于《红楼梦》中的女孩子们,而且她荡秋千的地方又极有可能是在自家的"大观园",那又怎么可能会有陌生男子无端闯入呢?根本就解释不通嘛。

的确,这是一个很大的矛盾,说实话,这个矛盾我也无法解释。不过,诗词本来就讲究"无理而妙",没有道理的道理就是诗词的道理。我们解读诗词的一般逻辑,当然是按常理去推测前因后果。但是,如果所有的诗词都能按常理推测,那也就没有那些远远超出常人逻辑的绝妙诗词了。

当然,除了诗词的"无理而妙"这个特点之外,我们还需要注意一宋

点,那就是这首词到底是不是李清照的亲身经历呢?的确有学者认为,这是李清照少女时代的作品,且很有可能就是她自己亲身经历的事件。但是我对此有不同看法。

我的理由有两个,第一个理由就是刚才我说到过的,李清照自己就是大家闺秀,无端碰到陌生男子闯入的可能性是极小的。不过这并不是最重要的理由,因为可能性再小也不是完全没有可能。但第二个理由我认为是最有说服力的,因为这首词的主要情节,根本就不是李清照的原创!

这首词的原创其实出自唐代诗人韩偓的《偶见》诗,原诗是这样写的:

秋千打困解罗裙,指点醍醐索一尊。见客入来和笑走,手搓梅子映中门。

你看,李清照的词和韩偓的诗,在情节发展的主要脉络上是完全一致的,都是从少女荡秋千荡累了,正在整理衣裙的时候,突然看到有人进来,于是少女赶紧逃跑,可是逃到门口又停住了脚,手捻梅子靠着门,偷偷地看帅哥⋯⋯

对比韩偓的诗和李清照的词,虽然主要情节完全相同,但韩偓笔下的少女形象略显单调;而作为女性词人,李清照显然比韩偓更懂少女情怀,经李清照妙笔一改造,少女的形象立即变得鲜活起来,心理反应的过程也变得跌宕起伏,饶有情趣,这就不得不让我们由衷佩服李清照填词技巧的高明了。

顺便再强调一下,李清照肯定是熟读韩偓的诗集,并且很喜欢韩偓的诗的,她的那首著名的《如梦令》:"昨夜雨疏风骤,浓睡不消残

酒。试问卷帘人,却道海棠依旧。"也是基本完整地化用韩偓的《懒起》诗。这首《点绛唇》又是如此。有的学者认为这首词很可能不是李清照的作品,而是后人伪作,因为李清照作为大家闺秀,怎么可能会有如此大胆地偷看帅哥的举动呢?但是,我觉得,既然这首词是化用韩偓的诗,并非一定是李清照的亲身经历,那么这首词的著作权归属李清照就完全是可能的了。

无独有偶,类似的情节不仅出现在中国的古典诗人韩偓和李清照的笔下,美国传奇女诗人艾米丽·狄金森也写过一首情节惊人相似的小诗:

I take a flower as I go

My face to justify,

He never saw me in this life

I might surprise his eye.

I cross the hall with mingled steps

I silently pass the door.

I look on all this world contains

Just his face nothing more.

这首诗也是描摹一位少女遇到意中人时惴惴不安的心态和反应,情趣上颇有和韩偓、李清照的诗词相似之处,比如"I cross the hall with mingled steps"就有学者翻译成"过厅堂,和羞走",与李清照的"和羞走"如出一辙;"I silently pass the door"翻译成"悄声儿穿过门首",与李清照的"倚门回首"也是惊人相似,"I take a flower as I go"翻译成"行行,摘娇花一朵在手",与李清照的"却把青梅嗅"异曲同工。

宋

看来,天真烂漫的少女天性还真是深得古今中外诗人们的偏爱啊。

【拓展阅读】

李清照《词论》:

逮至本朝,礼乐文武大备。又涵养百余年,始有柳屯田永者,变旧声作新声,出《乐章集》,大得声称于世;虽协音律,而词语尘下。又有张子野(张先)、宋子京(宋祁)兄弟,沈唐、元绛、晁次膺辈继出,虽时时有妙语,而破碎何足名家!至晏元献(晏殊)、欧阳永叔(欧阳修)、苏子瞻(苏轼),学际天人,作为小歌词,直如酌蠡水于大海,然皆句读不葺之诗尔。……王介甫(王安石)、曾子固(曾巩),文章似西汉,若作一小歌词,则人必绝倒,不可读也。乃知别是一家,知之者少。后晏叔原(晏几道)、贺方回(贺铸)、秦少游(秦观)、黄鲁直(黄庭坚)出,始能知之。又晏苦无铺叙。贺苦少重典。秦即专主情致,而少故实。譬如贫家美女,虽极妍丽丰逸,而终乏富贵态。黄即尚故实,而多疵病,譬如良玉有瑕,价自减半矣。

醉花阴

李清照

薄雾浓雾愁永昼,瑞脑销金兽。时节又重阳,宝枕纱厨,半夜凉初透。　东篱把酒黄昏后,有暗香盈袖。莫道不销魂,帘卷西风,人比黄花瘦。

李清照流传下来的词作并不多,确切可靠的大约40多首,加上疑似的也不过60来首,可是就在这区区几十首中,堪称经典的占了一多半。这首《醉花阴》就是其中最经典的作品之一。

据说,这首《醉花阴》其实是李清照写的一封"情书",情书的对象当然是她的丈夫赵明诚。正因为李清照和赵明诚的爱情故事很受关注,因此不仅是这首《醉花阴》很有名,跟着这首词一起出名的还有一个小故事。

传说赵明诚不在家的时候,李清照写了这首词寄给他,赵明诚虽然一直对妻子的才华佩服得五体投地,但是当他收到这首词的时候,

宋

依然是再一次被折服了,相比于妻子的才情,他真是自愧不如啊!他痛下决心,要在诗词方面苦下功夫,务必要超过妻子。于是他闭门谢客,将自己关在书房里整整三日三夜,绞尽脑汁憋出了五十首词,再将妻子写的这首一并誊抄一遍,请他的好朋友陆德夫鉴定。陆德夫经过反复阅读品鉴之后,说:"五十一首词里只有三句写得最好。"赵明诚满怀期待地追问:"哪三句呢?"陆德夫说:"莫道不销魂,帘卷西风,人比黄花瘦。"

这三句恰恰就是李清照的原创!

这个故事记载在元代人伊世珍的《嫏嬛记》,学者们大多认为这个故事出自捏造,恐怕不大靠谱。伊世珍说这个故事是从一本名叫《外传》的书里转引过来的,可是学者们考证了半天,也不知道《外传》是本什么书,说不定也是捏造出来的。而且赵明诚的专业是金石学,是一个考古学家,诗词本来就不擅长,他应该不会傻到硬是要用自己的"短板",去挑战妻子最擅长的诗词专业吧?

不过我倒觉得,故事嘛,本来就是姑妄言之姑妄听之,情节的真实性我们先不去计较,编故事人的动机倒是很值得琢磨一下,因为《嫏嬛记》讲的这个故事,显然是表现出了故事作者对李清照才华的由衷佩服,顺带着小小地同情了一下赵明诚。故事的原文是这样形容赵明诚接到情书后的反应的:"明诚叹赏,自愧弗逮,务欲胜之。"一方面是对妻子的才华"叹赏"不已,另一方面是对自己的水平表示"自愧"不如。

无独有偶,不仅《嫏嬛记》编了这样一个故事,另外一本书《清波杂志》也记载了一件事儿:"明诚在建康日,易安每值天大雪,即顶笠披蓑,循城远览,以寻诗。得句,必邀其夫赓和,明诚每苦之也。"

李清照不是传统意义上的贤妻良母,她是一个颇具独立精神甚至叛逆意识的知识女性,而且还文艺得很。比如说,他们夫妻住在建康也就是南京期间,每到下雪天,李清照都要披上蓑衣、戴上斗笠,去郊外赏雪,寻找写诗填词的灵感,而且她还非得拉上赵明诚陪着一起去,写完还一定要赵明诚和上几首,"明诚每苦之也"——让赵明诚鉴别古董文物还行,写诗填词可真是把他给愁坏了。

这说明群众的眼睛是雪亮的,大家都公认,李清照是诗词界当之无愧的女神,赵明诚在这方面不能望妻子之项背,只能自愿服输。

娶个才女妻子,做丈夫的真心不容易吧?

好了,我们再回过头来细细品读这首为李清照赢得了巨大声名,同时也让赵明诚心服口服的《醉花阴》吧。既然这是李清照写给丈夫的一封"情书",那么我们就来看看,大才女李清照是怎么对丈夫抒情的。

"薄雾浓雰愁永昼。"真不愧是李清照,词的首句就起笔不凡,短短七个字却蕴含了极为丰富的信息量。天气、季节、情绪、时间全都在里面了。

首先是天气,这是一个有雾的天气,"薄雾",淡淡的雾气漂浮,遮蔽了阳光和蓝天;其次是季节。"浓雰",雰其实也是雾气的意思,但雰有时也偏指天冷时候的霜,"寒雰结为霜雪"(《素问·六元正纪大论》),"润气着草木,遇寒冻色白曰雰。"(《古今韵会举要·文韵》)所以"浓雰"虽然是指浓密、白色的雾气,但也暗示着天气的寒冷。

再然后就是情绪,一个"愁"字,点明了词人情绪的特点。本来嘛,妻子对丈夫抒情,当然不需要那么含蓄,所以李清照完全不打算拐弯

宋

抹角。"薄雾浓雾愁永昼",第一句就直奔主题:今天又是一个没有太阳的日子,我冷了!我想你了!我不开心!

那么她想丈夫到底想到什么程度呢?

李清照不满足于只是写一个直白的"愁"字,她说的是"愁永昼",永昼就是长长的白天。人不开心的时候就会显得日子特别长、特别难熬,不是吗?我想你应该也有过这样的体会,开心的时候觉得时间过得特别快,难过的时候就觉得时间过得特别慢。李清照多聪明啊!"薄雾浓雾愁永昼",七个字,一个字的废话都没有:薄雾是天气状况,浓雾又凸显了季节的寒冷,愁是情绪,"永昼"既点明了时间是白天,又进一步强调了愁绪绵延之长、沉淀之深!

顺便说一下,这首词第一句有的版本写作"薄雾浓云愁永昼",而且这个版本似乎更为流行。但如果把"雾"字改为"云"字,包含的意思就没那么丰富了,和"雾"字相比,"云"这个意象就显得太普通了一点。明代的大才子、状元杨慎专门辨析过这句词,认为应该是"薄雾浓雾"而非"薄雾浓云"。清代末年的著名词学家况周颐也专门解释过这句词,他说李清照的"薄雾浓雾"化用的是中山王《文木赋》中的句子:"奔电腾云,薄雾浓雾。"中山王是谁呢?你如果读过《三国演义》的话,可能会有点儿印象,刘备自称是中山靖王刘胜之后,所以人们都尊称他"刘皇叔",说明他才是刘汉王朝的正宗后裔。

这个中山靖王刘胜就是汉景帝的儿子,汉武帝刘彻同父异母的哥哥。据说中山王的最大特点就是像《汉书》所说的那样,"乐酒好内",耽于酒色,生了120多个儿子。大概正是因为中山王儿子太多,刘备说是他的后裔,人们才很难去查证落实了。

话说回来，假设李清照真是完整化用中山王《文木赋》中的句子"薄雾浓雰"，我倒是愿意相信的。因为李清照非常博学，而且她自己也以读书多为骄傲，那个著名的"赌书泼茶"的典故，说的就是她和丈夫赵明诚经常打赌，看谁读的书多、记得牢。赵明诚作为北宋最著名的金石学家之一，学问已经够大的了，可是每次打赌，还是李清照赢得多，她总是能够准确地说出某句话或者某个历史事件，出自哪本书哪一卷哪一页的哪一行。而且他们家收藏的古籍版本特别全，并且保存完好，她读过很多别人不怎么读或者根本就读不到的书，还能信手拈来，化用到她的诗词当中，这一点儿都不奇怪。

"薄雾浓雰愁永昼，瑞脑销金兽。""瑞脑销金兽"一句由薄雾浓雰的室外景象转向了室内。瑞脑即龙脑，现在称为冰片，是一种名贵的熏香；"金兽"是指金属兽形的香炉。"瑞脑"和"金兽"又暗示着主人公生活环境的优越。可是，富贵人家的大家闺秀又怎么样？富贵和幸福绝对不能画等号，她可以住在镶金缀玉的豪宅里，她可以点名贵的熏香，可是她却不能排遣内心的愁苦。香炉中的熏香早已经熄灭了，一个"销"字再一次强化了词人心境的冷清。这是怎样的一天啊！没有阳光，薄雾笼罩，寒气萦绕，冰冷的环境，愁闷的心情。最让人不能忍受的是，这还不是一个平常的日子，"时节又重阳"，这是重阳佳节啊！

我们现在把九月九日重阳节定为老人节，在古代重阳节也是一个非常重要的节日。每年的九月是菊花盛开、茱萸成熟的时节，唐宋时期，人们在重阳节这一天呼朋唤友，登高远眺，佩戴茱萸，畅饮菊花酒，驱除邪气，祈祷平安长寿。王维的《九月九日忆山东兄弟》写的就是这宋

个节日的风俗和对亲人的思念:"独在异乡为异客,每逢佳节倍思亲。遥知兄弟登高处,遍插茱萸少一人。"

李清照也是啊,在这样的节日里,本来应该亲人团聚,赏菊饮酒,可是她爱的人却不能陪在身边,"时节又重阳,宝枕纱厨,半夜凉初透。"从"薄雾浓雰愁永昼"到"半夜凉初透",李清照从白天的孤独愁闷一直写到了半夜的寂寞凄冷。"时节又重阳",一个"又"字,暗示了这样分离的日子并不是偶然现象,而是生活的常态了,而且这个"又"字是不是还能读出点儿撒娇的味道呢?你看,又过节了,别人家都是夫妻团圆、亲人欢聚,可你呢?又把我一个人抛在家里了!即便是睡在华贵的床上,枕着精美的枕头,又怎能驱遣心境的苍凉呢!

"半夜凉初透",这个"凉"肯定不是因为被褥不够厚不够保暖,"凉初透"写的不是天气的寒冷,而是内心的寒冷。不是有一首流行歌曲就叫作《凉凉》吗?"入夜渐微凉,繁花落地成霜。你在远方眺望,耗尽所有暮光,不思量,自难相忘。"用这几句歌词用来诠释《醉花阴》的上半阕,还真是无缝对接啊。

"薄雾浓雰愁永昼,瑞脑销金兽。时节又重阳,宝枕纱厨,半夜凉初透。"词的上阕写到这里,一个孤独的思妇形象已经跃然于我们眼前了。不过,凡是写思妇相思的诗词,大概都逃不出这个描写的套路:白天不开心,晚上睡不着。那这样看来,李清照的词岂不是也落了这个俗套了?

当然不会!李清照绝对不是一个凡夫俗子。她有很接地气的、和所有女人相似的一面,"白天不开心,晚上睡不着"就是所有普通思妇都有的情绪,但下半阕一开始,一个与众不同的李清照就惊艳亮相了。

"东篱把酒黄昏后,有暗香盈袖。"下片换头李清照就请出了一尊诗坛"大神",这位大神是谁呢?

"东篱把酒黄昏后",你是不是马上就想起了陶渊明的名句"采菊东篱下,悠然见南山"?

对了,这位大神就是陶渊明。李清照和赵明诚夫妻都是陶渊明的铁杆粉丝,不仅李清照经常在诗词中化用陶渊明的诗句,而且他们夫妻的书房也取名为"归来堂",取自陶渊明《归去来兮辞》,表达归隐的高洁志趣;李清照号易安居士,"易安"这个号也来源于陶渊明,《归去来兮辞》当中有这样一句"审容膝之易安"。"容膝",是说房子小得只能勉强把膝盖挤进去,当然这是很夸张的比方。陶渊明用这句话来说明自己辞官归隐后,不再介意世俗的功名利禄,看着自己住的小小一间陋室,也觉得心安理得,随遇而安了。

"东篱把酒黄昏后",这句词,简直就是陶渊明形象的再现。有一年也是九月九日重阳节,正是要登高望远,赏菊饮酒的时候,可是陶渊明家里穷,又没有酒喝了,只好一个人百无聊赖地踱出家门,在家门口附近的菊花丛里呆呆地坐着。正在他郁闷的时候,突然一个身穿白衣的客人来访,自我介绍说是陶渊明的好朋友江州刺史王弘派来送酒的使者,陶渊明心中的郁闷顿时一扫而空,接过酒来就开喝,这才过了一个痛快淋漓的重阳节。这就是著名的"白衣送酒"的故事。

陶渊明还有知心朋友送酒给他喝,可是李清照呢?"东篱把酒黄昏后",熬过了漫长的白天,一直熬到黄昏,依然只有她一个人枯守着东篱的菊花,没有人陪她喝酒,没有人听她倾诉,陪伴她的只有夜色中幽幽传来的一股暗香:"有暗香盈袖"。

宋

我们平时读李清照的词，都觉得她的词很通俗，很好懂，但李清照其实也是一个好用典故的人，只不过她用得很巧妙，不容易被人看出来罢了。"暗香盈袖"又是用典，《古诗十九首》中有"馨香盈怀袖，路远莫致之"的诗句，表达离别相思之苦；元稹也有"露梅飘暗香"（《春月》）；林逋的《山园小梅》则有"暗香浮动月黄昏"的句子，只不过，萦绕在李清照衣袖间的"暗香"不是梅花香，而是菊花香。

一个人喝酒，一个人赏菊，菊花和词人成了此刻彼此唯一的知己。于是，最后三句千古名句就这么顺势推出来了："莫道不销魂，帘卷西风，人比黄花瘦。"李清照外号不是叫"李三瘦"吗，这句"人比黄花瘦"便是其中最经典的一"瘦"。想丈夫想得茶不思饭不想，"黯然销魂者，唯别而已矣"（江淹《别赋》），眼看着人一天天消瘦了，把门帘卷起来一看，在西风的摧残下，东篱的菊花凋零了，可是，你先别忙着同情菊花，那个赏菊花的人比菊花更消瘦更憔悴呢！正所谓"衣带渐宽终不悔，为伊消得人憔悴"，一个留守妻子的寂寞无助、期待丈夫疼爱的形象就这样生动地呈现在了我们眼前。

从古到今，倾倒在这三句词之下的人可以说是数不胜数，甚至有人直接说这是"天授"之句（王士禄《宫闺氏籍艺文考略》），简直不是"人"能够写出来的妙句，而是天才的妙笔。那么，这三句词到底妙在哪里呢？

我觉得至少有三大妙处。第一，以花喻人不稀奇，可是以人比花却是独出心裁。第二，写思妇的愁绪不稀奇，可是将思妇的赏花饮酒，提升到像陶渊明"采菊东篱"一般的高洁幽雅，则又是李清照与众不同的地方了。她跳出了女性生活圈子的狭窄，将历史上的名士风范与当

前的思妇形象建立起了一种联结,体现出李清照更为开阔的视野和情怀。第三,从创作技巧而言,"莫道不销魂,帘卷西风,人比黄花瘦"三句,意思是越转越深、越出奇制胜的,就像20世纪的文学家李长之点评的那样:"先是已经忘了自己,同情于菊花之瘦,次又发现自己之瘦,最后才见出自己之瘦还有过于菊花者,她的生命似早已与菊花化而为一了。"(李长之《论李清照》)

词解释到这里,你也许会产生一个新的疑问:既然重阳节应该是菊花盛开的时候,那为什么菊花还会瘦呢?不是说花瘦一般是指花儿的枯萎凋零吗?

是的,这确实是一个问题。李清照眼中的菊花是真的很"瘦"吗?

我认为是的,因为她写的菊花很可能并不是重阳节当天的菊花,而是重阳节过后残存的菊花。为什么我会有这样的理解呢?

我们不妨来串联一下这首词的时间脉络。这首词出现了三个时间转移的标志:"永昼"—"半夜"—"黄昏"。

上阕"薄雾浓雾愁永昼"写的是重阳节白天的愁,"半夜凉初透"写的是重阳节晚上的冷。按照时间移动的规律,下阕"东篱把酒黄昏后"就应该是到了第二天的黄昏,写的就是重阳节后第二天的孤独了。重阳节等了一天,都没有等回她的丈夫,到第二天的黄昏还是独自一个人来赏菊,这才发现菊花已经枯萎了,就像那个苦等丈夫的思妇一样消瘦了,失望的情绪也随之跌落到了极点。

这样一分析,"人比黄花瘦"就容易解释了——这里的黄花原来是指重阳节过后枯萎的菊花。你听说过一个成语叫作"明日黄花"吧?明日黄花的本意就是重阳节后第二天的菊花,这个成语的发明者是李

宋

清照父亲李格非的老师——苏轼。苏轼写过一首《九日次韵王巩》诗："相逢不用忙归去,明日黄花蝶也愁。"苏轼的《南乡子》词也用到了这一句:"万事到头都是梦,休休,明日黄花蝶也愁。"既然"明日"是重阳节后一天,那么"明日黄花"本来就寄寓着菊花枯萎凋零和"美人迟暮"的感慨。李清照对师爷爷苏轼的诗词是读得很熟的,因此她引用重阳节后的"黄花"这个意象——"人比黄花瘦",一个失意的人,同情着已经过气的菊花,那真的是一种同病相怜的感慨。

这样一读,你会不会觉得,"人比黄花瘦"的涵义显得更加深沉了呢?你是不是也更加佩服李清照的心思巧妙了呢?

薄雾浓雾愁永昼,瑞脑销金兽。时节又重阳,宝枕纱厨,半夜凉初透。　　东篱把酒黄昏后,有暗香盈袖。莫道不销魂,帘卷西风,人比黄花瘦。

虽然这首词应该是李清照寄给丈夫的一封"情书",表达了离别相思的情感,可是你可能也注意到了,这首词的整体情调并没有十分悲悲切切。为什么呢? 因为对于这个时候的李清照来说,夫妻之间的小别其实只是婚姻生活的一种调剂。赵明诚是金石学家,时不时出个差,旅个游,采个风,都是挺正常的事儿,在他们婚姻生活的前期,夫妻间很少有长时间的分离。因此这首《醉花阴》与其说是抒发离别相思的伤感,还不如说是呈现出了甜蜜爱情中的"小确幸",小别胜新婚,偶尔短暂的分别只会让他们爱情更加浓烈。这样看来,李清照文艺范儿的多愁善感,其实正是她婚姻中必不可少的"调味品",也是让赵明诚"痛并快乐着"的美好情趣。下一讲,我们要继续领略李清照幸福婚姻中的"小确幸",一起品读那首地球人都会背诵的《一剪梅》。

【拓展阅读】

徐釚《词苑丛谈》：

康与之"人瘦也比梅花瘦几分"；又"天还知道，和天也瘦"；又"帘卷西风，人比黄花瘦"；又"应是绿肥红瘦"；又"人共博山烟瘦"；瘦字俱妙。

宋

一剪梅
李清照

红藕香残玉簟秋,轻解罗裳,独上兰舟。云中谁寄锦书来?雁字回时,月满西楼。　花自飘零水自流,一种相思,两处闲愁。此情无计可消除,才下眉头,却上心头。

我们继续来品读李清照婚姻生活中的"小确幸",李清照的《醉花阴》是她写给赵明诚的一封"情书",其中的经典名句是"莫道不销魂,帘卷西风,人比黄花瘦。"这首《一剪梅》也是李清照写给赵明诚的"情书"。而且,《一剪梅》名气比《醉花阴》更大。我记得在很多年前,这首《一剪梅》就被谱成了流行歌曲,很多著名歌手都演唱过,这首歌在各大歌厅的点歌率也非常高,反正以前我去 KTV 的时候,经常听到有朋友点唱这首歌。只不过歌名儿用的不是词牌名《一剪梅》,而是从词中选了一句"月满西楼"作为歌名儿了。那么,这首词到底有什么魅力,直到今天还能被广为传唱呢?

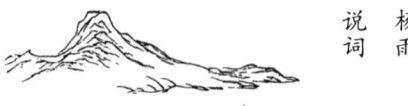

我想用三句话来概括这首词的魅力:文字优美,情感细腻,心思巧妙。这三大特点其实也正是李清照词的基本特点,只不过在这首《一剪梅》中堪称完美地同时展示出了这三大魅力。

我们先来看看第一大魅力:文字优美。

首先写景就很美:"红藕香残玉簟秋"红色的荷花渐渐凋零了,这已经是凉风飒飒的秋天了,凋零的荷花简直就是秋天的形象代言人。李商隐写过"秋阴不散霜飞晚,留得枯荷听雨声"的句子,林黛玉就酷爱"留得枯荷听雨声"这一句,只不过曹雪芹将这句诗记成了"留得残荷听雨声",意境其实是差不多的。

既然红藕就是荷花,那李清照为什么不直接说荷花或者莲花呢?除了格律平仄的要求之外,你可别忘了,"藕"还是一语双关,因为莲藕的藕谐音配偶的偶,所以"红藕"在古典诗词当中本来就有爱情的象征意义。例如花间词人顾敻的《醉公子》词:"漠漠秋云澹,红藕香侵槛。"用秋天的红藕来兴起闺中思妇的相思幽怨。李清照显然是巧妙地化用了顾敻的词,含蓄地暗示这首词的相思主题。

"红藕香残玉簟秋",簟,是竹席的意思。竹席用"玉"来形容,可见是非常精美、光洁如玉的竹席了。不过我们别光陶醉在优美的文字中,我们还得分析分析这句词有点奇怪的地方。哪里奇怪呢?"红藕香残"显然是室外风景,可是"玉簟"如果解释为竹席的本义,那就必须得是室内的装饰了,可这样解释的话,逻辑上很是牵强:既然已经是秋天,为什么床上不换上暖和的被褥,还要铺着冰冷的竹席呢?逻辑上说不通嘛。而且紧接着的两句"轻解罗裳,独上兰舟"显然又是室外的活动,在几句室外景象中强行插入"玉簟秋"这个室内意象,是不是

宋

有点儿突兀呢?

因此,这里将"玉簟"解释为床上铺的竹席似乎有点不大合时宜。既然前面说的是荷花,那么将"玉簟秋"解释为像竹席的纹路一样的水波、涟漪显然更为合适。古典诗词中确实有将"簟纹"比喻成水纹的传统,例如唐代诗人李益写过一首诗:"水纹珍簟思悠悠,千里佳期一夕休。从此无心爱良夜,任他明月下西楼。"(《写情》)苏轼也写过"簟纹如水帐如烟"的诗句(《南堂五首其一》),都是将簟纹比作水纹。所以反过来将水纹比作簟纹当然也是可以的。这样理解的话,我们再来读"红藕香残玉簟秋"这句词,是不是就显得更流畅了呢?

凋落的荷花随着微波荡漾的秋水飘零而去,这是多么凄美的初秋景致!趁着天气还不是太寒冷,也趁着荷花还没有完全凋零,李清照决定泛舟出游,踏秋赏荷了。"轻解罗裳,独上兰舟"她轻轻挽起罗裙,上了小船,"兰舟"就是小船儿的美称。

我们看,李清照用词真是讲究吧?荷花是"红藕",竹席是"玉簟",小船是"兰舟"。文字优美,名不虚传!

不过光文字优美还不够,李清照偏偏还别出心裁,安排了个"独"字。"独上兰舟",这分明是在向赵明诚撒娇嘛:你看,我又是一个人"独"自去秋游啊!为什么每次我最需要你陪伴的时候,你都不在我身边呢?过重阳节的时候你不能陪我赏菊喝酒,所以我不开心:"莫道不销魂,帘卷西风,人比黄花瘦。"荷花都快谢了,你还是不能陪我:"轻解罗裳,独上兰舟"不能陪我也就算了,写封信给我报个平安、说声想我也好啊。可是这个赵明诚,出差那么久,估计是忘我地沉浸在考古事业中,暂时忘了家中的娇妻了,李清照盼啊盼啊,就是盼不回自己的丈

夫。"云中谁寄锦书来？雁字回时，月满西楼。"这三句写得实在是太美了！

我们现在送信的快递小哥一般都是骑电动摩托，可是李清照笔下的"快递小哥"是踏着祥云飘然而来的："云中谁寄锦书来"，"云中"的快递小哥当然就是古代传说中能够传递书信的鸿雁了。锦书是书信的美称。据说锦书是一个叫苏蕙的女子发明的，苏蕙是南北朝时候秦州刺史窦滔的妻子，窦滔因为犯了事而被流放，苏蕙非常想他，就用织锦绣了840个字的回文诗寄给丈夫。所谓回文诗就是无论你是顺着读还是倒着读，都是一首首饱含相思的凄婉诗篇。所以后人就用"锦书"来代指女子写给丈夫的书信了。

"云中谁寄锦书来？雁字回时，月满西楼。"李清照也在苦苦的思念中，盼望着远方丈夫的书信。那一行行飞过的大雁，在传递着谁写的"锦书"呢？只可惜，她等啊，盼啊，直等到大雁早已飞过，直等到夜幕降临，直等到"月满西楼"，也没有等来属于她的那一封"情书"。

在这里我还要重点解释一下"西楼"这个意象。在古典诗词中，"西楼""西窗"等意象往往和爱情发生密切关联，从古代的家居习惯来看，一般长辈居于正屋，也就是坐北朝南的位置，例如诗词中往往以"北堂"代指母亲，因为这是主妇的居室。东厢房一般是长子居住，女儿则居于西厢房。即使是皇宫，居所的分配也大致如此，例如东宫太子，西宫则往往是太后、妃嫔或公主等女眷居住。于是，在古典诗词中，西楼、西厢、西窗便因其与女性的渊源而延伸出旖旎爱情的浪漫怀想，成为独具风情的爱情或相思意象了。像白居易的"遥知别后西楼上，应凭栏干独自愁"（《寄湘灵》），李商隐的"何当共剪西窗烛，却话

宋

巴山夜雨时"(《夜雨寄北》),还有李益的《写情》诗:"从此无心爱良夜,任他明月下西楼"等,都是用"西楼""西窗"的意象来寄托爱情。

我的师兄段学俭在解释"西楼"这个意象的时候,说过一段很幽默的话,他说:"我们读晏几道的词集,会发现这位活了七十三岁的词人似乎一辈子只干了一件事:谈恋爱。在哪里谈呢?西楼。他记下了在西楼的相见和定情:'西楼月下初相见,泪粉偷匀';他记下了在西楼的欢会:'谁堪共展鸳鸯锦,同过西楼此夜寒';他记下了在西楼分别之后的惆怅:'醉别西楼醒不记。春梦秋云,聚散真容易';还有别后长长的思念:'有人凝淡倚西楼,新样两眉愁'。上千年的诗歌积淀,特别是著名诗人词人的典范作品,造就了西楼。"

看来,西楼真的是一个非常美丽的意象,它和爱情、和相思有着如此美丽的缘分。李清照显然是熟读过晏几道的词集的,因为她曾经点评过五代北宋以来的几乎所有一流词人,她看得上的只有四位,分别是晏几道、贺铸、秦观和黄庭坚。而在这四位当中,显然晏几道是排第一的。晏几道如此钟情于西楼,李清照难免受到他的影响吧!

"红藕香残玉簟秋,轻解罗裳,独上兰舟。云中谁寄锦书来?雁字回时,月满西楼。"词的上片从踏秋赏荷的白天,一直写到了月满西楼的深夜,而李清照的相思也在字里行间绵绵不绝地流淌着。

这是李清照的西楼,这是李清照的相思明月夜,这是李清照的残荷玉簟秋。

换头一句"花自飘零"是再次呼应首句的"红藕香残","水自流"则是呼应首句的"玉簟秋"。秋天的流水带走了飘零的荷花:"花自飘零水自流"一个"自"字,让我们看到了李清照毫不掩饰的幽怨之情:

你看那落花自顾自飘零,秋水自顾自流走,有谁能怜惜我的孤独呢?

李清照的情感真的很细腻,她一方面是感叹花的飘零,一方面也是再一次暗示赵明诚:再美的花朵也会有凋零的时候,你的妻子也像花儿一样;时光就像这无情的水流,带走了我的青春岁月,一去不复返了,你就不能好好珍惜我对你的这一番情意吗?

"花自飘零水自流,一种相思,两处闲愁。"李清照到底还是怕赵明诚这个书呆子,看不懂自己一而再,再而三的暗示,在情书快要结尾的时候,忍不住干脆挑明了说:但愿我的相思不是自作多情的单相思,希望你和我一样,虽然人在两处,但心要在一起!希望你想念我,是跟我想念你一样的刻骨铭心啊!

既然已经都挑明了,最后三句,李清照也不再遮遮掩掩、羞羞答答了:"此情无计可消除,才下眉头,却上心头。"前面不是讲了吗?因为难以忍受相思的折磨,所以才"独上兰舟",想去郊游散散心。可是,这浓浓的相思之情,是任何娱乐都排遣不了的,赵明诚这个人,也是任何人都代替不了的。"才下眉头",李清照是想强颜欢笑,把因为思念而天天皱着的眉头舒展开来,可是思念却又悄悄地转移到了心头。原来,这相思是无孔不入、无处可逃的折磨……

试问哪个男人收到这样情意绵绵的情书会不动心,会不立刻收拾行装,恨不得马上就飞回到妻子的身边呢?

外面的世界再精彩,可是我只愿意许给你我的一生!这就是李清照的爱情与相思。

"花自飘零水自流,一种相思,两处闲愁。此情无计可消除,才下眉头,却上心头。"这样的句子太美、太柔软,美到我们无法不为它心

宋

醉,柔软到我们无法不为它心动。

当然,这样美丽的句子也是出自李清照心思巧妙的化用,因为,在李清照之前,北宋名臣范仲淹已经写到过类似的句子:"都来此事,眉间心上,无计相回避。"(《御街行》)只不过,范仲淹的词中将"眉间心上"并列,就少了像李清照那样"才下眉头,却上心头"的灵动、曲折之美。

不过,平心而论,范仲淹的那首词也写得非常美,我借这个机会也分享一下范仲淹的这首《御街行》。

纷纷坠叶飘香砌。夜寂静,寒声碎。真珠帘卷玉楼空,天淡银河垂地。年年今夜,月华如练,长是人千里。　　愁肠已断无由醉。酒未到,先成泪。残灯明灭枕头欹,谙尽孤眠滋味。都来此事,眉间心上,无计相回避。

范仲淹是一位出将入相的人物,曾有过镇守边疆的经历,无论在政治上、还是军事上都堪称一流名臣,但他同时也是数一数二的文学家,也有柔肠百结、情感细腻的一面,这首《御街行》抒发的就是思乡与相思的深情。在失眠的深夜里,在如水的夜色下,词人深深地思念着远方的爱人。他想借酒消愁,可是每一滴酒都化作了相思的泪,每一个孤眠之夜都化作了相思的怨。他的眉间心上都刻满了孤独,他想逃避却无法逃避。

思念就是一张网,铺天盖地,你越想挣脱,却缠绕得越紧,这就是范仲淹的"都来此事,眉间心上,无计相回避",这也是李清照的"此情无计可消除,才下眉头,却上心头。"

那么,你更喜欢范仲淹的"都来此事,眉间心上,无计相回避",还

是更喜欢李清照的"此情无计可消除,才下眉头,却上心头"呢?

钱锺书先生曾经评论过这两首词。他说:"范仲淹的诗里一字不涉及儿女私情,而他的《御街行》词里就有'残灯明灭枕头欹,谙尽孤眠滋味。都来此事,眉间心上,无计相回避'这样悱恻缠绵的情调,措词婉约,胜过李清照《一剪梅》词'此情无计可消除,才下眉头,却上心头'。"(《宋诗选注·序》)看来,钱锺书是更喜欢范仲淹的词。

至于我嘛,我当然欣赏范仲淹的直白坦率,不过作为一个女性,我更喜欢李清照的曲折灵动。"才下眉头"隐隐有努力要排遣愁绪、掩盖愁容的意思,可是表面的平静又怎能真的掩盖得了内心奔涌的相思呢?"才下眉头"是词人主观的努力,"却上心头"又泄露了词人拼命努力之后的失败。这一下一上之间,到底蕴含着词人多少欲言又止的爱啊!

【拓展阅读】

沈谦《填词杂说》:

男中李后主,女中李易安,极是当行本色。

宋

声声慢
李清照

寻寻觅觅,冷冷清清,凄凄惨惨戚戚。乍暖还寒时候,最难将息。三杯两盏淡酒,怎敌他晚来风急。雁过也,正伤心,却是旧时相识。　满地黄花堆积,憔悴损,如今有谁堪摘?守著窗儿独自,怎生得黑!梧桐更兼细雨,到黄昏点点滴滴。这次第,怎一个愁字了得!

李清照这首《声声慢》实在是太经典、太有名、太脍炙人口了,以至于当我再次面对它的时候,该从哪几个角度去解读它、该如何理解李清照寄托在其中的深厚蕴意,真的是颇费踌躇的。解读大家都很熟悉的词,往往难度更大,因为对于经典名作来说,从古到今总是解说者众多,一首作品在历代的传播中早已被附加了无数读者的主观判断和意义,甚至版本也出现千差万别,如何在众说纷纭当中最大限度去接近文本的本来面目?这无疑就给后来的解读者增加了难度。因此,在面

对《声声慢》这样的经典作品时,我深深感觉到了解读的难度。但,迎难而上仍然是我的一种使命,我愿意和你一起,来尝试着寻找《声声慢》最原生态的本来面目,寻找我们在读《声声慢》时最原始的感动。

寻寻觅觅,冷冷清清,凄凄惨惨戚戚。乍暖还寒时候,最难将息。三杯两盏淡酒,怎敌他晚来风急。雁过也,正伤心,却是旧时相识。　满地黄花堆积,憔悴损,如今有谁堪摘?守著窗儿独自,怎生得黑!梧桐更兼细雨,到黄昏点点滴滴。这次第,怎一个愁字了得!

既然《声声慢》是大家都很熟悉的一首词,那我想从这样三个维度和你一起来探讨对理解这首词最重要的三个问题。

第一个问题,这首词到底抒发了李清照怎样的情绪?当然,如果仅仅从情绪类型来说,我们可以马上肯定这是一首抒发孤独、忧伤情绪的词,是一首悲情词,这是毫无疑问的。有疑问或者说有争议的是,词人的悲情是从何而来呢?换言之,李清照在写这首词的时候,她经历了什么呢?她的感情正面对怎样的起伏曲折呢?

第二个问题,这首词出现了很多自然界常见的物象,"雁过也,正伤心"的大雁,"满地黄花堆积"的黄花,"梧桐更兼细雨"的梧桐和细雨,这一系列的自然物象指向的是哪个季节、哪个时间段呢?这个也是解读这首词有争议的问题之一。

第三个问题,这首词之所以堪称经典中的经典,并不仅仅在于它抒发了词人浓郁的孤独和悲情,更重要的是,李清照非常独到而且高明的艺术技巧,赋予了这首词以非凡的艺术魅力。那么,这种极为高妙的创作技巧,到底体现在哪些方面呢?它对后世词人的创作又有哪宋

些重要影响呢？

我们接下来的解读不妨就围绕这三个问题来展开。第一个问题，这首词反映的是李清照怎样的悲情。

关于这个问题，学术界主要有两种声音。一种声音认为这首词是李清照晚年的作品，也就是说是北宋灭亡，词人南渡以后，她相伴一生的丈夫赵明诚也突染疾病去世，国难和家难双重灾难接踵而至，李清照的晚年是在孤独、寂寞、思乡、悼亡的浓厚愁苦中度过的。

如果这首《声声慢》确定是写于李清照的晚年，那么其中体现出来的浓浓的悲哀就很容易理解了。尤其是下片的"满地黄花堆积，憔悴损，如今有谁堪摘？守著窗儿独自，怎生得黑！梧桐更兼细雨，到黄昏点点滴滴。这次第，怎一个愁字了得"这几句，将词人憔悴、衰老的心境呈现得如此强烈。落花飘零，本来已经让人感觉无比萧瑟，更何况黄昏的时候，淅淅沥沥的细雨打在梧桐叶上，独自在窗前听雨的词人，那绵绵不尽的雨声，仿佛就是她绵绵无尽的愁绪，从黄昏到黑夜这一段短短的时间，竟然也显得无比漫长。就像愁苦的人生一样，好像怎么熬都熬不到头。

不过，除了将这首词的主要情绪理解为是词人晚年的孤苦心境之外，还有另外一种观点影响也很大，而且也颇有道理：这首《声声慢》很有可能是写于李清照婚姻生活当中。我们一般总是认为李清照和赵明诚的婚姻是天作之合，琴瑟相谐的美满姻缘。从婚姻的整体质量来判断的话，这样理解是没有任何问题的，甚至可以说，李清照和赵明诚的婚姻的确是很多人羡慕的婚姻状态。

但整体上美满的婚姻，对于敏感而细腻的词人李清照来说，却未

必是没有瑕疵和遗憾的。例如,李、赵婚姻中最大的遗憾很可能来自两方面的原因:第一个原因是李清照和赵明诚结婚近三十年,并没有生儿育女。古人可不像现代人那么思想开明,丁克家庭也可以过得很自在,在古人的家庭概念中,没有子女一定是婚姻中最大的缺憾。而且,这也导致了在赵明诚去世之后,李清照的孤独感会尤其强烈。

李清照的第二个遗憾:丈夫赵明诚就像那个时代所有的贵族男子一样,都有纳妾的行为。在那个时代,纳妾是非常正常的,比如说苏轼、辛弃疾、陆游这些大名鼎鼎的士大夫文人都是妻妾成群。尤其像赵明诚这样,在与正室夫人结婚多年没有孩子的情况下,纳妾简直更是合情、合理、合法,而且必须的了。

对于李清照来说,丈夫纳妾虽然很正常,作为贤良大度的妻子不应该有任何不满,但李清照同时又是一个多情善感的才女啊,她可以很贤惠、可以很大度,却同时在内心深处也会有着深深的失落与悲哀吧!李清照的词中多次出现过类似于"长门""纨扇"这类象征弃妇的典故,是不是就是在含蓄地表达爱情的失落呢?因为长门用的是汉武帝时候陈皇后被废、幽居长门宫的典故,纨扇则是用了汉成帝时候班婕妤被冷落的典故,"纨扇""长门"在古典诗词中可都是弃妇形象的代名词。

更确切的证据还是来自李清照那篇自传性的文章《金石录后序》,这篇文章在写到赵明诚临终前的情形时这样说道:"殊无分香卖履之意。"这里又用了一个典故,"分香卖履",出自于《曹操遗令》:"馀香可分与诸夫人,不命祭。诸舍中无所为,可学作履组卖也。"这是曹操给自己的妻妾留下的遗嘱,意思是:我死了以后,宫中留下的香料可以分给众妾,不要用来祭祀。宫女们可以学着做鞋卖了养活自己。后来人

宋

们常常用这个典故，表示临终之人对妻妾的顾念，妥善安排自己身后的众妻妾生计问题。

以李清照的博学，她用这个典故，难道会没有任何用意？她说丈夫没有"分香卖履之意"，是不是在暗示，赵明诚在临终前，并没有对妻妾们此后的生活做出特别的安排？这样看来，将《声声慢》的忧伤情绪理解为是爱情的失落和词人的自怜自艾，并不是捕风捉影的无稽之谈吧。

"寻寻觅觅，冷冷清清，凄凄惨惨戚戚。乍暖还寒时候，最难将息。三杯两盏淡酒，怎敌他晚来风急。雁过也，正伤心，却是旧时相识。"词人在黄昏的时候，独自借酒消愁，独自怜惜落花，独自徘徊听雨，却就是无法让自己的心情平静下来。

"乍暖还寒时候，最难将息。"将息也是民间俗语，也就是休息的意思了。词人本来就心绪不宁，再加上寒风中一行大雁飞过，更激发起了词人的伤感。你一定还记得李清照在《一剪梅》中的名句吧："云中谁寄锦书来，雁字回时，月满西楼。"大雁是传递相思"锦书"的信使啊！大雁仿佛还是熟悉的大雁，可是却并没有捎来她期待着的相思书信，当年她和丈夫那种缠绵亲密的情感，如今也渐渐变得平淡了吧？"三杯两盏淡酒，怎敌他晚来风急。"本想借酒消愁的词人，在晚来急风的摧残之下，更是愁上加愁，无限伤怀了。

所以，将《声声慢》理解为李清照国破家亡之后的萧瑟悲凉，或者理解为李清照对爱情失落的伤感寂寞，我觉得都是说得通的。那么，你会更认同哪种观点呢？

接下来，我们再来聊第二个问题。这首词到底写于哪个季节、哪个时间段呢？

一般都认为这首词写于秋天,是一首典型的悲秋词,确定这个季节的关键意象是"满地黄花堆积"的黄花,因为在大多数情况下,"黄花"指的就是菊花。李清照确实也写过"莫道不销魂,帘卷西风,人比黄花瘦"的句子,那首词中的黄花就是指重阳节的菊花。如果这样理解的话,那么以黄花为核心意象,在秋天南飞的大雁"雁过也,正伤心,却是旧时相识"、在秋天落叶的梧桐"梧桐更兼细雨,到黄昏点点滴滴"等都可以指向秋天了。所以有些版本给这首词还加上了一个标题"秋闺"或者是"秋情""秋词"。

但我觉得这样的理解依然是有矛盾的,如果是秋天,又怎么理解"乍暖还寒时候"这句词呢?乍暖还寒,通常应该理解为天气刚刚转暖,寒气还没有完全消退的时候,这种情况一般是出现在春天,而且尤其是早春。"乍暖还寒时候"用来形容我们俗话说的"倒春寒",是再合适不过了。

为了解释这种矛盾,又有人说,这应该是指秋天的早晨吧?因为"乍暖还寒时候,最难将息"后面紧接着的两句是"三杯两盏淡酒,怎敌他晚来风急",后面这一句有的版本写作"怎敌他晓来风急"。如果理解为是早晨的话,那么夜晚的清寒渐渐消退,早晨气温逐渐升高,这样解释似乎也是说得过去的。

可我认为,"晓来风急"不如"晚来风急"妥帖。我的理由主要有三个,第一,"三杯两盏淡酒,怎敌他晓来风急",试想一下,谁会一大早起来就灌几杯酒下去呢?不错,李清照是很爱喝酒而且常常喝醉,可是在她的词里,通常都是写黄昏喝酒,或者写一场宿醉,到第二天早晨醒来还没有完全醒酒,比如说"东篱把酒黄昏后""浓睡不消残酒"等。

宋

晚饭的时候喝酒，这是合情合理的。可一大早就"三杯两盏淡酒"，怎么想都不合常理啊！

第二个理由是，李清照是比较习惯用"晚来"这个词的，例如她的《丑奴儿》词："晚来一阵风兼雨，洗尽炎光"；再比如《浣溪沙》词："莫许杯深琥珀浓，未成沉醉意先融，疏钟已应晚来风。"又比如《清平乐》："今年海角天涯，萧萧两鬓生华。看取晚来风势，故应难看梅花。"可见，从李清照的语言习惯来看，"晚来风急"的可能性远远大于"晓来风急"。

第三个理由，上片"三杯两盏淡酒，怎敌他晚来风急"写黄昏时候的借酒消愁，到下片"守著窗儿独自，怎生得黑"，从黄昏到天黑，时间上的连续性也显然更加紧密一些。古人诗句不是说过吗，对于愁苦的人来说，"最难消遣是昏黄"，最难过的一段时光就是从黄昏到天完全黑下来这个期间，因为白天的忙碌过后就是凄冷、漫长的黑夜。对于孤独的人来说，一个人从黄昏到天黑，再熬到天亮，日复一日的寂寞，那真的是一种痛苦的折磨吧！

综合这三个理由，我倾向于这首词更有可能是写于春天的一个傍晚。理解这首词季节的标志性意象"黄花"，其实在古典诗词中并不仅仅只能指菊花，它也可能解释为其他的花，例如菜花或者金针菜等。晚唐诗人司空图的《独望》诗有这样的句子："绿树连村暗，黄花入麦稀。"这里的黄花就是指菜花。这样看来，"满地黄花堆积"不一定非得解释为菊花凋零，落得满地都是，而是可以泛泛理解为落花满地，这也是说得通的。

如果"黄花"真的是泛指春天的落花，那么"雁过也"也完全可能是

春天大雁北归,"梧桐更兼细雨"也完全可以理解为是春雨绵绵的雨季了。

最后一个问题,这首词的艺术技巧主要体现在什么地方呢?从古至今,人们解读这首词,首先就倾倒在词一开始的十四个叠字上了:"寻寻觅觅,冷冷清清,凄凄惨惨戚戚。"就如前人所云:"'寻寻觅觅……'首句连下十四叠字,真如大珠小珠落玉盘也。"(《词苑丛谈》)"气机流动,前无古人,后无来者。"(《问花楼词话》)前代学者多称赞这十四个叠字"情景婉绝,真是绝唱""用字奇横而不妨音律,故卓绝千古",各种表扬都说出了这首词最令人惊叹的艺术手法——叠字运用得出类拔萃。

的确,"寻寻觅觅,冷冷清清,凄凄惨惨戚戚。"叠字的重复使用,正契合了女性情感曲折连绵的表达方式。情之愈深愈痛,其表达亦必愈烈愈切,不这般用字,无法深切地传递出词人九曲回肠的痛切之情。虽然在诗词中用叠字并不是李清照的首创,早在《诗经》里面,叠字就是常见用法了;但连下十四个叠字,如果不是像李清照这么任性和自信,是断断没人敢这么用的。而且,自从李清照这样用了之后,又给后来的词人树立了一个标杆,叠字的用法尤其得到女性词人的青睐,模仿学习李清照的女词人更是层出不穷。我略举两个例子吧,清代女词人贺双卿有一首《凤凰台上忆吹箫》,叠字的运用达到了近五十个字。

寸寸微云,丝丝残照,有无明灭难消。正断魂魂断,闪闪摇摇。望望山山水水,人去去、隐隐迢迢。从今后,酸酸楚楚,只似今宵。　春遥。问天不应,看小小双卿,袅袅无聊。更见谁谁见,谁痛花娇。谁望欢欢喜喜,偷素粉、写写描描。谁还管,生生世世,夜夜朝朝。

再比如另外一位清代女词人赵我佩也写过一首《柳梢青·重阳风

宋

雨口占》:"冷冷清清,风风雨雨,寂寂寥寥。密密疏疏,萧萧飒飒,暮暮朝朝。"连下二十四叠字,显然都是受到了李清照的影响,而且这些女性词人模仿得还算是比较成功的。有意思的是,清代还有一位著名男性词人沈谦就老老实实承认,他年轻的时候曾经和过唐宋词三百首,唯独不敢和李清照的"寻寻觅觅,冷冷清清,凄凄惨惨戚戚"这一首,"恐为妇人所笑",生怕被李清照笑话了去。

我想,叠字用法的高妙,情感表达的痛彻心扉却又不失含蓄曲折,意象运用与情绪抒发之间的完美和谐,正是这首《声声慢》一直深深打动着我们的主要原因吧。

寻寻觅觅,冷冷清清,凄凄惨惨戚戚。乍暖还寒时候,最难将息。三杯两盏淡酒,怎敌他晚来风急。雁过也,正伤心,却是旧时相识。　满地黄花堆积,憔悴损,如今有谁堪摘?守著窗儿独自,怎生得黑!梧桐更兼细雨,到黄昏点点滴滴。这次第,怎一个愁字了得!

《声声慢》我们就解读到这里了,在围绕着经典的那么多争议中,你会认同哪一种观点呢?

【拓展阅读】

李清照《凤凰台上忆吹箫》

香冷金猊,被翻红浪,起来慵自梳头。任宝奁尘满,日上帘钩。生怕离怀别苦,多少事、欲说还休。新来瘦,非干病酒,不是悲秋。　休休!这回去也,千万遍阳关,也则难留。念武陵人远,烟锁秦楼。唯有楼前流水,应念我,终日凝眸。凝眸处,从今又添,一段新愁。

永遇乐
李清照

落日镕金,暮云合璧,人在何处?染柳烟浓,吹梅笛怨,春意知几许!元宵佳节,融和天气,次第岂无风雨?来相召、香车宝马,谢他酒朋诗侣。　　中州盛日,闺门多暇,记得偏重三五。铺翠冠儿,捻金雪柳,簇带争济楚。如今憔悴,风鬟霜鬓,怕见夜间出去。不如向、帘儿底下,听人笑语。

这首《永遇乐》被公认为是表达家国情怀的词。相比于很多爱国诗篇,其实我个人可能更偏爱家国情怀的词,因为在词当中,往往会少一些口号和说教,更多一份情感的深挚和细腻,表达方式上也会更多一点委婉和曲折。词,似乎更能让人沉潜下来,细细品味。李清照的《永遇乐·元宵》就正是这样一首蕴含着浓厚家国情怀的作品。

我们一般习惯于把李清照的人生划分为前后两期,前期主要是生活在北宋承平时期,她拥有一份表面看来非常稳定、非常和谐的婚姻,

宋

因此前期的生活比较幸福,除了偶尔的夫妻小别会带来一些相思的离愁别绪之外,几乎没有什么大的动荡。而以1127年的靖康之难为转折点,北宋灭亡,李清照一家也加入南渡逃难的大军。两年后,也就是1129年,李清照本人又经历了另一场毁灭性的灾难——丈夫的猝然离世。

建炎三年(1129)五月,赵明诚在逃亡的路上接到了朝廷的旨意,他被重新起用为湖州知府。

赵明诚必须与李清照告别,先行从陆路赶到建康去,参见暂时驻跸在那里的宋高宗。六月十三日,被重新起用的赵明诚,意气风发地与妻子告别。这已经不是他们婚姻中的第一次离别了,可是李清照这回的感觉却特别的不好,心里总觉得忐忑不安,她对已经上岸准备出发的丈夫喊道:"如果城里局势恶化,我该怎么办啊?"赵明诚叉着手,远远地答复她:"反正你跟着大家一起跑就行了。如果实在到了迫不得已的时候,先扔掉笨重的家伙,其次是衣服被褥,再次是书画,最后再扔古器。只有最珍贵的宗器,绝对不能扔,人在东西在。要是东西丢了,除非人死了!"说完,骑着马,一溜烟绝尘而去。

赵明诚的临别嘱咐,一方面体现出一个考古学家令人敬重的职业精神,一方面却又给我们留下了深深的遗憾:在这样兵荒马乱的时候与妻子离别,他最关心的是自己的收藏品,要求妻子与收藏品共存亡,竟没有只言片语关照妻子的生命安危!

这一回,李清照还没有来得及品尝离别的相思,没有来得及品味近三十年婚姻的得与失,分手时的不祥预兆很快就应验了。

七月末,她收到了改变她后半生命运的一封信。从信中得知,赵

明诚在奔往建康的日夜兼程中,中了暑,一到建康就病倒了。李清照一看到信,心里就急得火烧火燎似的。因为近三十年的朝夕相处,她太了解自己的丈夫了:别看赵明诚是个考古学家,做学问坐得住冷板凳,可他却是个急性子。中了暑,肯定不管三七二十一,拼命吃清热的寒药,那病可就会越发危险了。李清照不敢耽误,立即启程,紧赶慢赶,一天三百里路,飞也似的赶到了建康。等她赶到时,性急的赵明诚果然已经自作主张,吃了大量的柴胡、黄芩,疟疾加上痢疾,已经病入膏肓了。

守候在丈夫病床前的李清照,这时已经无力回天。八月十八日,赵明诚永远地告别了相伴近三十年的妻子。

李清照,就这样被孤苦无依地扔在了这个看不到光明的世界上。国破与家亡,两层常人难以忍受的灾难接踵而至。从此以后,咀嚼对故国的思念、对恢复中原的渴望、对丈夫的苦苦思念,就成了李清照晚年作品的主要内容,那种浓厚的绝望与哀愁,成了她晚年文字中挥之不去的情绪。

这首《永遇乐》就是李清照晚年这类作品的代表,而且这首词还是写于一个特别的日子——元宵节。

"落日镕金,暮云合璧,人在何处?"词的前两句是写黄昏景色的名句。古人喜欢将诗人词人的经典名句拎出来,再送给作者作为雅号。例如晓风残月柳屯田,说的是柳永;红杏枝头春意闹尚书或者就称红杏尚书,当然是指宋祁;山抹微云秦学士,自然是秦观;三影郎中则是指写过"云破月来花弄影"的张先;处士春草则是指林逋的《点绛唇·咏草》的名句"金谷年年,乱生春色谁为主?"……

宋

而李清照呢,她的"落日镕金,暮云合璧"也屡屡被人称赏,李易安落日暮云与柳屯田晓风残月并称,与学士微云(秦观)、郎中三影(张先)、尚书红杏、处士春草(林逋),等等,都是极为脍炙人口的上乘佳句了。

"落日镕金,暮云合璧",夕阳仿佛是正在熔化的金子一样,在天边涂抹出一片亮丽的金黄色,黄昏时候的云烟又好比是一块一块连接而成的璧玉。这样的景致,真是极为鲜亮夺目了。我们总习惯性地认为诗人词人都喜欢借景抒情,景色与情绪的基调是一致的,悲伤的情绪往往用灰暗的景色来衬托,欢快的情绪则以明亮的景色来配合,一般情况下这当然是不错的。可是高明的词人经常会反其道而行之,以乐景写哀,或者以哀景写乐,营造出一种独特的情调。李清照就是这一类高明的词人,"落日镕金,暮云合璧"是何等鲜艳明丽的景色,元宵佳节又是何等热闹欢快的节日,当夕阳西下,华灯即将照亮整个夜空的时候,难道不应该让心情也明亮起来吗?

按通常的逻辑,确实应该这样想。可李清照偏偏不是这样。在"落日镕金,暮云合璧"点染出亮丽景色之后,她突然接了一句"人在何处?"这个问题问得似乎很平淡,可是平淡下面实在是蕴含着千钧的重量。这个"人"指的是谁呢?

我觉得,这里的"人"应该就是指她的丈夫赵明诚。李清照自结婚以后,她生命里最重要的人就是赵明诚了,她以赵明诚的事业为自己毕生奉献的事业,她的很多诗词,都是以赵明诚为唯一读者的。他们曾经一起赌书泼茶,一起秉烛夜谈,一起踏雪寻梅,那是李清照生命中最温暖的日子。

可是丈夫一旦撒手西去,天地就变了颜色。安葬赵明诚后,李清照写下了催人泪下的祭文:"白日正中,叹庞公之机敏;坚城之堕,怜杞妇之悲深。"她悲叹着,丈夫正处在人生的壮年,以丈夫的学术积累和智慧,他的前途还大有可为;可是,如日当空的丈夫却遽然撒手西去,抛下妻子独自一人承受命运的悲怆。

正因为这种悲怆一直深深藏在李清照的心里,她晚年的文字才会有这种随时随地倾泻而出的浓郁悲伤。"落日镕金,暮云合璧,人在何处?"越是美丽到极致的景色,竟然越发反衬出人的深刻孤独!景色越美,人越悲情!

接下来这种悲情就被渲染得越来越浓烈了。"染柳烟浓,吹梅笛怨,春意知几许!"浓烟染柳是视觉的朦胧,吹梅笛怨是听觉的忧伤。汉乐府《横吹曲》中有笛曲《梅花落》,旋律哀怨惆怅,一曲《梅花落》幽幽传来,送来了淡淡的春意,也送来了浓浓的哀愁。

"落日镕金,暮云合璧,人在何处?染柳烟浓,吹梅笛怨,春意知几许!"从词意的转折来说,这几句是先扬后抑的写法,先渲染元宵节的亮丽风景,再烘托人物的悲伤情绪。接着再推出主题:元宵佳节。

"元宵佳节,融和天气,次第岂无风雨?"黄昏之后,便是灯海通明的元宵夜了。虽然这个元宵节是"落日镕金"的大晴天,天气也貌似很暖和,但谁知道会不会有突如其来的风雨呢?"次第"就是转眼间的意思。"来相召、香车宝马,谢他酒朋诗侣。"晚年的李清照,虽然孤苦伶仃,但并非没有朋友,何况这样一位大才女、大名人,她的身边从来都不缺慕名相交的"粉丝";又何况,这还是一个本应该倾城而出去赏花灯的元宵。于是,一时间香车宝马频频来访,来邀李清照出去赏灯散宋

心的朋友络绎不绝,可是李清照却以"次第岂无风雨"为理由,一一谢绝了"酒朋诗侣"们好意的邀请。

说实话,这不大符合李清照一贯的性格和作风吧?李清照是一个性格外向、酷爱游玩的人,春天要划船出游,秋天要东篱赏菊,冬天要踏雪寻梅,更不要说人人都要通宵热闹的元宵节了!要放在从前,李清照绝对是早早地打扮得漂漂亮亮,和闺中密友一起,迫不及待出门赏灯看热闹去了。你看,对于自己这种好玩的性格,她其实是老实交代过的:

中州盛日,闺门多暇,记得偏重三五。铺翠冠儿,捻金雪柳,簇带争济楚。

下片这几句就是词人在回忆她曾经是怎么过元宵节的——那还是"中州盛日"的时候。古代中国有九州,河南地处九州的中心,所以称为中州。词中当然是特指北宋都城汴京(今河南开封)了。那还是北宋太平鼎盛的时期,作为一名闺阁女子,李清照不用赶着去上班,不用为生计而奔忙,她最看重的日子就是三五元宵节。记得那个时候啊,每到元宵节夜幕初降的时候,姑娘们一个个都打扮得花枝招展,头上戴着用翠羽或者翡翠装饰的帽子,插上以金线捻丝的头花,镶金戴玉,都把自己最奢侈的服饰穿戴出来了,争着比看谁打扮得最奢华、最鲜艳:"簇带争济楚"。簇带和济楚都是宋代时候的口语,簇带是指头上戴满各种饰品,济楚就是打扮得整洁漂亮的意思。

"中州盛日,闺门多暇,记得偏重三五。铺翠冠儿,捻金雪柳,簇带争济楚。"这几句词听上去,好像只是李清照在回忆从前年轻时候过元宵节的欢快热闹,事实上,下片以"中州盛日"四个字领起,已经有无限

的家国兴亡之感深深地蕴含其中了。词人记忆中的元宵节,不仅仅是自己开心的节日,也是举国欢腾的节日。

记得那时候,皇帝也会和万民同乐,宋徽宗甚至御驾亲临宣德楼观灯,还打着"与民同乐"的牌子,"奇术异能、歌舞百戏"(孟元老《东京梦华录》),人声鼎沸,绵延十多里。宋徽宗带领的妃嫔宫女们,嬉笑声听得清清楚楚,露台下赏花灯、瞻仰圣驾的老百姓可以说是倾城而出,山呼万岁。可见宋徽宗时期,汴京城是何等的"偏重三五",当年的大宋王朝是何等繁华鼎盛。

然而,当年鼎盛一时的京城竟然沦为敌手,流亡他乡的词人一想到国家残破,丈夫英年早逝,怎不令人痛断肝肠!又怎么可能还有心思,像当年一样,打扮得漂漂亮亮,开开心心去赏花灯、闹元宵呢!"如今憔悴,风鬟雾鬓,怕见夜间出去。不如向、帘儿底下,听人笑语。"

"如今憔悴"一笔敲醒了沉浸在回忆中的词人,当她再折回到现实中来,当年簇带济楚的少女,已变为两鬓斑白、头发蓬乱、憔悴不堪的老妇了。岁月的流逝真是太无情,国难家事的沧桑变化更让人唏嘘不已。煞拍两句又再起波澜:"不如向、帘儿底下,听人笑语。"词人既然已经说了"怕见夜间出去",那应该是对现在的元宵节持有一种排斥的心态,因为过分强烈的今昔对比,显然给词人增加了许多额外的痛苦。但是她的内心深处对元宵佳节的热闹并不能完全释怀,甚至潜意识里很可能还暗暗希望,能不能借元宵节的欢乐气氛冲淡自己长年以来郁积于胸的愁苦呢?

"如今憔悴,风鬟雾鬓,怕见夜间出去。不如向、帘儿底下,听人笑宋

语。"这真是一个两难的选择。词人在彷徨良久之后,最终决定透过帘子,感受一下别人的欢声笑语。室内、室外仅仅一帘之隔,却是截然不同的两个世界。热闹是别人的,而"我"却什么都没有。这样的句子,真是沉痛到了极致。当代词学家唐圭璋先生说得特别好:"从听人笑语,反映一己之孤独悲哀,默默无言,吞声饮泣,实甚于放声痛哭。"(《读李清照词札记》)

通过今昔对比,用往日的繁华热闹反衬出今天的憔悴与失意;又通过别人和自己的对比,用别人的嬉笑欢乐来反衬自己的孤独悲凉,正可谓"以乐景写哀",而倍增其哀痛。

当然,如果透过字面意思,我们再进一步细细揣摩,会发现词人原来还隐藏着更深层的感慨:国家只剩半壁江山,恢复中原的希望渺茫,可是刚刚从战火中喘息过来的南宋小朝廷居然又开始莺歌燕舞,醉生梦死,这种苟且偷安的现状怎不叫心怀家国的词人痛心呢!也难怪,这首词赢得了不少爱国词人的深切共鸣,南宋末年的刘辰翁在其《须溪词》中就曾说道:"余自辛亥上元诵李易安《永遇乐》,为之涕下。今三年矣,每闻此词,辄不自堪,遂依其声,又托之易安自喻,虽辞情不及,而悲苦过之。"豪壮如辛弃疾,也化李清照的"染柳烟浓,吹梅笛怨"为"泛菊杯深,吹梅笛怨"的句子,来寄托对国家衰亡的黍离之悲,也可见易安词风格影响之深远了。

【拓展阅读】

李清照《孤雁儿》

世人作梅词,下笔便俗。予试作一篇,乃知前言不妄耳。

藤床纸帐朝眠起,说不尽,无佳思。沉香烟断玉炉寒,伴我情怀如水。笛里三弄,梅心惊破,多少游春意。 小风疏雨萧萧地,又催下千行泪。吹箫人去玉楼空,肠断与谁同倚! 一枝折得,人间天上,没个人堪寄。

宋

渔家傲

李清照

天接云涛连晓雾,星河欲转千帆舞。仿佛梦魂归帝所。闻天语,殷勤问我归何处。　　我报路长嗟日暮,学诗漫有惊人句。九万里风鹏正举。风休住,蓬舟吹取三山去。

李清照的《渔家傲》应该是她传世词作中最具有豪迈气质的一首词了,不过我觉得,这样的豪迈,才和我心目中李清照的个性气质最为相宜。其实,李清照并不是一个只会"小鸟依人"的小女人,也不是一个只会营造"小资情调"、撒娇弄痴的婉约词人。我们不能因为李清照写过"寻寻觅觅,冷冷清清,凄凄惨惨戚戚"(《声声慢》),写过"花自飘零水自流,一种相思,两处闲愁"(《一剪梅》),写过"物是人非事事休,欲语泪先流"(《武陵春》)这样的句子,就认定她只是一个多愁善感,悲悲切切的柔弱女子。事实恰恰相反,李清照绝对不是林黛玉,有人曾经这样评价李清照:"易安倜傥有丈夫气,乃闺阁中之苏(轼)、辛

（弃疾），非秦（观）、柳（永）也。"（《菌阁琐谈》）用"丈夫气"来点评李清照，实在是慧眼识人、一语中的。

我们现在就一起来品读易安这首极具"丈夫气"的作品——《渔家傲》：

天接云涛连晓雾，星河欲转千帆舞。仿佛梦魂归帝所。闻天语，殷勤问我归何处。　　我报路长嗟日暮，学诗漫有惊人句。九万里风鹏正举。风休住，蓬舟吹取三山去。

这首词是李清照的"记梦"之词。"天接云涛连晓雾，星河欲转千帆舞。"词一开篇就展开了一幅气势恢宏、场面壮观的巨大画面：凌晨时分，太阳还没有升起，放眼望去，在辽阔的海洋尽头，海天一色，海水波涛汹涌，天空云雾翻卷。

星河，就是天上的银河。李清照似乎偏爱用"转"这个动词来形容星河的运动状态。例如她还有一首《南歌子》词，其中就有一句"天上星河转"，也是说银河的转动。（也有人将银河的转动解释为时间的流动。）

此时，词人坐在船上，随着海浪的剧烈颠簸，她看到银河好像也在天旋地转，海浪中还有千帆竞渡。千帆，当然是泛指很多船的意思。随着海浪起伏的帆船，好像在随风起舞。那么，在壮阔的海面上，词人坐着帆船要到哪里去呢？

"仿佛梦魂归帝所。"这里的"帝"，是天神、天帝之谓。早在殷商时期的卜辞上，中国人就用"帝"来指代天神、天帝了。"仿佛梦魂归帝所。"原来词人要去的地方是天帝居住之所。《史记·扁鹊传》记载秦穆公曾经一睡七天，七天后醒来对人说："我之帝所甚乐。吾所以久宋

者，适有所学也。"意思是："我到了天帝那儿，很开心。之所以在那边待了这么久才醒来，是因为我学到了很多东西。"①

"仿佛梦魂归帝所。"李清照在梦中也来到了天帝之所，"闻天语"，听到了天帝对她说的话。

古代传说认为大海的尽头就是天河，乘着浮槎（用竹木编成的筏）就能从海上通往天河。（张华《博物志》）李清照显然是借用了这个典故，乘着帆船从海上通向了传说中的天帝之所。

"殷勤问我归何处。"看到李清照不远万里、远涉重洋，于是天帝关切地问她道："你想要到哪里去呢？"

上片以问题收束，"殷勤问我归何处。"下片以词人的回答领起："我报路长嗟日暮"，这一句其实是化用了屈原《离骚》的意思："朝发轫于苍梧兮，夕余至乎县圃。欲少留此灵琐兮，日忽忽其将暮。吾令羲和弭节兮，望崦嵫而勿迫。路漫漫其修远兮，吾将上下而求索。"在《离骚》中，屈原上天入地，为寻求他心目中的美政理想而跋山涉水，上下求索。他一大早从苍梧出发，傍晚就赶到了县圃，他甚至希望太阳神——羲和（传说为太阳驾车的神）为他"踩一脚刹车"，不要让太阳那么快就从崦嵫山落下去……可时光不等人，在他执着的追求过程中，不知不觉已经到了日暮时分。日暮象征的其实是年华老去。

李清照词中的"路长日暮"和屈原的上下求索含义相近。她回

---

① 《史记·扁鹊传》："昔秦穆公尝如此，七日而寤。寤之日，告公孙支与子舆曰：'我之帝所甚乐。吾所以久者，适有所学也。'"《赵世家》中赵简子亦有："我之帝所甚乐，与百神游于钧天，广乐九奏万舞，不类三代之乐，其声动人心。"

答天帝说:"时间过得太快了,漫长的求索道路还没有走完,目标还没有达到,太阳就匆匆忙忙下山了,我也垂垂老矣……"

"学诗漫有惊人句",漫,是徒劳,徒然的意思。"惊人句"是化用了杜甫的诗句:"为人性僻耽佳句,语不惊人死不休。"(《江上值水如海势聊短述》)因此,这一句其实是词人充满悲愤地感慨:"诗写得再好,空有满腹才华,却来不及实现我的理想,才华横溢又有什么用呢?"

词读到这里,也许我们会有一个疑问:词人苦苦追求的理想是什么呢?

梦境不是幻觉。要理解李清照赋予"梦境"的理想,我们必须回到现实中去寻找解答。

现在,学术界倾向于认为李清照这首词是写于南渡以后。例如徐培均先生在《李清照集笺注》中将这首词系于建炎四年(1130)春天。建炎四年,在宋代历史上是一个什么概念呢?在这一年前后,李清照又经历了一些什么呢?

首先,从大的历史背景而言。四年以前,也就是1126年,金国大举入侵宋朝,攻占都城东京,俘虏了徽宗、钦宗二帝。钦宗的弟弟康王赵构于1127年五月在南京(今河南商丘)被拥立为皇帝,改元建炎。此后的几年中,金国的军队仍然穷追猛打,宋高宗就只好一路往东南方向逃,从扬州、临安(今浙江杭州)、越州(今浙江绍兴),一口气逃到明州(今浙江宁波),再由海路逃到温州……直到建炎四年,金人从临安撤兵,回到北方,局势才缓和下来。

因此,李清照写作这首词的历史背景就是"国破"。

其次,再看李清照在这一阶段的个人经历。李清照相伴大约三十

宋

年的丈夫赵明诚于建炎三年(1129)八月十八日去世。如果这首词是创作于建炎四年(1130)春天,那么离赵明诚去世还不到一年。因此,这首《渔家傲》的个人经历背景就是"家亡"。

从靖康之难到赵明诚去世,不过短短的三年时间,接踵而来的巨大变故,成了李清照前后期生活的分水岭。对于一个即将步入老境的女子,在连续经历了国破、家亡两重剧痛之后,如果是一般的女人,也许早就被生活的苦难给击垮了。可李清照毕竟是李清照,她没有倒下,也不能倒下!因为无论是从"国"还是从"家"两个方面来说,她还有太多的事情没有完成,还有太多的理想没有实现。

第一,从国的层面来说。靖康之难,亡国之耻,是每一个有良知的国民内心深深的耻辱和痛苦。李清照不是一个苟且偷安的人,就在南逃的过程当中,她还写过这样慷慨激昂的诗句:

南渡衣冠少王导,北来消息欠刘琨。

这两句诗用了历史上两个著名人物的典故。一个是王导,晋代人。西晋定都洛阳,因为"五胡乱华"事件,北方少数民族入侵,导致西晋最后两个皇帝怀帝和愍帝被俘虏当了亡国奴。后来元帝在南方建康(南京)称帝,这就是历史上的东晋。晋王朝从北方的洛阳,渡江到了建康,史称"南渡"。晋王朝的"南渡"与宋王朝的"南渡"何其惊人的相似!

王导是晋元帝南渡即位以后任用的宰相,"衣冠"指的是士大夫官僚。据说,南渡的一批士大夫,在一次聚会宴饮的时候,其中有个人长叹一声,说:"唉,虽然这里的风景和中原没什么两样,可惜感觉上,已经不是我们的家乡了。"在座的人听了,都默默叹息流泪。只有王导,一下子板起脸,义正词严地说:"我们应该一起齐心合力,恢复神州国土,怎么能在这里大眼瞪小眼,没出息地哭鼻子呢!"

刘琨跟王导是同时代人,和王导一样,是辅佐晋元帝登基的大功臣,也是东晋著名的北伐将领。著名的成语故事"闻鸡起舞",说的就是刘琨和他的好朋友祖逖,每到半夜听到鸡叫声就起来苦练武功,后来两人都成了东晋北伐将领中的中流砥柱。

李清照博学多才,她信手拈来的这两个典故,其实就是讽刺当时的南宋朝廷在大敌当前的时候,只知一味南逃,对待金兵的进攻毫无还手之力。放眼朝廷,怎么就没有像王导和刘琨这样的"硬骨头",成为支撑堂堂大宋的脊梁呢?

我们最为熟悉的李清照的《夏日绝句》诗,也表达了类似的爱国激情:

生当作人杰,死亦为鬼雄。至今思项羽,不肯过江东。

"生当作人杰,死亦为鬼雄"是化用了屈原《国殇》中的诗句:"身既死兮神以灵,子魂魄兮为鬼雄。"表达对战死沙场的英雄战士的歌颂与赞美。李清照写下这样慷慨豪迈的诗句,明摆着,是说好男儿活着要顶天立地,死也要死得光明磊落,岂能做一个苟且偷生的鼠辈!她心目中的英雄,就是像项羽那样,宁可杀身成仁也不肯临危逃跑的大丈夫。

显然,这是以历史指斥现实,痛斥朝廷的逃跑政策。这样的观点,李清照终其一生都没有改变过。"我报路长嗟日暮,学诗漫有惊人句",如果李清照生为男儿身,也许她不会再叹息自己的绝世才华无用武之地,也许她真的会像项羽一样在战场上横戈跃马,成为一世英雄,

宋

即便是战死疆场也在所不惜。

建炎四年(1130),无疑是李清照生命的转折点。"我报路长嗟日暮,学诗漫有惊人句",李清照的回答其实同时也是质问。对于她的质问,连天帝似乎也无言以对。

虽然在天帝这里得不到指引,李清照并没有放弃她的求索之路:"九万里风鹏正举。风休住,蓬舟吹取三山去。"这几句词又用到了道家的典故。《庄子·逍遥游》中有这样的描写:"鹏之徙于南冥也,水击三千里,抟扶摇而上者九万里。"又说:"有鸟焉,其名为鹏,背若太山,翼若垂天之云,抟扶摇羊角而上者九万里。"这个典故本来是说鹏鸟借助旋风的力量直冲云霄,李清照化用这个典故也是抒发一种豪迈不羁的感情:"风休住,蓬舟吹取三山去。"她希望像鹏鸟一样,借助大风的力量,让自己摆脱这个现实世界的束缚,一直吹到一个自由、逍遥的世界里去。也许,这个自由逍遥的世界就是传说里的"三山"吧?

"三山"的典故出自《史记·封禅书》,指的是道教的三座仙山:蓬莱、方丈、瀛洲。据说这三座仙山都在渤海之中,那里是众多神仙居住的地方,能找到长生不死之药。和人间的众多苦难与无奈比起来,也许只有到仙境中才能找到真正无拘无束、无羁无绊的自由。

蓬舟,指的是轻便的小船。在梦中,词人不由得大喝一声:"风休住"!风啊,你不要停,你既然能将大鹏鸟送上"九万里"的高空,那也请你将我乘坐的这叶"蓬舟"送到"三山"上去吧!只有那里,才是我理想中的归宿啊!

与苦难不断的现实相比,词人的梦境显得如此瑰丽雄豪。她那种上天入地、不被现实所羁绊的梦想,那种不屈不挠、上下求索的执着精神,无一不显示出屈原似的浪漫豪放。

如果说,一首《渔家傲》还不足以证明李清照的豪情,那么不妨再举一则诗例——《题八咏楼》:

千古风流八咏楼,江山留与后人愁。水通南国三千里,气压江城十四州。

八咏楼是浙江金华的名胜,金华也是李清照晚年的主要居住地之一。在这首"气象宏敞"的诗中,李清照抒发的仍然是国破家亡、江山难守的感慨。像这样雄浑的气势又岂是"婉约"所能概括的呢?

因此,与其说李清照是一个多愁善感的女词人,不如说她是一个豪迈不羁、潇洒脱俗的性情中人。梁启超就说过,李清照的《渔家傲》词"绝似苏、辛派"(梁令娴《艺蘅馆词选》引);词学家龙榆生也有类似评价:"气象潇洒,尤近苏、辛一派。"(《<漱玉词>叙论》)

我认为,在文学创作中,李清照的豪情主要体现在以下几个方面:

第一,崇尚自由、超越现实的想象力。

第二,走出"庭院深深深几许"的闺房,将国事天下事尽揽胸中,并且毫不掩饰地表达个人观点,颇多真知灼见。

第三,我行我素,不蹈袭前人的创新精神。

李清照的经历,让我想起法国著名的女权主义者西蒙·波伏娃的一句话,大意是这样的:我们女人中不是产生不了像毕加索那样的天才,只是社会剥夺了我们拥有像毕加索那样的经历的权利。

特殊的个性与经历成就了词坛中傲视群雄的苏轼与辛弃疾,也成就了特立独行的李清照。

天接云涛连晓雾,星河欲转千帆舞。仿佛梦魂归帝所。闻天语,

宋

殷勤问我归何处。我报路长嗟日暮,学诗漫有惊人句。九万里风鹏正举。风休住,蓬舟吹取三山去。

当李清照驾着梦想之舟,在命运的大海中不畏艰险破浪前行,如同展翅大鹏扶摇而上九万里上下求索的时候,那份坚强与骄傲的姿态,真"不徒俯视巾帼,直欲压倒须眉"(李调元《雨村词话》)。

【拓展阅读】

黄昇《花庵词选》:

李易安、魏夫人,使在衣冠之列,当与秦七(秦观)、黄九(黄庭坚)争雄,不徒擅名闺阁也。

武陵春

李清照

风住尘香花已尽，日晚倦梳头。物是人非事事休，欲语泪先流。　闻说双溪春尚好，也拟泛轻舟。只恐双溪舴艋舟，载不动许多愁。

这首词可能写在绍兴五年（1135）的春天，这一年，李清照正流落在浙江金华。"闻说双溪春尚好"，双溪就是金华南郊的一条河流，在宋代的时候，这里是当地很有名的风景名胜。

李清照是山东济南章丘人，她一生到过很多地方，但相对来说时间较长、对她的人生和创作影响最大的主要有四个地方：一个是十五岁以前，也就是童年和少年时期生活的济南，据说在她的老家，还保存着她十五岁时乘坐过的一条小船。"常记溪亭日暮，沉醉不知归路。兴尽晚回舟，误入藕花深处。争渡，争渡，惊起一滩鸥鹭。"这首活泼的《如梦令》很可能就是调皮的小清照在老家生活时的一幕生活场景。

宋

第二个地方是她十六岁以后生活过的京城,也就是今天的河南开封。正是在这里,十八岁的李清照,嫁给了当时二十一岁的太学生赵明诚,那是她幸福婚姻开始的地方。

第三个地方是她和丈夫赵明诚婚后生活过十来年的山东青州,这十年是李清照爱情词创作的一个高潮期,"莫道不销魂,帘卷西风,人比黄花瘦"这样的爱情名句,大约就诞生在这个时期。

1127年靖康之难发生之后,金国南侵,北宋灭亡,李清照夫妻加入了南下的逃难大潮,1129年,赵明诚去世,四十六岁的李清照从此被孤零零地抛在了这个动荡不安的世界里,晚年的李清照流落在江南一带,金华和杭州是她晚年主要生活的地方,所以浙江是她一生当中第四个最重要的地方。

山东济南—河南开封—山东青州—浙江的金华和杭州,李清照一生到过的地方当然不止这四个,但这四个地方无疑勾勒出了李清照一生最为坎坷和传奇的命运。

在金华写下这首《武陵春》的时候,李清照五十二岁,因此,这首《武陵春》几乎就是李清照晚年心情的写照。五十二岁,在我们看来,当然还算不上老,可是五十二岁的李清照,已经经历过她人生当中所有惊天动地的大事:她经历过国家的灭亡,经历了恩爱丈夫的去世,甚至还经历过一场短暂的再婚,闹过一次轰动一时的离婚案,她的心,早就千疮百孔,伤痕累累了。"物是人非事事休",景物还和从前一样,可是人,还能回到从前吗?

当这一切都成为李清照生命中的"过去时",绍兴四年(1134),金兵再次大举南侵,南宋的第一个皇帝宋高宗赵构又开始狼狈逃窜,李

清照也不得不逃往金华避难。在金华,她好不容易才有了一段短暂的安顿时期,这首《武陵春》正是写于到金华之后的第二年。

"风住尘香花已尽,日晚倦梳头。"虽然已是春天,但春天天气善变,偶尔也会狂风肆虐,当风终于停下来以后,词人发现,枝头的花已经被大风吹落,凋零殆尽,零落的花瓣归于尘土,还挣扎着散发出最后一缕幽香。唐代诗人崔道融的诗句说:"朔风如解意,容易莫摧残"(《梅花》),感叹的是寒冷的北风对梅花的摧残;陆游《钗头凤》当中:"东风恶,欢情薄,一怀愁绪,几年离索,错、错、错",感叹的是东风对于春色的摧残。看上去,"风住尘香花已尽"只是单纯写暮春落花飘零的景象,但显然,风在这里象征的是残酷的命运,花则是李清照的自比。"风住尘香花已尽",看似简单的一句词,既包含了李清照对落花的怜惜,也是她借花自喻,感叹自身命运的漂泊无定。

在这样萧瑟的暮春季节,从小就喜欢旅游的李清照,来到金华这样风景优美的江南,却丝毫提不起春游的兴致,不但没兴趣春游,她甚至连梳妆打扮的心思都没有了。要知道,古代的女性,尤其是像李清照这样出身名门的贵族女性,将自己收拾得整洁清爽,那可是每天最重要的必修功课之一。可是呢,李清照却说"日晚倦梳头"。早就日上三竿了,她还慵懒地靠在床头,完全没有要起床梳妆的动力。"日晚倦梳头",这句词,看上去并没有直接的心理描写,但一个"倦"字,却流露出词人内心强烈的孤独情绪。

为什么一个"倦"字就能看出词人的孤独呢?请你想想看,女性在什么时候最在意自己的妆容啊?答案其实很简单吧,我们当代的女性可能都有过类似的体验:如果要参加一个重要的约会,或者出席一个

重要的活动,或者甚至只是去单位正常上班,那我们一定会很得体地打扮自己。可是假如这一天恰好是周末,恰好你又是单身,还没有男朋友,你当然可以宅在家里睡到自然醒,这一整天又不需要面见任何人,没有任何重要的事情可做,叫个外卖或者煮一碗泡面就能打发掉一顿午饭,那么你可能也没有什么化妆的动力了吧?

李清照也是因为没有化妆的动力,所以才会"日晚倦梳头"。而李清照其实是一个非常注重外表的贵族女性,你看她在年轻的时候,尤其在春天鲜花上市的季节,她一定会买几朵娇艳欲滴的鲜花,插在自己的一头乌发上,"云鬓斜簪,徒要教郎比并看"(《减字木兰花》),不仅自己要刻意打扮一番,还非得在丈夫面前转两圈,逼着他回答:"到底是我好看还是花更好看哪?"

那时候的李清照,多么阳光、多么热爱生活!

这样一位既爱美又懂得美的女子,怎么会变得这么懒惰,连日常的基本梳妆都心生倦怠呢?最根本的原因,还是我们前面所说到过的她刚刚经历的那一系列毁灭性的灾难,先是国家灭亡,接着是恩爱近三十年的丈夫突然病逝,而最近发生的一个灾难,则是在三年前,也就是1132年的一场再婚和离婚风波。

1132年,离李清照的丈夫赵明诚去世已经是第四个年头,这一年,李清照来到了杭州。失去丈夫的痛苦和长期的颠沛流离,终于击垮了她的身体,这年夏天,她大病一场,病得连牛和蚂蚁都分不清,连棺材准备好,只等着入土了。

就在她奄奄一息的时候,一个叫张汝舟的人出现在了她身边。这个张汝舟表现得还颇为彬彬有礼,最关键的是,他对重病虚弱的李清

照关怀备至。独自经历了几年的担惊受怕和奔波劳累,李清照已经尝尽了人生的悲凉苦痛,在步入老年的时候,忽然得到一个男人"真心"的关怀,向来多愁善感的李清照,也不免为之感动。再加上她的弟弟李迒也是一个憨厚人,他同情姐姐晚年的凄凉痛苦,也相信了张汝舟的巧舌如簧。于是,在还没有认清张汝舟的真实意图的情况下,李清照就被他骗入了婚姻之中。

没想到,结婚不久,张汝舟卑鄙小人的面目就日渐显露出来,并且越来越丑恶。原来,以李清照在当时的才名,再加上出身于诗礼簪缨世家,是已故宰相赵挺之的儿媳妇,丈夫赵明诚又是著名的金石收藏家,很多人都想当然地以为,她手里值钱的宝贝肯定不少。张汝舟就蓄谋着要把李清照骗到手,他真正觊觎的,是李清照的财产。

可是结婚之后,双方都发现,这场婚姻是个大大的骗局。在李清照看来,张汝舟市井无赖的真实面目暴露无遗,连他的官职也是靠耍手段骗来的。原来宋朝有个规定,举子考到一定次数,取得了相应资格后就可以授予官职。这张汝舟本来没什么才学,他的官职是靠谎报考试次数骗来的。这在当时,可就是欺君之罪了。

而张汝舟这方面,也是大呼上当。他原先打的如意算盘,是娶了李清照,同时就娶进来了大批稀世珍宝。可是,在漫长的逃难过程中,李清照的藏品早就被抢的抢、偷的偷,手头值钱的宝贝没剩下几件了。而且就算是有,以李清照的倔强个性,又怎么可能把赵明诚和她一辈子积累的心血拱手让给这么一个骗子呢?

张汝舟眼看无利可图,于是原形毕露,先还只是对李清照冷眼相对,恶语相向,发展到后来,甚至开始对年老病弱的李清照拳脚相加。

宋

不过,张汝舟可能做梦也没想到,他娶到的绝不是一个逆来顺受的普通女子,而是当世绝无仅有的一个传奇女子。李清照一旦意识到这场婚姻只是一个陷阱,马上做出了冒天下之大不韪的决定:告发丈夫,坚决离婚。

可是,宋代有一条很恶劣的法律:男人休妻很容易,女人要是想反过来告丈夫,那么即使证据确凿,诉讼成功,女人自己也要到监狱里蹲两年。

李清照毕竟不是普通女人,她大胆地提起了诉讼,拆穿了张汝舟骗取官职的过程,最终,张汝舟被削去官职,流放柳州,李清照离婚成功。

这段让李清照心力交瘁的婚姻,仅仅持续了一百天。根据宋代的法律,李清照即使胜诉,因为告的是丈夫,也因此而锒铛入狱。

不幸中的万幸是,赵明诚生前的一位远房亲戚,当时在南宋朝廷做翰林学士的綦崇礼向李清照伸出了援手。綦崇礼当时很得宋高宗信任,因此李清照在牢房里只待了九天就被放了出来。

这一年,李清照四十九岁。她曾经无比悲凉地形容自己这段不幸的婚姻,说她自己是"猥以桑榆之晚景,配兹驵侩之下才",意思是说:她已经是日薄西山的老妇人,却不得已被骗着嫁给一个这样的市侩小人,她又怎么能够忍辱偷生呢!

宁为玉碎不为瓦全,这才是李清照的胆识和勇气。

中、晚年的李清照,就是这样,不得不独自去面对一个又一个的巨大不幸,"风住尘香花已尽,日晚倦梳头。物是人非事事休,欲语泪先流。"一个人,尤其是一个柔弱孤独的女人,当她经历过一切常人难以

忍受的灾难时,她才会对命运的残酷有切肤之痛的感受。苦难实在太多太重了,即使她想倾诉,当千言万语一齐涌上心头的时候,话还没有说出口,泪水却已经潸然而下。"欲语泪先流",伤苦的泪居然将想说的话硬生生地堵了回去,难怪有人说她"未语先泪,此怨莫能载矣"。"欲语"而终究无语,无声的眼泪,才是最沉痛的情感流露吧!

读懂了李清照经历过的这一系列不幸,也许我们才更能够理解并且深深同情着这个"日晚倦梳头"的柔弱女子。

当然,"日晚倦梳头"这样的表达方式在古典诗词的发展历程中也是渊源有自。早在《诗经》当中,思妇表达对远方丈夫的思念就说过:"自伯之东,首如飞蓬。岂无膏沐,谁适为容。"(《伯兮》)自从丈夫远行之后,留守家中的妻子就再也无心梳妆打扮了,即便有着最好最昂贵的化妆品,打扮得美美的又能给谁看呢?

这种"懒得梳妆打扮"的表达方式几乎成了表达思妇愁苦的经典模式,三国时期的诗人徐干《室思》中也采取了类似的表达方式:"自君之出矣,明镜暗不治。思君如流水,何有穷已时。"李清照的"日晚倦梳头"和这样的表达一脉相承。

"风住尘香花已尽,日晚倦梳头。物是人非事事休,欲语泪先流。"短短四句词,简单直白,但越是真实的感情流露,越不需要任何华丽的语言雕琢。

不过,李清照并不愿意让自己像一个怨妇那样,喋喋不休地逢人就诉说自己的苦难史,就像鲁迅笔下的祥林嫂一样。李清照毕竟是世间少有的一位传奇才女,无论面对怎样的苦难,她都会拼尽全力让自己活出一点鲜亮的色彩。她想趁着春光正好,去划船郊游,这原本就

宋

是李清照的最爱。"兴尽晚回舟,误入藕花深处",这是天真任性的少女李清照调皮地泛舟出游;"红藕香残玉簟秋,轻解罗裳,独上兰舟",这是幸福婚姻中的少妇李清照泛舟出游。

来到金华之后,听说金华南郊的双溪风景是当地一绝,她也想要逼着自己振作精神,再度泛舟出游,"闻说双溪春尚好,也拟泛轻舟",用春天美好的景致,来纾解层层堆砌在心头的痛苦。

但,"只恐双溪舴艋舟,载不动许多愁"。舴艋舟是那种两头尖尖、形同蚱蜢的小船。这几句可以看作是李清照才情在这首词当中的"集中爆发"。因为在古典诗词当中,用水流来形容愁之多、愁之深似乎已经是司空见惯了,像李煜的"问君能有几多愁,恰似一江春水向东流",又比如北宋词人秦观的"飞红万点愁如海",再比如唐代女诗人鱼玄机的"忆君心似西江水,日夜东流无歇时",都是将愁绪比作是江水、海水,形容愁绪的滔滔不绝,深不可测。

然而李清照就是李清照,同样是写愁,她没有落入前人以水喻愁的老套,而是别出心裁,将看不见、摸不着的愁情转换成了似乎是有体积、有重量的实物,本来是抽象的感情,在我们的心目中一下子变得具体起来。至少我啊,每次在读到这首词的时候,我的眼前总是不可遏制地会出现一幕虚拟场景,好像那艘小小的、窄窄的、尖尖的小船,偏偏要被迫承受一大堆巨石,而这种被迫承受的结果只能是一个:船还没有起锚,就已经不堪重负,沉入了水底……

风住尘香花已尽,日晚倦梳头。物是人非事事休,欲语泪先流。　闻说双溪春尚好,也拟泛轻舟。只恐双溪舴艋舟,载不动许多愁。

那么,在这个风景还算美好的春天,李清照到底有没有起床梳妆,到底有没有双溪泛舟,去欣赏即将流逝的春光呢?

她没有!"日晚倦梳头",一个"倦"字告诉我们,她最终还是没有梳妆;"也拟泛轻舟",一个"拟"字分明告诉我们,春游的念头,她只是想了那么一下下而已,就像蜻蜓点水般偶尔从她脑海中掠过,马上,这一点点的亮色,又像一堆灰烬中的最后一颗火星,挣扎着,终究熄灭了。

【拓展阅读】

李清照《念奴娇·春情》

萧条庭院,又斜风细雨,重门须闭。宠柳娇花寒食近,种种恼人天气。险韵诗成,扶头酒醒,别是闲滋味。征鸿过尽,万千心事难寄。　　楼上几日春寒,帘垂四面,玉阑干慵倚。被冷香消新梦觉,不许愁人不起。清露晨流,新桐初引,多少游春意。日高烟敛,更看今日晴。未?

宋

如梦令
李清照

　　常记溪亭日暮,沉醉不知归路。兴尽晚回舟,误入藕花深处。争渡,争渡,惊起一滩鸥鹭。

　　李清照的词集中,常常能够看到像《如梦令》这样情调欢快、风格清新的作品,几乎不需要我们对词句做太多的解释,因为它的语言实在是明白如话,一读就懂。但恰恰是这首看上去很简单很容易读懂的小词,词学界对它的争议还真不少。尤其是对这首词创作的年代,更是各家说各话,没有一个定论。例如学者大多认为这应该是李清照早年的作品,而且最有可能是她少女时代的作品。因为李清照是山东济南章丘人,她在家乡度过了她的童年和少女时代,而"溪亭"正是山东济南的名泉。苏轼的弟弟苏辙当年在济南做官的时候写过一首诗——《题徐正权秀才城西溪亭》诗:"竹林分径水通渠,真与幽人作隐居。溪上路穷惟画舫,城中客至有鳖鱼。"这说明,溪亭不仅是一眼

泉水的名字,还是一个地名,而且溪上确实有船漂游。李清照这首《如梦令》第一句"常记溪亭日暮",就明确点出了地名,说明这首词就是写在济南老家发生的事情。

也有学者认为,这首词应该是李清照结婚以后不久回娘家省亲的时候写的,李清照18岁的时候嫁给赵明诚,婚后归宁也应该在此之后不久。李清照的父亲李格非在大观二年也就是1108年前后曾经定居济南,李清照则和丈夫赵明诚一起住在山东青州,两地相距不远,来济南看望父亲的可能性极大,如果这首《如梦令》是写在这个时候,那么李清照正是处于二十出头的青春年华。

因此,关于这首词的创作时间,至少就有了这两种说法,一种是作于李清照待字闺中的少女时期,另一种说法认为是婚后的少妇时期。不过,这还只是关于这首词的第一个争议,对于这首词的创作时间我还有自己的观点,与学界的这两个常见观点都不同。至于怎么个不同,在这里我先留个悬念,等会儿再揭晓。

关于这首词,还有第二个争议,那就是"沉醉不知归路"的"沉醉",这个词该怎么理解?

关于这个词的理解也至少有两种意见。一种意见认为"沉醉"就是喝醉了的意思。据复旦大学教授徐培均先生的考证,在济南城西也就是溪亭所在的地方,也有一个名字叫西湖的湖泊,苏辙当年在济南做官的时候经常和朋友一起泛舟湖上,宴饮唱和,湖上就应该有溪亭。因此李清照说的"沉醉不知归路",也是写她在游西湖的时候曾在溪亭宴饮。何况,根据苏辙的描述,西湖上面种了许多藕花,苏辙写过《西湖二咏》诗,其中就有一句"藕梢菱蔓不容网"。可见西湖上面的藕花宋

确实种得很密,网都容不进去,如果小船不小心划进去了,找不着出来的路,那也是极其可能的事情。

这样理解的话,"常记溪亭日暮,沉醉不知归路。兴尽晚回舟,误入藕花深处"这几句就活脱脱是一个调皮爱玩又任性的年轻李清照的形象了:爱玩的她在西湖泛舟游玩,又在溪亭喝得个醉醺醺的,到了天快黑的时候才想起回去,尽兴而归,可是一不小心闯进了浓密的藕花深处,半天都找不着出路了。

这样的理解,倒确实挺符合李清照个性的。从李清照现存的词作来看,"酒""醉"这样的字眼出现的频率还真是高得很。李清照虽然是个女孩子,可是从小野得很,所以有人说她一点儿都不像一个举止端庄矜持的大家闺秀,而是一个大大咧咧的女汉子,是闺阁当中苏轼、辛弃疾一流的人物。她的女汉子形象在生活当中主要体现为两点,第一点是爱喝酒,而且一喝必醉。第二点是爱打赌,而且是逢赌必赢。

我们先来看第一点,爱喝酒的女汉子李清照。我们如今能读到的清照的词共约60首(含存疑之作),提到酒和喝酒的居然就有29首。像"浓睡不消残酒""扶头酒醒"等,都是说她自己不但经常喝得酩酊大醉,不省人事,而且她喝酒还有一大嗜好——爱喝"花酒",也就是边赏花、边喝酒。李清照写花的词有40多首,当然就少不了"花酒"了:赏菊花的时候,"不如随分尊前醉,莫负东篱菊蕊黄"——菊花开了?喝酒! 赏梅花的时候,"年年雪里,常插梅花醉"——梅花开了?喝酒! 赏芍药的时候,"金尊倒,拼了尽烛,不管黄昏"——芍药开了?喝酒!……一年四季都有花开花落,得,一年四季都泡在酒坛子里吧!

这首《如梦令》不也是在荷花盛开的季节赏花喝酒,才会沉醉不知

归路的嘛!李清照算不算是继李白之后的第一个女酒仙呢?

说来也有趣,在文学作品中,醉酒的女子,偏偏一个个都是风姿绰约,醉态可掬,不用说京剧《贵妃醉酒》里那个风情万种的杨贵妃了,就是南朝宋武帝的女儿寿阳公主的故事,也够风雅的了——传说寿阳公主在梅花下睡着了,梅花轻轻地飘落在她的额上,额头上于是形成了梅花形状的花纹,好几天都没有消掉。后来,天下的女人都学着寿阳公主,在额头上画朵梅花,成了古代女子喜爱的"梅花妆"。想想看,以公主的金贵之身,怎么可能随随便便就睡到梅花树底下去?正常情况下解释不通,但是酒后呢?那可就难说了……

第二点,好赌的女汉子。李清照在词当中倒是没有说过她爱赌的事儿,不过她专门写过一篇文章叫《打马图经序》,"打马"就是一种赌博的方法。在这篇文章中,李清照一开篇就教训人说:

你们赌博为什么不能像我一样精通呢?其实赌博没什么窍门,找到抢先的办法就行了,所以只有专心致志地赌,才能立于不败之地。所谓"博者无他,争先术耳,故专者能之"也。

李清照接着还宣称:我这人没啥别的嗜好,就是天性喜欢赌。不管是哪种形式的赌,我都沉迷其中,一到赌桌上就饭也忘了吃,觉也忘了睡,不分白天黑夜地赌。

李清照在她的文章中罗列了二十多种赌博游戏方式,每一种她都很精通,而且,她赌了一辈子,不论是什么形式的赌,不论赌多赌少,从来都没输过,赢的钱哗啦哗啦争着往腰包里赶,挡都挡不住,整个一"东方不败"啊。

当然了,我在读这篇文章的时候总觉得,李清照再怎么豪放,毕竟宋

是闺阁当中的女子,能和她聚在一起赌着玩儿的无外乎就是家族里的亲戚姐妹们,或者她那脑子不怎么会转弯的丈夫赵明诚。就像《红楼梦》里的女孩子们聚在一起,有时也扔扔骰子、行行酒令什么的,李清照口口声声喜欢博戏,充其量只是一种娱乐消遣,是一种"闺房雅戏",也是李清照争强好胜性格的一种反映,和那种危害社会的赌博完全是两码事儿。那些亲戚女眷和赵明诚哪能比得上玲珑剔透的大才女李清照呢!所以,所谓精通赌博而且从来没有输过,像这样的"神话"肯定是有条件的——那就是李清照根本不可能碰到神一样的对手。尽管如此,《古今女史》还是把李清照封为"博家之祖"——赌博的祖师爷。

这样一位既是酒仙又是赌神的女汉子,在整个宋代词坛上,除了李清照,再找不出第二人吧?

正因为李清照就是这样一个豪放率性的人,所以"沉醉不知归路"的"沉醉"理解为酒醉是合情合理的。

不过,对于"沉醉"还有第二种解释,那就是精神上的沉浸。当她泛舟西湖,不知不觉沉浸在了美丽的风景中,因为贪看盛开的荷花,在荷花丛中流连忘返,小船也不知不觉进入了荷花深处。等到天快黑了想起要回家时,她才慌忙划着船儿想出去,却怎么也找不到来时的路了,反倒因为用力过猛,动静儿太大,惊起了黄昏本来已经栖息的鸥鹭,水鸟们纷纷扑棱着翅膀,吓得四散逃窜。虽然是李清照的"无心之失",却反而成就了意料之外、令人惊喜的一道风景:"争渡,争渡,惊起一滩鸥鹭。"

由"争渡"这个词,还可以猜测,李清照的这次出游并不是只有她一个人，应该还有小伙伴的陪伴，因为"争渡"的"争"字，就有争先恐后的意思，像唐代田园诗人孟浩然就写过"山寺钟鸣昼已昏，渔梁渡头争渡喧"（《夜归鹿门山歌》），写的就是类似的场景。唐代边塞诗的代表诗人岑参也写过"渡口欲黄昏，归人争流喧"（《巴南舟中夜市》），刘禹锡写过"日暮行人争渡急，桨声幽轧满中流"（《堤上行》）等等。博学多识的大才女李清照，信手拈来前人的诗句，用到自己的作品中，还是显得那么自然流畅，一点儿都看不出化用的痕迹。

常记溪亭日暮，沉醉不知归路。兴尽晚回舟，误入藕花深处。争渡，争渡，惊起一滩鸥鹭。

一首短短的小令，让我们看到了满怀豪兴、率性自然的李清照。

有趣的是，因为这首词显得太"女汉子"，就有人觉得一个大家闺秀、年轻女孩怎么可能写出这么具有豪情逸致的词呢？不会是苏轼写的吧？如果是苏轼写的，那这种气质和苏轼的洒脱豪迈就毫无违和感了，所以啊，有人就硬把这首词的署名权安到了苏轼头上（杨金本《草堂诗余》），甚至还有人说这首《如梦令》是八仙过海的八仙之一吕洞宾写的。看来李清照的女汉子气质跟苏轼还真有几分相似。

这首词差不多解释完了，接下来我该回答开头给大家留下的一个问题了：这首词的创作时期。

我并不认为这首词只能创作于李清照的少女或少妇时期，那么，这首《如梦令》还有可能创作于哪个时间段呢？

我要特别特别提醒大家注意这首词的第一句："常记溪亭日暮。"李清照交代得非常清楚，是"常记"，也就是说她经常会回忆起当年在溪亭郊游，黄昏时候误入藕花深处的那一幕，哪怕时间过去了很久很

宋

久，记忆仍然是那么清晰，清晰得就好像刚刚才发生过一样。

"常记溪亭日暮"，既然是"常记"，那么很显然，词当中的场景，肯定是过去生活在济南时发生的事情，也许是少女时代，也许是少妇时代，可能性都有。但至于她是什么时候回忆起从前，然后再将回忆的场景写成这首《如梦令》，这个创作时间其实是难以断定的。但我认为，无论它是写于李清照人生的哪个时期，都不大可能是她年轻的时候，因为既然是当下发生的事情，又何必一开始就说"常记"，非要用这种遥远的回忆形式来开始这首词的描述呢？

因此，我个人更加倾向于这首词应该写于李清照晚年时期，也就是1127年靖康之难发生以后，赵明诚也于1129年去世，李清照晚年孤独地飘零在江南一带。她的晚年，很多时候，就是在孤苦伶仃的回忆当中度过的。例如她晚年写过《永遇乐·元宵》词："中州盛日，闺门多暇，记得偏重三五。"就是回忆她少女时期，最喜欢在京城汴京热热闹闹过元宵节了；再比如说她的《菩萨蛮》词："故乡何处是？忘了除非醉。沉水卧时烧，香消酒未消。"也是晚年的李清照对故乡的回忆和思念，这种感情强烈到了甚至不得不借酒醉来暂时忘却思乡之情的地步。又比如《转掉满庭芳》词："当年曾胜赏，生香薰袖，活火分茶。"这是晚年的李清照回忆早年她和赵明诚琴瑟相谐的婚姻生活。还有《南歌子》词："旧时天气旧时衣，只有情怀、不似旧家时。"

这样的例子，实在是太多了，举不胜举。晚年的李清照，若不是有早年幸福生活的回忆支撑着她，真不知国破家亡、流离失所的日子，她将如何一天一天熬过去。

这样想来，"常记溪亭日暮"，完全有可能是李清照晚年对年轻时代家乡生活的苦苦回忆,只不过在这首短短的小词当中,她过滤掉了这么多年的辛苦飘零和悲欢离合,只留下了回忆当中最幸福的一幕场景。

况且,李清照的晚年主要寄居在江南,以杭州、金华等地为中心,江南的风景,如西湖、荷花,与李清照故乡的风景又是何等的相似。就像那首《武陵春》词写的那样:"闻说双溪春尚好,也拟泛轻舟。只恐双溪舴艋舟,载不动许多愁。"虽然经历了那么多的沧海桑田,客居金华的李清照仍然像从前一样,也泛起过要划船出游的念头,但毕竟,此一时,彼一时也,就算江南风景并不输给济南的山水,在衰老孤独的李清照看来,毕竟不可能再重现当年"沉醉不知归路"的任性和无忧无虑了。

常记溪亭日暮,沉醉不知归路。兴尽晚回舟,误入藕花深处。争渡,争渡,惊起一滩鸥鹭。

如果我们真的把这首词理解为晚年李清照对青春和故乡的深切怀念,那么当我们再品读这首词的时候,也许读到的就不是表面单纯的快乐和无忧无虑的青春,而是一份彻骨的苍凉和伤痛了。

【拓展阅读】

李清照《打马图经序》:

慧则通,通即无所不达;专则精,精即无所不妙。故庖丁之解牛,郢人之运斤,师旷之听,离娄之视,大至于尧舜之仁,桀纣之恶,小至于掷豆起蝇,巾角拂棋,皆臻至理者何?妙而已。后世之人,不惟学圣人之道不到圣处;虽嬉戏之事,亦不得其依稀仿佛而遂止者多矣。夫博者,无他,争先术耳,故专者能之。予性喜博,凡所谓博者皆耽之,昼夜每忘寝食。且平生多寡未尝不进者何?精而已。

相见欢

朱敦儒

金陵城上西楼,倚清秋。万里夕阳垂地大江流。　中原乱,簪缨散,几时收。试倩悲风吹泪过扬州。

朱敦儒是北宋、南宋之交的重要词人,重要到什么程度呢?我引用南宋人汪莘的观点来说明吧。汪莘认为,唐宋词发展的历史经历了三次最关键的转变,可以称之为"三变",第一变的标志性人物是苏轼,"其豪妙之气,隐隐然流出言外,天然绝世,不假振作";第二变的标志性人物就是朱敦儒,他的特点是"多尘外之想,虽杂以微尘,而清气自不可没"。第三变的标志性词人是辛弃疾,"此词之三变也"。这三个人也是汪莘最喜爱的三位词人。其中对于第二变的灵魂人物朱敦儒,汪莘对他的经典评价是两个字——"清气"。

"清"可以说是中国古典文学批评的最高标准之一,"作诗者非钟夫清气,弗能为也"。诗歌的这一特质对诗人之"清"也提出了特别的

要求。"诗家清境最难",难在哪里呢?难就难在诗人的清气,确实不是一件容易的事情。清代学者苏时学曾说过:"孟子论圣人而独以清许伯夷,则自伯夷之外,其真清者有几人耶?今言诗之清者,必曰王孟韦柳,然自王孟韦柳之外,其真清者有几人耶?"

漫长的诗史中,除了王维、孟浩然、韦应物、柳宗元之外,能享有"清才"之誉的能有几人?后人的这一发问,说明"清"的境界确实不是人人都可以达到的。

不仅仅是中国的学者这样认为,西方的学者也持相似的观点,比如荷尔德林就认为"作诗乃是最清白无邪的事情"。可见,"清"作为诗歌的一种审美理想,跨越了中西文化的隔阂,境界非常之高。那么,朱敦儒的词又何以能得到"清气自不可没"的高度评价呢?我们当然要从他的为人和创作的文字当中去寻找答案了,先一起来读读他的这首《相见欢》吧:

金陵城上西楼,倚清秋。万里夕阳垂地大江流。　　中原乱,簪缨散,几时收。试倩悲风吹泪过扬州。

这首词的起句交代了创作的具体地点和时间:"金陵城上西楼,倚清秋。"金陵就是今天的南京,秋天的南京天清气朗,正是最好的季节。更何况,登上金陵城楼,放眼四望,开阔的景象令人更添豪情:"万里夕阳垂地大江流。"长江波涛汹涌、滚滚东流,水天相接处落日正圆,缓缓西沉的斜阳,向大地洒下了最后一片熠熠金辉。

"金陵城上西楼,倚清秋。万里夕阳垂地大江流。"这是何等清澈澄明却又雄浑苍茫的景色啊!

上片写景,下片笔锋陡变,抒情色彩骤然变得浓厚起来:"中原乱,宋

簪缨散,几时收。试倩悲风吹泪过扬州。"

"中原乱",一个"乱"字,道出了那个特殊时代的特殊背景。而这个"中原乱",其实就是岳飞《满江红》里写到的"靖康耻,犹未雪。臣子恨,何时灭。"也就是北宋王朝的靖康之难。

靖康元年(1126)年底,北宋的京城东京沦陷,亲自到金兵军营投降的宋钦宗,连同父亲宋徽宗,一起被废为庶人。第二年,金兵撤离东京,将两位前任皇帝以及大批皇亲国戚、年轻貌美的后宫妃嫔全部抓走,国库里的金银财宝、文物图书也被洗劫一空。这就是历史上著名的靖康之难。

随着京城的陷落,无论是世家大族还是平民百姓,纷纷加入了南渡逃难的队伍,歌舞升平的北宋盛世永远地结束了。宋钦宗的弟弟,康王赵构于1127年五月在南京被拥立为皇帝,改元建炎,这就是历史上的宋高宗,南宋王朝的第一个皇帝。

朱敦儒这首《相见欢》正是作于建炎元年也就是1127年秋天的南京。

朱敦儒生于1081年,字希真,号岩壑老人,又称洛川先生、伊水老人、少室山人。父亲朱勃,宋哲宗元祐至绍圣年间,曾奉使西京,历官右司谏、转运司使等。母亲张氏,封齐国夫人。青少年时代的朱敦儒,因为家境富裕,生活得比较率性,他无意于科举仕途,一身清高之气,过着诗酒风流、隐逸遁世的潇洒生活。他在洛阳期间写过一首《鹧鸪天》(西都作),这首诗完全可以看作是他早年生活的真实写照:

我是清都山水郎,天教懒慢带疏狂。曾批给露支风敕,累奏留云

借月章。诗万首,酒千觞,几曾着眼看侯王?玉楼金阙慵归去,且插梅花醉洛阳。

词人以山水郎官自诩,直言自己"懒慢疏狂"的天性,他又掌管着风露云月的批给支配,以此表明自己摆脱尘俗羁绊之心。下阕用纵情诗酒、醉卧花间的隐士生活来表达对王侯富贵的睥睨。词人在字里行间流露出鄙夷富贵、傲视王侯、只管风月不问俗务的狂傲洒脱之气,将一个傲骨清风、疏狂隐士的形象展露无遗。

当然,放浪不羁只是朱敦儒少年生活的一个侧面,其实他更是一位颇负盛名的大才子。朱敦儒有"词俊"之名,和"诗俊"陈与义、"文俊"富直柔等人并称为"洛中八俊"。《宋史》也记载:"敦儒志行高洁,虽为布衣,而有朝野之望。"后来,朱敦儒被召至京师,可能入朝为官,但他居然谢绝了皇帝的征召,他说自己"麋鹿之性,自乐闲旷,爵禄非所愿也",主动放弃了做官的机会。

怎么样,这个朱敦儒的清高疏狂之气还真不是吹牛吹出来的吧?

可是,这样诗酒风流的生活终究随着靖康之难的到来而烟消云散了。国难当头,一个有良心的文人又岂能置身事外?"中原乱,簪缨散,几时收。"在《相见欢》下阕一开始,朱敦儒就直奔主题,揭示了靖康之难给国家带来的巨大创伤。簪缨是古代达官贵人的冠饰,这里代指朝廷显贵。中原战乱,连世家显贵都如丧家之犬,更何况老百姓呢!

亲身经历了南渡逃亡的词人,一改此前流连花丛的词风,将国耻家难一一倾泻于词笔之下,他的一系列词作甚至串起了他南逃的真实行踪。例如《醉思仙·淮阴与杨道孚》和《水调歌头·淮阴作》,这两

宋

首词都是朱敦儒逃难经过江苏淮阴时写下的作品。在另一首词《朝中措》(登临何处自消忧)中,朱敦儒有"朱雀桥边晚市,石头城下新秋"的句子。还有这首《相见欢》"金陵城上西楼,倚清秋"句,这些词都是词人逃到金陵时所作,而且也都是作于秋天。

可以想见,国家多事之秋,瑟瑟秋风中的金陵城,带给了词人何等悲凉的感慨。

覆巢之下焉有完卵。国家的倾覆必然影响到每一个人的人生轨迹,但并不是每一个人都能记录下这个特殊的时代与特殊的心路历程。而朱敦儒的词描写亡国灭家之恨和颠沛流离之苦,不仅是记录了个人的南渡历程,它更是靖康之变后整个民族悲惨命运的缩影。这样看来,《相见欢》中写到的"中原乱,簪缨散,几时收。试倩悲风吹泪过扬州"句,记录的就不仅仅是词人在金陵的暂时停留,而是那个时代人民群体的患难身影。

国家的患难不仅改变了朱敦儒的词风,也改变了他的人生志向。早年的他诗酒轻狂,可是南渡之后,对于国家命运的忧心让他改变了人生选择。

绍兴五年(1135)十二月,南宋政府终于得到了暂时的喘息机会,朱敦儒来到临安,受到宋高宗召见,赐进士出身,授秘书省正字。这个时候的朱敦儒,满怀着收复中原、报仇雪恨的慷慨志向,可是,南宋政府奉行的主和政策却摧毁着仁人志士的希望,像陆游、辛弃疾都是壮志难酬的爱国志士。朱敦儒的仕途也不顺利,他曾经愤慨地说:"有奇才,无用处。壮节飘零,受尽人间苦。欲指虚无问征路。回首风云,未忍辞明主。"(《苏幕遮》)尤其是宋高宗正式定都临安以后,朝廷北伐

恢复之心越来越淡漠了,"山外青山楼外楼,西湖歌舞几时休!暖风熏得游人醉,直把杭州作汴州"就是对当时的真实写照。

南宋统治者的不思进取,让朱敦儒的内心充满了痛苦的挣扎。他在临安写的《风流子》中毫不掩饰地倾诉了这种强烈的痛苦:"有客愁如海,江山异,举目暗觉伤神。空想故园池阁,卷地烟尘。但且恁痛饮狂歌,欲把恨怀开解,转更销魂。只是皱眉弹指,冷过黄昏。"在所有人都沉浸在觥筹交错、醉生梦死的享受之中时,只有词人在黯然神伤、缅怀故国,他对南宋朝廷偏安享乐的现状有太多的不满,却也无力回天。他也想过,索性像别人一样"痛饮狂歌",借酒浇愁吧,可是酒醒之后"转更销魂。只是皱眉弹指,冷过黄昏"。他的忧国之情溢于言表。

绍兴十六年(1146)十二月,朱敦儒被弹劾,有人说他"专立异论,与李光交通"。李光是抗金名士,也是秦桧的死对头。被弹劾与李光交往密切,结果就可想而知了,朱敦儒被罢职,开启了晚年的隐居生活,并且在绍兴十九年正式致仕。致仕之后,朱敦儒隐居在嘉兴岩壑。和早年在洛阳的隐居不同,曾经意气风发、睥睨诸侯的他此时已经是一位漂泊异乡、饱经风霜的古稀老人了,一首《西江月》就能说明晚年朱敦儒的心境:

元是西都散汉,江南今日衰翁。从来颠怪更心风,做尽百般无用。　　屈指八旬将到,回头万事皆空。云间鸿雁草间虫,共我一般做梦。

词人从早年"西都散汉"到晚年"江南衰翁",同是隐居,心态却已大不相同:一个"散"字道尽往日豪迈不羁的浪漫生活,现如今呢,一个宋

"衰"字又诉说着英雄末路的穷途之悲。此句读来不免令人潸然泪下。

1159年,近八十岁的朱敦儒逝世。一代历史的见证者,一代"词史"的记录者,在悲愤与无奈中黯然陨落。

读完了朱敦儒的一生,再回过来头品读这首《相见欢》,也许我们的感觉又会有一些不同吧:

金陵城上西楼,倚清秋。万里夕阳垂地大江流。　　中原乱,簪缨散,几时收。试倩悲风吹泪过扬州。

如此壮美的景色,唤起的却是词人悲恸欲绝的心情,中原离乱未平、朝臣仓皇南渡,万里锦绣河山都被金人掠去,不知何时能够收复,词人清泪纵横。萧瑟秋风中,江水无语、默默东流,在夕阳余晖的映照下更显悲凉。

【拓展阅读】

朱敦儒《相见欢》(作于绍兴三年即1133年秋,时词人在泷州即今广东罗定市):

泷州几番清秋,许多愁。叹我等闲白了少年头。　　人间事,如何是,去来休。自是不归归去有谁留。

朱敦儒《相见欢》(作于绍兴七年即1137年春,时词人在平江即今江苏苏州):

东风吹尽江梅,橘花开。旧日吴王宫殿长青苔。　　今古事,英雄泪,老相催。长恨夕阳西去晚潮回。

卜算子
陆游

驿外断桥边,寂寞开无主。已是黄昏独自愁,更著风和雨。无意苦争春,一任群芳妒。零落成泥碾作尘,只有香如故。

陆游这首《卜算子》之所以很有名,除了它确实写得非常好之外,还跟另外一位大名人有关,这位大名人当然就是毛泽东了。毛泽东在读到陆游这首《卜算子》的时候,曾经亲笔批注了这样一句话:"伤北伐不成而作。"

毛泽东首先说明这首词是陆游伤心北伐失败,南宋朝廷又被主和派把持,陆游因此有感而发创作的。其次,因为受到这首词的启发,毛泽东也创作了一首著名的《卜算子·咏梅》:

风雨送春归,飞雪迎春到。已是悬崖百丈冰,犹有花枝俏。俏也不争春,只把春来报。待到山花烂漫时,她在丛中笑。

毛泽东还特意说了:"读陆游咏梅词,反其意而用之。"因此毛泽东

宋

的咏梅词和陆游的原词相比,情绪上显得乐观得多,充满了积极向上的战斗精神。那么,陆游的《卜算子》吟咏梅花,到底有怎样的特点呢?

我简单归纳了两点,我觉得这两点应该能够概括陆游这首词的情感特质:第一是边缘状态,第二是顽强精神。而且,梅花生存的边缘状态与顽强意识,和陆游自己的人生经历、个性特征是完全一致的,因此,这首《卜算子》表面是吟咏梅花,实际上完全可以看成是陆游自己的人生写照。

那我们首先来看看,在这首词中,梅花的"边缘状态"是如何体现出来的。

"驿外断桥边,寂寞开无主。"词一开始就呈现出了一个被边缘化的梅花形象。

我为什么说这是被边缘化的梅花呢?我这么说当然是有充分理由的。

梅花在中国文化传统中实在不是一种边缘化的植物,相反,梅花是中国人非常钟爱的一个文化符号。且不说梅花本就属于梅兰菊竹四君子之一,据说直到当代,人们还为了到底是选梅花作为中国的国花,还是选牡丹花而争论不休。可见梅花在中国文化当中的地位有多重要了。

在古典诗词中,梅花更是诗人们最偏爱的意象之一,南朝梁的诗人何逊在《咏早梅》中就盛赞过梅花傲雪开放的品格:"兔园标物序,惊时最是梅。衔霜当路发,映雪拟寒开。"唐代诗人崔道融的《梅花》也说道:"香中别有韵,清极不知寒。"

梅花自古就是文人墨客歌颂而且经常引以自喻的对象,到了宋代,梅花更是得到了宋人的追捧。宋代文化清高雅韵,梅花的清雅幽香正契合了宋代人的审美趣味。北宋林逋的《山园小梅》"疏影横斜水清浅,暗香浮动月黄昏"更是咏梅花的金句。

可是,明明是中国文化的"宠儿",在陆游的词中,梅花却被边缘化了。

你看,"驿外断桥边,寂寞开无主"。这里的梅花不是开在私家花园里被人精心养护着,也不像毛泽东笔下的梅花那样,开在百丈悬崖之上,以一种非常傲娇的姿态,居高临下地傲视着百花。陆游词中的梅花是开在驿站之外、断桥旁边,显然,这是野梅花。

野梅花开在人迹罕至的地方,既没有人欣赏,也没有人眷顾,更没有人怜惜,它只能独自承受着被冷落、被遗忘的孤独与寂寞。

驿外桥边的荒凉之地,生长环境本已如此边缘化,可这还不够,梅花不仅寂寞无主,独自经受着黄昏的孤愁笼罩,更有凄风冷雨肆意侵袭,它们不断摧残着柔弱的花朵。

"驿外断桥边,寂寞开无主。已是黄昏独自愁,更著风和雨。"梅花生长环境的边缘化,是上片描绘的主要内容。词读到这里,你也许会产生疑问:既然梅花是宋代最符合主流审美情趣的意象,那为何会在陆游的笔下被边缘化了呢?

显然,陆游也是"醉翁之意不在梅",他咏梅花,不过是借梅花的命运来暗喻自己的个人命运而已。陆游的一生,不也是像驿外断桥边的梅花一样,是被主流社会边缘化的吗?

我们又该怎么理解陆游生存状态的边缘化呢?我想,就从理想和

宋

现实的落差来说明这种边缘化吧。陆游一生最重要的理想,我觉得主要有两个层面,一是有关个人的层面,二是有关国家的层面。

有关个人的层面,当然就是个人事业的成败。偏偏,陆游在追求个人事业的道路上是屡屡遭受挫折,而且遭受挫败的原因,不是他个人能力的问题,而更多是时代原因和政治原因。

陆游生活的时代,不是一个太平的年代,政治环境也并不清平。

陆游生于北宋徽宗宣和七年(1125)十月十七日,那时,他的父亲陆宰刚刚从淮南路转运副使的职位上卸任,准备回京以后转任京西路转运副使。

说来也巧,陆游出生的地点,正是在父亲陆宰调回京城的路上:一家人坐船沿着淮水,往汴河方向航行。可没想到十月中旬以来,他们遇到了连续的狂风暴雨,船一时动不了,只能靠岸停下来。就在十月十七这天清晨,陆宰的儿子陆游在船上降生了。奇怪的是,陆游一出世,连续几天几夜的大风雨竟然马上就停了。

然而陆游一出生,就遭遇了北宋王朝的灭顶之灾:因为他出生的十月,也正是金人决定挥师南下,大举进攻宋朝的时候。宋钦宗靖康元年(1126),东京沦陷,这个时候,陆游才一岁。当时父亲陆宰已被罢官,正带着一家老小在回老家的途中。陆游后来回忆起这段经历时说是:"扶床踉跄出京华。"他才刚刚扶着床踉踉跄跄开始学着走路,就已经不得不跟着大人一起逃出京城,开始辗转奔波的逃难生活了。这一路上兵荒马乱,居无定所,吃了上顿没下顿,有时候为了躲避金兵,他们只能躲在草丛里,动都不敢动。每人怀里揣着一个饼子,饿了就吃

一口,经常一连十几天都不能安心生火做饭。后来陆游在诗中写道:"我生学步逢丧乱,家在中原厌奔窜。"

生逢乱世,陆游的幼年就这样种下了战争的阴影。不幸中的万幸是,这一路东躲西藏,风餐露宿,但最终一家人还是平安逃回到了老家山阴(今浙江绍兴)。陆宰虽然被罢官,但来往的朋友仍然很多,朋友里大多数都是主张抗金北伐、恢复中原的义士。他们聚在一起,谈论的是金兵的肆无忌惮,痛恨的是掌权的卖国贼秦桧之流,操心的是国家的前途命运。说到气愤的时候他们经常是痛哭流涕,甚至咬牙切齿、怒发冲冠,面对面前摆的酒菜,通常连筷子都没人动一下。"人人自期以杀身诩戴王室",他们个个都是摩拳擦掌,想舍身成仁,杀退金兵,匡扶王室。

陆游就在这样的氛围中成长为了一个英武的青少年,并且从小就树立了报国之志,用他自己的话来说,他最大的理想就是"平生万里心,执戈王前驱。战死士所有,耻复守妻孥"。他这一生,只想拿起武器,充当君王的先锋,到万里之外的边疆去冲锋陷阵。一个战士的本分就是应该战死沙场、马革裹尸,而贪生怕死,待在家里守着妻子儿女,贪图安逸的生活,那才是让人觉得羞愧的。陆游的一生,都是在为理想而奋斗。

理想如此高远,现实又怎么样呢?理想很丰满,现实往往不尽如人意。就以陆游自己的人生经历来说吧。

陆游曾多次进考场,可是结果都名落孙山。考场连连失败,难道是因为他的才学不够吗?当然不是。他之所以连续多次失败,最重要的原因就是他的家族都是出了名的秦桧反对派,尤其是陆游本人,因宋

为他一贯坚持抗金主战立场,这跟主和派的首脑秦桧水火不容。就在最后一次考试的时候,主考官已经拟定将陆游录取为第一名,本来他应该是状元啊!可是秦桧却跑到宋高宗那里大肆诋毁陆游,他说,陆游仗着自己有点才,成天就喜欢跟人讨论怎么组织北伐、怎么去恢复中原的事,"喜论恢复",搞得人心惶惶的,这会影响朝廷政局的稳定啊。

这样一来,殿试的结果可想而知了:不但陆游自己被淘汰,连带将他录取为第一名的主考官陈之茂,也被罢了官。直到后来宋高宗禅位,宋孝宗即位,才破格召见了陆游,并且下旨赐陆游进士出身。这一年,陆游已经三十八岁了。

科场道路如此曲折,报国之路的艰难险阻更是一言难尽。南宋朝廷不思恢复,主和派当权,像陆游、辛弃疾、张孝祥这样的主战人士一直被边缘化,被排挤打压,陆游的一腔报国理想也屡屡被现实的冷水浇得冰凉。北伐主张失败,皇帝不信任他,卖国分子打击他,自己陷于孤立,他感到苍凉寂寞,所以作了这首词。这首词就是他作为一名爱国主战人士,在南宋朝廷边缘化的说明啊!

因此,"驿外断桥边,寂寞开无主。已是黄昏独自愁,更著风和雨"是写梅花生长环境的边缘化,更是陆游自己生活状态的边缘化,那凄风苦雨的摧残,不正象征着朝廷政治环境的恶劣吗?

词的上片写梅花生长环境的边缘化,下片则转到了讴歌梅花不畏环境恶劣、不畏强权摧残的顽强精神:"无意苦争春,一任群芳妒。零落成泥碾作尘,只有香如故。"下片前两句写了梅花的清高孤傲:"无意苦争春,一任群芳妒。"

百花一般都在温暖的春天开放，它们争奇斗艳，各自炫耀着自己的美丽，独独梅花饱经冬日霜雪的摧残，仍眷眷于一花独放，根本无意也不屑于去与群芳争艳，它的那份高贵足以令群花黯然失色。而百花既贪恋春天的温暖，又嫉妒梅花的孤高冷艳，两者相比较，梅花与群花的品格高下，已经是历历可见了。

当然，如果只是强调梅花凌霜傲雪的孤高品质，那和其他咏梅的诗词也没有太大的区别了。甚至描写梅花孤独的诗词也并不少见，例如范成大《岭上红梅》："满城桃李各嫣然，寂寞倾城在空谷。"又如杨万里《明发房溪二首》："多情也恨无人赏，故遣低枝拂面来。"陆游也写梅花的孤独，写梅花的寂寞，但陆游心目中的梅花，与众不同的更是那份虽然命运多舛，却始终顽强不屈的精神："零落成泥碾作尘，只有香如故。"即使在风雨的催逼之下，飘零坠落，碾成尘土，它那独特的清香也会保持如故，弥漫在苍茫的天地之间，绝不会消逝。那种坚韧不拔、至死不渝的顽强品格，真是令人肃然起敬。

如果再联系到陆游自己，他不也正像梅花一样顽强吗？

"零落成泥碾作尘，只有香如故。"陆游坚守一生的理想，就是希望能够成为一名驰骋疆场、指挥千军万马的将军，抗金北伐，恢复中原。可是现实没有给他这样的机会，在南宋朝廷，他不断被边缘化，而只能无奈地做一名舞文弄墨的诗人。

陆游流传到今天的诗还有九千多首，词一百多首，他自己在七十七岁的时候自称"自十七八岁学作诗，至今六十年，得诗万篇"，这是一点都不夸张的。这近万首还只是今天我们能够看到的诗，实际上，陆游当时写的诗，远远超过一万首。从产量上来看，仅凭留存下来的九宋

千多首,陆游也可以称得上是文学史上的冠军诗人。

作为一名诗人,尽管陆游不能驰骋战场、马革裹尸,但他战斗的武器绝对不仅仅是手里的弓箭和宝剑,他手中的笔也同样是战斗的武器。而且这个武器,他一直坚持使用到了生命的最后一天。我在读陆游写的《记梦》诗时,对其中几句印象特别深刻:"绝塞但惊天似水,流年不记鬓成丝。此身死去诗犹在,未必无人粗见知。""此身死去诗犹在"的心声,和《卜算子》中"零落成泥碾作尘,只有香如故",那不屈不挠的自信与顽强,是何等惊人的一致啊!

驿外断桥边,寂寞开无主。已是黄昏独自愁,更著风和雨。 无意苦争春,一任群芳妒。零落成泥碾作尘,只有香如故。

边缘化的生存状态,顽强不屈的精神品格,这就是陆游笔下的梅花,更是陆游自己的真实写照。英雄不能以成败论,陆游就是我们心目中的英雄。虽然英雄的肉体已经化为了尘土,可是他的诗却一直流传到了今天,他的精神就闪耀在那些充满激情和爱的诗篇里,就像零落成泥碾作尘的梅花,爱我所爱,无怨无悔,一缕幽香,依然长存于天地之间。

【拓展阅读】

王士禛《倚声初集序》:

有诗人之词,有文人之词,有词人之词,有英雄之词,苏、辛、陆、刘之属是也。

钗头凤
陆游

红酥手，黄縢酒，满城春色宫墙柳。东风恶，欢情薄。一怀愁绪，几年离索。错，错，错！　春如旧，人空瘦，泪痕红浥鲛绡透。桃花落，闲池阁，山盟虽在，锦书难托。莫，莫，莫！

《钗头凤》原名《撷芳词》，唐代无名氏词人写过《撷芳词》，传唱很广，词的下片有一句"可怜孤似钗头凤"，因此陆游将其改名为《钗头凤》。不过，陆游的《钗头凤》对原来《撷芳词》的基本调式有所创新，最显著的创新之处就在于上下阕结尾的三个叠字，"错，错，错"和"莫，莫，莫"。"错莫"本来是个叠韵的联绵词，也就是韵母相同，类似的常用叠韵联绵词还有逍遥、阑干、窈窕等。一般来说联绵词的基本特征就是两个字连在一起构成一个双音节的单纯词，两个字合在一起只表示一个意思，因此正常情况下联绵词必须连在一起使用，不能拆开来单独用。"错莫"有表落寞之意。杜甫的《瘦马行》也用到过"错

宋

莫"这个联绵词:"见人惨澹若哀诉,失主错莫无晶光。"

可是陆游不是一般的诗人啊,他故意打破了联绵词使用的基本规范,创造性地将"错莫"这个联绵词拆开,分别放在上阕和下阕的结尾,并且连用三个叠字,极具表现力地写出了词人被迫分离的痛苦和相思难寄的伤感。因此很多朋友在读《钗头凤》的时候,恐怕最先记住,而且记住之后再也不会忘掉的句子,就是上阕结尾的"错,错,错"和下阕结尾的"莫,莫,莫"了。记住了这两个字,也就把握了这首词的整体情绪。这样看来,你是不是也特别佩服陆游用意之高妙和用情之深厚了呢?反正我是特别佩服他的。

陆游这位诗人我们当然是熟得不能再熟了,南宋最著名的爱国诗人之一,他的《示儿》是我们从小就背得很熟的诗篇。而这首《钗头凤》作为陆游爱情经历的见证,也是宋词当中的经典名篇。在当代学者王兆鹏先生主持统计的"宋词排行榜"中,这首《钗头凤》高居排行榜第八名,也可见它受重视和受欢迎的程度了。

《钗头凤》一开头便让人印象深刻。"红酥手"是一双白皙红润的纤纤玉手,"黄縢酒"是宋代官府酿造的一种名酒,酒坛的封口上用黄纸封住。我们可以想象一下:由一双美丽的"红酥手",轻轻开启一坛用黄色纸封口的醇香四溢的美酒,那才真是一幅令人浮想联翩的美艳画面呢!

"红酥手,黄縢酒",它们的颜色已经足够鲜艳,可接下来这一句色彩更是夺目:"满城春色宫墙柳。"这一句并没有出现像"红""黄"这样确定的颜色词,可是我们完全能够想象得到,沿着宫墙的那一排柳树,会渲染出怎样郁郁青青的"满城春色"。

"红酥手""黄縢酒""宫墙柳",是不是我们一读下来就觉得颜色很抢眼呢?如此香艳的颜色,似乎应该顺理成章地引出一个香艳的爱情故事。美丽的女主角已经闪亮登场了,男主角还会远吗?

可是,词中的男主角不仅迟迟没有登场,接下来的句子似乎连女主角的身影都被隐没了:"东风恶,欢情薄。一怀愁绪,几年离索。错,错,错!""东风"特指春风,"东风"就是春天的代名词。《礼记·月令》曰:"孟春之月……东风解冻,蛰虫始振,鱼上冰,獭祭鱼,鸿雁来……天气下降,地气上腾,天地和同,草木萌动。"在古人看来,东风解冻是一切生物苏醒萌动的前提,和煦的东风被视为是春天转暖的必备条件。韩翃的"寒食东风御柳斜",辛弃疾的"东风夜放花千树",朱熹的"等闲识得东风面,万紫千红总是春",用的都是东风的这个意思。

可是在陆游的《钗头凤》里,东风却不再是那个温暖的春天的使者了,而成了"东风恶"。东风怎么会恶呢?显然这是陆游将自己的主观情绪强加给了东风,"东风恶,欢情薄",于是东风就变成了不通人情的狂风,就像摧残春花、吹散柳絮一样,东风将他与女主角的一段美好情缘也吹得无影无踪了。这样无情的东风,直接导致了这段爱情的悲剧结局:"一怀愁绪,几年离索。错,错,错!"爱情的春天被吹走了,只剩下满怀愁绪,几年的离别。这到底是谁的错呢?是东风的错,是女主角的错,还是男主角的错,或者,仅仅就是命运的错?

陆游并没有给出明确的答案,但因为前面有一句"东风恶",比较容易得出的结论是,陆游将爱情悲剧的一腔怨愤,主要归咎于外界的客观条件"东风"了。因此,这个"东风"一定是有特别寓意的。要理解"东风"的寓意,就不得不提及这首《钗头凤》创作的本事了。

宋

关于陆游创作《钗头凤》的背景，流传最广的当然是他与原配妻子唐氏的故事了。陆游与原配妻子唐氏伉俪相得，可是陆游的母亲看不惯小两口的恩恩爱爱，总觉得小夫妻卿卿我我会耽误陆游的前途。现在想来，这个原因是不是挺奇葩啊？

陆游从小就是个学霸级的人物，有神童之名，偏偏科举考试居然落第。娶了妻子之后，年轻的陆游未免有点沉湎在夫妻的恩爱缠绵之中，这本来也完全可以理解的，可是在要求严格的父母看来，就难以容忍了。据记载，唐氏、陆游小两口"伉俪相得""二亲恐其惰于学也，数谴妇"，说的就是公公婆婆看不惯小夫妻的甜蜜恩爱、耳鬓厮磨，为此经常指责儿媳妇，批评她不该让陆游荒废了学业，甚至想把她休掉。这可能就是新婚夫妻和母亲之间的主要矛盾了。

关于陆游家庭矛盾的这个情况是陆游的学生曾黯亲口说出来的。既然是师生关系，那曾黯对陆游的家事应该比较了解，所以这个故事的版本可信度很高。在母亲的高压下，陆游虽然深爱他的妻子，但最终还是被迫休妻，这段婚姻只持续了两年左右。离婚后不久，陆游再娶名门闺秀王夫人，唐氏再嫁同郡的名门公子赵士程，他们分别开始了新的婚姻生活，当然也就不可能再有什么直接联系了。

据现存文献来看，陆游与唐氏的这段婚姻经历是客观存在、没有任何疑问的。但有疑问的是，这段婚姻和《钗头凤》这首词的创作有没有直接关系呢？从词表现的意思来看，似乎还真有些关系。关于这一点，早在宋代陈鹄的《耆旧续文》和周密的《齐东野语》里都有记载，情节大同小异，大致内容是这样的：陆游是浙江绍兴人，陆游与唐氏被迫离婚七年之后，有一次在绍兴的沈园偶然重逢，分手之后前妻唐氏又

专门派人送来了黄縢酒和下酒菜,陆游触景生情,十分惆怅伤感,于是挥笔在沈园的墙壁上写下了这首《钗头凤》词。

根据这个故事来理解的话,《钗头凤》的上半阕就很好解释了:"红酥手,黄縢酒,满城春色宫墙柳。东风恶,欢情薄。一怀愁绪,几年离索。错,错,错!"前三句"红酥手,黄縢酒,满城春色宫墙柳"既是写陆游与前妻重逢的场景,也是陆游触景生情,回忆起了他们曾经的美好记忆。"东风恶"当然就是指家庭压力、母亲的逼迫了。"一怀愁绪,几年离索"是写夫妻被迫离异之后的伤感,"错,错,错"就是在埋怨命运吧。因为在这段悲剧中,唐氏肯定没有错,陆游自己除了比较懦弱没有奋力抗争之外也说不上有什么大错,而且作为一个孝子,陆游恐怕也不敢直接指责母亲大人的错。那么,只剩下唯一的情绪发泄口:命运!命运啊!你到底要安排多少阴差阳错呢?

上阕重点写被迫离异带来的伤感,下阕就转到对两地相思的悲叹了:"春如旧,人空瘦,泪痕红浥鲛绡透。桃花落,闲池阁,山盟虽在,锦书难托。莫,莫,莫!"沈园的春天还和以前一样,草长莺飞,阳光明媚,风景是一样的风景,人却不是一样的人了。"人空瘦"——心上人如此消瘦的原因,陆游心里当然很清楚,她是因为刻骨的相思才会变得这么清瘦啊!

"泪痕红浥鲛绡透"是陆游在揣测分别后前妻的样子:离去之后的她,一定是伤心得以泪洗面,她的手绢儿一定被泪水浸透了吧。

"桃花落,闲池阁",强劲的东风刮过以后,象征着春天的桃花凋零了,他们爱情的春天也凋零了,熟悉的沈园只剩下凄凉的池塘楼阁。他和妻子的爱情誓言好像还在耳边回响,但是如今,两人已经咫尺天

宋

涯。"山盟虽在,锦书难托",当初的山盟海誓言犹在耳,可是他们之间一个已是"使君有妇",一个已是"罗敷有夫",他们再也不可能有任何音信的往来,又有什么办法能让对方收到自己的这一番心意呢?想到这里,陆游不禁悲从中来,忍不住连下了三个字"莫,莫,莫"。唉,这一切都无法挽回,我们还这么伤心、这么痛苦,又能改变什么呢?

"莫,莫,莫"的再三感叹,让我们深深体会到了陆游的无奈、无助、无力。

据说,《钗头凤》很快就流传开来,唐氏一见,同样不胜伤感,于是和了一首《钗头凤》:

世情薄,人情恶。雨送黄昏花易落。晓风干,泪痕残。欲笺心事,独语斜阑,难!难!难! 人成各,今非昨。病魂常似秋千索。角声寒,夜阑珊。怕人寻问,咽泪妆欢。瞒!瞒!瞒!

平心而论,这首词从艺术成就上来说,远远不能跟陆游的《钗头凤》相比,但是这首词跟唐氏的心情倒是很贴切。比如说这两句吧:"怕人寻问,咽泪妆欢。"这似乎很符合她的处境和心情——她现在已经是赵士程的妻子了,可她的心里又始终装着陆游。为了怕别人看出来,只好把相思的眼泪往肚子里吞,表面上还得强作欢颜,做好人家的媳妇儿。可以想象得到,这种日子对唐氏来说,是多么难以忍受的煎熬。后来的结果也确实令人震撼:沈园分别后,唐氏不堪忍受相思的折磨,"病魂常似秋千索",她心力交瘁,终于病倒了。不久,她就在这种煎熬中去世了。

因为陆游第一次婚姻的失败是真实的历史,因此这两首《钗头凤》及其创作的本事也一直是被当成真实历史来传播的。如果今天去浙

江绍兴沈园游览的话,你会发现,沈园最显眼的墙壁上还刻着这两首词,陆游和唐氏的爱情故事成了沈园的宣传故事。很多年轻的恋人甚至还专门选择到沈园这个地方来,许下属于他们的山盟海誓,结下同心锁,期待爱情天长地久。陆游和唐氏成了众情侣心目中的"爱神",沈园也就成了见证爱情的圣地!

直到当代,著名词学家吴熊和先生才对这个传说提出了正面的质疑,质疑的证据当然有一二三四,而且每条证据都相当有说服力,有兴趣的朋友可以去查阅吴熊和的这篇考证文章《陆游〈钗头凤〉本事质疑》。因为篇幅的关系,我在这里不详细介绍这篇文章的论据,而只说说它的基本观点。

吴熊和先生经过多层论据的综合分析,认为这首《钗头凤》应该是陆游在成都时写的,并不是写于浙江绍兴。他使用的《钗头凤》词调的新体当时正流行于蜀中,没有任何证据能够证明这个词调已经传到了绍兴。陆游于乾道九年至淳熙五年曾经寓居四川,也就是在他四十九岁到五十四岁期间,他因为受到当地流行歌曲的影响,创作了这首新体《钗头凤》,这种可能性确实很大。

如果这首词不是写于绍兴的沈园,而是写于成都,那当然和陆游、唐氏的婚姻悲剧并无直接关系了。

总而言之,陆游与唐氏的爱情悲剧真实性没有问题,有疑义的是这段爱情悲剧和《钗头凤》的创作之间有没有直接关系。本着对读者朋友负责任的态度,这两种观点我都介绍出来,而我个人的意见则认为,无论词是写于四川还是写于绍兴,这对于我们理解《钗头凤》的情感倒不是特别重要。我要重点强调的是,陆游对唐氏的怀念的确是持宋

续了他的一生,沈园也确实是他寄托爱情和相思的重要场所,例如,陆游七十五岁(庆元五年,1199)的时候,他还专程故地重游,写下了两首非常著名的悼亡诗《沈园》,其中一首这样写道:

梦断香消四十年,沈园柳老不飞绵。此身行作稽山土,犹吊遗踪一泫然。

陆游写下的沈园怀人诗还有不少,我们一般都认为,他在沈园痴痴怀念的就是四十多年前被迫仳离的妻子唐氏。直到八十四岁的时候,也就是陆游临终前的最后一年,他还挣扎着最后一次重返沈园,追寻曾经爱情的影子……这样看来,无论《钗头凤》是不是在绍兴沈园专为唐氏所作已经不重要,只要我们理解了陆游对爱情的执着,理解了他无力挽回爱情的无奈,这就能让我们更深入理解他在《钗头凤》中所蕴含的深挚情意了。

红酥手,黄縢酒,满城春色宫墙柳。东风恶,欢情薄。一怀愁绪,几年离索。错,错,错! 春如旧,人空瘦,泪痕红浥鲛绡透。桃花落,闲池阁,山盟虽在,锦书难托。莫,莫,莫!

读完了这首《钗头凤》,也许我们对陆游的理解又多了一层,他不仅是一个忠诚的爱国诗人,也是一位深情的爱人。

【拓展阅读】

陆游《沈园》其一

城上斜阳画角哀,沈园非复旧池台。伤心桥下春波绿,曾是惊鸿照影来。

陆游《十二月二日夜梦游沈氏园亭》其一

路近城南已怕行,沈家园里更伤情。香穿客袖梅花在,绿蘸寺桥春水生。

陆游《十二月二日夜梦游沈氏园亭》其二

城南小陌又逢春,只见梅花不见人。玉骨久成泉下土,墨痕犹锁壁间尘。

陆游《春游》

沈家园里花如锦,半是当年识放翁。也信美人终作土,不堪幽梦太匆匆。

宋

诉衷情
陆游

当年万里觅封侯,匹马戍梁州。关河梦断何处?尘暗旧貂裘。胡未灭,鬓先秋,泪空流。此生谁料,心在天山,身老沧州!

这首《诉衷情》是陆游晚年的作品,而且也是最符合我们对陆游形象认定的代表词作之一。我们对陆游的基本定义就是一位伟大的爱国诗人,梁启超写过好几首诗赞美陆游的爱国深情和他的爱国诗篇:"诗界千年靡靡风,兵魂消尽国魂空。集中十九从军乐,亘古男儿一放翁。""辜负胸中十万兵,百无聊赖以诗鸣。谁怜爱国千行泪?说到胡尘意不平。"(《读陆放翁集》)

不过平时说到陆游的爱国,我们读得比较多的是他的爱国诗,词相对来说比较少,例如前面讲到的《钗头凤》吟咏的是爱情主题,《卜算子·咏梅》是一首咏物词,并且借咏梅花来寄托词人自己的情感。只有这首《诉衷情》是直接将爱国作为吟咏主题,而且直抒胸臆,慷慨淋漓。

　　这首词的上片就是大开大合的大手笔,从当年的回忆一下子拉到眼前的现实,寥寥四句词,竟然浓缩了词人几十年的人生经历和情感波折:"当年万里觅封侯,匹马戍梁州。关河梦断何处?尘暗旧貂裘。"

　　当年如何?几十年后的现实又如何呢?

　　"当年万里觅封侯,匹马戍梁州。"当年的陆游,骑着一匹威武雄壮的战马,不远万里,来到"梁州"从军戍边,保家卫国。陆游词中的"梁州",是指今天陕西的汉中。

　　汉中是个非常特别的地方。汉中的特别,首先就在于它地理位置的特别。汉中是南宋和金国交界的西北边陲。在西边,南宋和金是以秦岭为边界,汉中就正处在秦岭的南边。秦岭以北,包括今天的西安在内,当时都已经沦为金国的属地。

　　其实,汉中自古以来就是兵家必争之地,从历史上看,汉中曾经有好几次被推到了历史舞台的前沿。比方说,在楚汉之争中,刘邦受封为汉王的时候就是以汉中为都,雄踞关中,并且以这里为根据地,进一步挥师东进,跟项羽逐鹿中原,将项羽逼上绝路,最终夺取了天下,成了大汉王朝的开国皇帝。直到现在,当时刘邦拜韩信为大将军的拜将台、刘邦的行宫汉台都还是汉中有名的历史遗迹。现在的陕西汉中市就是以汉文化的发源地自居的。

　　三国的时候,蜀汉的丞相诸葛亮也是以汉中为根据地,出兵祁山,北伐曹魏,力图恢复汉室。埋葬诸葛亮的陵墓武侯墓至今仍是汉中最重要的古迹之一。

　　历史的烟尘虽然已经渐渐湮没了这些英雄人物的悲壮,但是汉中宋

作为军事要塞的地位并没有改变。南宋的时候,汉中再一次被推到了历史的前台。绍兴和议之后,在南宋的西北边疆,汉中地区又成为牵制金兵,进而援助江东的主要战场,是宋金交界的最前线。我们这里还是按南宋的叫法,把这个地方称为"南郑"。

既然我们已经将"梁州"准确定位在了南郑。那么,当陆游说"当年万里觅封侯,匹马戍梁州"的时候,这个"当年"指的是哪一年呢?

答案是,在陆游四十八岁那年,也就是南宋孝宗乾道八年(1172)。南郑在当时是四川宣抚使司所在地,四川宣抚使是王炎。在这里,我还想借着解读陆游词的机会介绍一下王炎这个人。王炎早年虽然隐居在江西的庐山,但却是一个爱国的主战派人士,精明干练,有雄才大略,在南宋乾道年间得到过孝宗的重用。王炎被任命为四川宣抚使,镇守西北边疆,他来到四川以后,经过现场勘查,很果断地做出了一个重大抉择,这充分反映了他的军事胆略——四川宣抚使的办公所在地本来是设在四川的广元,王炎上任以后,他毅然将宣抚使司从广元搬到了最前线的南郑。

南郑交通极为便利,以此为根据地,不但可以扼守入川的咽喉,还可以向东北方向进军,越过秦岭,进而收复长安乃至整个中原。将"司令部"搬到南郑来,这说明王炎是很有军事眼光的,因为在这里能够随时掌握前线的战争形势动向,及时调整军事策略。"司令"以身作则,镇守在最前方,这同时也是一种姿态,王炎就是用这种姿态来表明朝廷和自己的决心,鼓舞大家斗志的。

王炎被任命为四川宣抚使之后,当时在夔州做官的陆游写了一封信给王炎,毛遂自荐。他在《上王宣抚启》中写过这样的句子:"获厕油幕众贤之后,实轻玉关万里之行。"意思是说:如果能给我机会,到您的幕府里跟其他贤才一起为您效劳,只要能到边关前线上去,为抗金大业贡献一点绵薄之力,那么就算离开家乡万里之遥,这点苦对我来说,着实不算什么。

王炎正是求贤若渴的时候,陆游写给王炎的"求职信"马上就得到了热情洋溢的回复。王炎请陆游立即前往南郑,他给陆游的官衔是"左承议郎权四川宣抚使司干办公事兼检法官"。如果说四川宣抚使王炎大概相当于今天的军区司令员,是地方军队的最高军事统帅,那么陆游的职务就大概相当于司令员的军事参谋,省军区办公室主任兼任检法官。这已经是军队里面很重要的职务了,他不但要对前线的形势了如指掌,为随时可能发生的战事出谋划策,还要熟悉、协调军队的各项事务,主管各类军事机密文件。

接到这个任命,陆游才算是真正实现了他的愿望,他穿上了军装,从大后方到了最前线,终于有了"执戈王前驱"的机会。

其实从夔州到南郑,路途遥远不说,经过的大多是些地势险要的地方。秦岭、巴山一带都是崇山峻岭,南郑就处在秦岭和巴山之间的盆地里。那个时候可不像现在,挖几个隧道,修几条高速公路就可以一路畅通。陆游从夔州到南郑去,一路翻山越岭,主要的交通工具就是一匹马,所以陆游后来在词里回忆这段经历的时候,才会说自己当年是"匹马戍梁州"。

有趣的是,在后来回忆这段从军经历的时候,陆游竟然口口声声说那是自己的"少年"时代。比如说他有很多类似这样的句子:"念昔少年日,从戎何壮哉!""忆昔西征日,飞腾尚少年。"……以前一直在

宋

哀叹自己"老了"的陆游,从军之后,忽然就返老还童,成了生龙活虎的"少年"了。一个一直说自己老态龙钟的人,突然在奔五的年龄说自己还是个"少年",这说明了什么呢?

这只能说明一点:在别人看来异常艰苦、异常危险的从军,在陆游看来却是世界上最快乐、最浪漫的事。

了解了这段历史,我们就理解了"当年万里觅封侯,匹马戍梁州"这句话,这看上去简简单单的两句词,寄托着陆游多少青春的梦想和激情啊!

南郑从军,是陆游事业的巅峰。他在南郑王炎的军营里干得有声有色,还有过不少英雄事迹,例如射杀老虎、孤身潜入金兵敌营搜集情报、亲身参与小规模战斗、为"司令员"出谋划策等,他成了军队里出了名的传奇人物。

然而梦想还没有来得及充分燃烧,历史就发生了令人扼腕叹息的转折。陆游人生中的最高潮,只持续了短短八个月。就在乾道八年(1172)的十月,四川宣抚使王炎突然被朝廷召回,到京城临安担任枢密使的职务。表面上看,王炎是升官了,可实际上这是朝廷对王炎的明升暗降。朝廷召回王炎,其实是意味着朝廷用兵的意志又动摇了。因为王炎在四川所做的一切,都是在为北伐做准备,现在,一切都快筹备好了,只等最后的号令一发动,就可以正式出师北伐。临阵换将,本来就是兵家大忌,朝廷却在这个关键时刻突然调走"司令员",这当然是一个不祥的信号——果然,王炎被召回不久就被罢官了。"司令员"这一走,出师北伐又变得遥遥无期了。

朝廷这个命令下达的时候,陆游正被王炎派出去巡视前线,等他

回来的时候,一切都发生了变化。王炎手下的幕僚基本上都被遣散,陆游也被调到了大后方——成都。充满战斗激情的陆游,还没正式遭遇大规模战争,还没有亲手杀死过敌人,就又被调到了大后方。建功立业的机会就在面前,可是一转眼就消失得无影无踪了。

自南郑从军,到陆游晚年写下这首《诉衷情》,弹指一挥间,几十年就这么匆匆溜走了,最后只剩下"关河梦断何处?尘暗旧貂裘"。

晚年的陆游,经常会在梦里、在回忆里,回到当年他骑着战马,不远万里来到四川边境南郑从军的那段时期。可是这段经历,已经像梦一样地消失了。当梦骤然被惊醒,他睁开眼睛,看到的只有墙上挂着的旧军装——"尘暗旧貂裘"。那是他当年穿过的貂皮做的军服,现在军装上覆满了尘土,颜色褪了,它就像遥远的往事一样暗淡了、被尘封了。

其实陆游哪里是在感叹旧军装呢?他是在感叹自己——他也像这件旧军装一样,被朝廷遗忘了,被战场抛弃了,他已是英雄暮年,再也不复当年的英姿。

"关河梦断何处?尘暗旧貂裘。"是的,只有在梦里,陆游才能再回到边疆,回到那段金戈铁马的日子里去,那是他离梦想最近的地方,那是离他抗金北伐、收复中原最近的年华啊!在离梦想只有一步之遥的时候,他却再一次、并且是永远地与梦想擦肩而过了。在淳熙六年(1179)的时候,陆游还写过这样一首诗,表达了他对理想破灭的痛惜之情:

刺虎腾身万目前,白袍溅血尚依然。圣时未用征辽将,虚老龙门一少年。(《建安遣兴》其六)

宋

写这首诗的时候,陆游刚刚离开四川不久,这时的他从四川调到福建的建安,职位比以前高了,可是他过得并不快乐。为什么升了官还不高兴呢?原因很简单,成天忙于琐碎的应酬和公务,这根本不是他想要的生活。他想要的生活是在南郑从军时那样的生活:"刺虎腾身万目前。"这是说他在南郑打猎的时候,当着大家的面,跳起身来刺杀老虎的情景。"万目"可能有点夸张,不过他刺死老虎的情景,确实是很多人亲眼看到的。他白色的袍子上溅满了老虎的血,那种鲜艳的颜色直到现在还是跟最初一样。"征辽将"是用了一个历史的典故,说的是唐太宗、唐高宗时候的著名将领薛仁贵。他曾经当过征辽的将军,建立了卓著的战功。陆游这里是反用薛仁贵的故事,他认为自己也是薛仁贵式的英雄,同样武功高强、有勇有谋。可惜的是,自己并没有像薛仁贵那样得到重用,而是"虚老龙门一少年",四十八岁的那个"少年"战士,空怀绝技,如今却只能一事无成地老去。奈何!奈何!

这首诗表达的情绪和《诉衷情》是非常相近的。"胡未灭,鬓先秋,泪空流。"敌人还没有被消灭,可是英雄已经老去。他不甘心、不甘心啊!"此生谁料,心在天山,身老沧州!""天山"代指抗敌前线,"沧州"指闲居之地。他没料到,自己的一生会不断处在"心"与"身"的冲突中,心神驰于疆场,他的身体却僵卧孤村,一想到这些,怎么能不让老英雄泪流满面呢?

当年万里觅封侯,匹马戍梁州。关河梦断何处?尘暗旧貂裘。胡未灭,鬓先秋,泪空流。此生谁料,心在天山,身老沧州!

陆游多么希望能够回到他壮年南郑从军的那段日子啊,他写道:"僵卧孤村不自哀,尚思为国戍轮台。夜阑卧听风吹雨,铁马冰河入梦

来。"(《十一月四日风雨大作》)从前线被撤回来后,几十年来他无数次在梦里,回到他最牵挂的西北边疆。年近古稀的他仍渴望着能和将士们一道再上阵杀敌,真正实现收复中原的梦想!这个梦,永远是支撑陆游一生最坚定的信念。《诉衷情》就是这个信念在陆游词中的集中爆发。

【拓展阅读】

钱钟书《宋诗选注》:

(陆游的)作品主要有两方面:一方面是悲愤激昂,要为国家报仇雪耻,恢复丧失的疆土,解放沦陷的人民;一方面是闲适细腻,咀嚼出日常生活的深永的滋味,熨帖出当前景物的曲折的情状。他的学生称赞他说:"论诗何止高南渡,草檄相看了北征。"(苏泂《寿陆放翁》)一个宋代遗老表扬他说:"前辈评宋渡南后诗,以陆务观拟杜,意在寤寐不忘中原,与拜鹃心事实同。"(林景熙《王修竹诗集序》)

宋

减字木兰花
朱淑真

独行独坐,独倡独酬还独卧。伫立伤神,无奈轻寒著摸人。此情谁见,泪洗残妆无一半。愁病相仍,剔尽寒灯梦不成。

纵观唐宋时代,能在词坛上留下名姓并引起关注的"词女"有三位:北宋曾布的夫人魏玩,人称"魏夫人";北南宋之交的李清照;朱淑真。

朱淑真,号幽栖居士,钱塘(今浙江省杭州市)人,一说海宁(今属浙江省)人。后人题其稿曰《断肠集》,魏仲恭序,钱塘郑元佐注,词集名《断肠词》。

关于朱淑真生活年代,诸说纷纭。一据况周颐考证,朱淑真与曾布妻魏氏为友,应属北宋人;一说朱淑真当为汪纲之妻,生活在南宋宁宗、理宗时期;一说将其生活年代大致系于南北宋之交。但观其作品,受李清照风格影响十分明显,甚至经常袭用易安词之成句,所以她生活于李清照之后的可能性较大。

且看朱淑真的代表作——《减字木兰花》：

独行独坐，独倡独酬还独卧。伫立伤神，无奈轻寒著摸人。此情谁见，泪洗残妆无一半。愁病相仍，剔尽寒灯梦不成。

朱淑真的词留存至今的约27首，归纳她的总体特点，可以用清代词人况周颐的"词婉而意苦，委曲而难名"（《蕙风词话》）概括之。

"词婉而意苦"是说她的作品表现形式多婉约含蓄，表现的情感多愁苦凄凉；"委曲而难名"是说其表现内容深隐于文辞之中，令人难以指实。她的作品集被命名为《断肠集》，可知其整体上的愁苦基调。我曾经略作统计发现，在她所有20余首作品中，如"瘦""恨""断肠""伤神""无奈""恼""病"等表现愁苦情绪的字词触目皆是，这些都烘托出一个愁病相加的泪人儿形象。《减字木兰花》就是表现其愁苦心境的经典之作。

"独行独坐，独倡独酬还独卧。"起两句就连用5个表示行为的动词"行""坐""倡""酬""卧"，这5个动作又全部冠以同一个修饰语"独"。虽然是5个很明确的动词，但其实5个动作是"泛指"，它们囊括了词人一天之中的主要活动，甚至是囊括了词人一生的主要活动。因为词之短小凝练的特点，使得它不可能像散文日记那样，以流水账的形式将起床到睡眠的一切活动全部铺排出来，因此这首词横空抛出的5个动作以及5个"独"字，实在是强烈地渲染出了词人这一天乃至这一生中的孤独状态。

在这5个动作中，尤其要注意到其中两个活动——"倡"和"酬"。"倡"有领唱之意；"酬"是应和、应答的意思。诗词的酬唱应和是文人宋

圈中常见的文学活动,它既是文人之间同气相求、结交朋友的主要渠道,也是展示才华、互相学习、切磋并提高艺术技巧的主要交流方式。可见,正常意义上的酬唱,必须是两个以上的文友形成的交流圈。可是在这首词中,词人只能"独倡独酬",她既是领唱,同时又是应和者。

这种孤独的场景,让我想起了金庸武侠小说《射雕英雄传》中的一个情节:老顽童周伯通被黄老邪关押隔离在桃花岛,长期的禁闭中,他发明了一个新的比武方法。我们知道比武至少应该是两个人对打,一个人怎么比武呢?闲不住的周伯通就发明了左右手互搏的比武方法,他左手进攻,右手反击,如此再三,自得其乐地消磨着漫漫光阴。

朱淑真的"倡"和"酬"就相当于周伯通的左右手互搏,看上去热闹非凡,事实是极度的寂寞孤独。

这种孤独场景,还让我想起了李白的"花间一壶酒,独酌无相亲。举杯邀明月,对影成三人"。敬酒与饮酒,本来也应该是发生在至少两个人之间。没有酒友,诗人就只能自斟自饮,自己给自己敬酒。朱淑真的自倡自酬,又何尝不是李白的自斟自饮?

只不过,李白和周伯通都能用豪放的性情来驱逐孤独,可是女词人显然不可能像他们那样洒脱,而只能任由孤独一点点侵蚀她的生命。

尽管孤独像滴水不漏的铁桶一样包围着词人,词人还是企图做最后的挣扎。如果是现在的女性,感到孤独的时候可以想到好多种排遣的办法:比如约上闺密喝个下午茶、逛逛街或者打个电话、发个微信给远方的亲人和朋友或者是网聊,和认识、不认识的人倾诉又甚至是背上背包踏上旅途,在旅途中结识几个驴友……这些都有可能帮助我们

从孤独中解脱出来。朱淑真也想找到摆脱孤独的途径,哪怕只是暂时的也好。

可是,所有这些办法对当时的朱淑真都行不通。"伫立伤神",词人想到的逃避方法,就是离开狭小的日常起居室,来到室外。当然,这个"室外"并不是自然界的名山大川,只是词人居所外面的小小庭园。也许她是希望园子里的花草树木、清风微雨能够抚慰她的孤独,但是"伫立"一词流露出来的还是无处可逃的孤独。"伫立"的意思就是久久地站立、等待,因此"伫立"的言外之意还是孤独地久久站立。"伫立"的必然结果是孤独的进一步加深——"伤神"。

如果说此前的行、坐、倡、酬、卧、立都是指所有动作独自进行与完成的状态,那么"伤神"就进一步从动作的状态深入到了精神的痛苦。词人内心已经如此孤独痛苦,奈何连大自然也不肯抚慰她的心灵:"无奈轻寒著摸人。"

"著摸"有撩拨、沾惹的意思。大自然是通人性的,它知道词人内心的孤独。大自然又是无情的,正当词人在黯然伤神的时候,它又以"轻寒"撩拨起词人深深的愁绪,让词人在孤独之外更感受到冰凉的寒意。这一丝寒意,不是身体的冷,而是心冷。"无奈"一词,再一次透露出词人的脆弱:孤独已经如此沉重,孤独之外再加上不断袭来的寒意,更让人难以忍受。

由"轻寒"一句可知,这应该是早春的季节。《减字木兰花》原有词题"春怨",也可见此词仍是伤春的传统主题。

伤春是在古代诗人、词人中常见的季节病,但朱淑真的伤春显然不只是季节病引起的。《古今词话》中说:"钱塘朱淑真自以所适非宋

偶,词多幽怨。每到春时下帏趺坐。人询之,则云,我不忍见春光也。"这则记载可以解答我们的疑问,词人的孤独伤春是因何而起的。

答案是:"所适非偶。"

关于朱淑真的生平,文献记载不甚明确,但"所适非偶"这一点倒是公认的。和李清照早年的婚姻幸福比起来,朱淑真一生最大的不幸,就是嫁错了人。

朱淑真的丈夫,一说为"市井民",一说为地位较低的官吏。无论其夫身份如何,可以确定的是:这是一桩没有爱的婚姻。这是因为"父母失审",他们在没有细致考察的情况下,就将女儿草率地嫁了出去,朱淑真的婚姻悲剧从此开始。

爱情的幸福,因为一场无法由自己主宰的婚姻而"夭折"了。等待朱淑真的是无穷无尽的怨。每到春来的时候,窗外春光明媚,鸟语花香,她却放下窗帘,将自己关在屋内,在窗下的昏暗中长久地盘坐,因为她"不忍见春光"也。

"不忍见春光"的朱淑真让我想起了晚年经历了国破家亡的李清照。在洋溢着欢歌笑语的元宵节,她把自己关在家中,谁都不想见:"如今憔悴,风鬟霜鬓,怕见夜间出去。不如向、帘儿底下,听人笑语。"(《永遇乐》)

词人内心深处的寂寞,让她们选择了拒绝热闹。

外面的世界越热闹、越精彩,就越能衬托出词人的形单影只和内心的失落。

"此情谁见,泪洗残妆无一半。"下片两句,着力最重的一个字是"洗"。词本以含蓄柔婉为美,"泪"是描写女性形象常见的意象,但用

"洗"字形容泪下的程度却不多见。既然是"洗",可见不是一般的伤心落泪,而是泪如雨下,滂沱不断的泪水将脸上的脂粉冲洗掉了一大半。

对一个女人来说,外表的状态往往和生活的幸福指数成正比。很难想象,一个整天以泪洗面、蓬头垢面的女人会拥有幸福的婚姻生活;反之,一个总是衣着整洁、眼神明亮、妆容精致的女人,往往也显示出生活对她的眷顾。

显然,如果仅是孤独,还不至于让一个坚强的女人以泪洗面。在孤独的背后,她一定还有更多不为人知的痛苦。而婚姻的不幸,足以让她尝尽苦果。

朱淑真自号"幽栖居士",婚后的她就像一只失去伴侣的孤雁,只能流着苦涩的泪水,独自舔舐自己的伤口,"(朱淑真)一生抑郁不得志,故诗中多有忧愁怨恨之语。每临风对月,触目伤怀,皆寓于诗,以写其胸中不平之气"(魏仲恭《断肠诗集序》)。

在身体与精神的两重折磨下,漫长的白昼终于熬过去了,词人又要面对黑夜的凄凉。"剔"是指剪剔灯芯的动作,"剔尽"二字,显然是说词人挑拨灯芯的次数一次又一次,暗示了词人在一整天的孤独之后,等来的又是整夜无眠。

现实的悲剧难以逃避,但词人还要做最后一次努力,她最后努力的途径是梦,梦成了词人期待的"安慰天使"。

可是,词人终于还是绝望了。"剔尽寒灯梦不成",这与李清照《蝶恋花》中"独抱浓愁无好梦,夜阑犹剪灯花弄"如出一辙。

从白天的独行独坐独倡独酬独卧,到夜晚的独自灯下无眠,短短

宋

一首词中,词人以"孤独"为轴心,串起了她一天的活动与心情。

一天的孤独,象征的是一生的孤独,这是词人无法摆脱的宿命。

当身心的双重折磨沉重到她再也无力承担的时候,她只有选择最后的路——自尽。她想以结束生命的方式来逃避现实的苦难,警醒世人,然而,更可悲的是,不要说丈夫,连朱淑真自己的父母都没有因为她的死而悔悟。他们甚至因为有这样桀骜不驯的女儿而感到羞愧,将她的遗体与诗稿付之一炬,让她身后还"不能葬骨于地下,如青冢之可吊"(魏仲恭《断肠诗集序》)。

独行独坐,独倡独酬还独卧。伫立伤神,无奈轻寒著摸人。　　此情谁见,泪洗残妆无一半。愁病相仍,剔尽寒灯梦不成。

孤独是朱淑真的宿命,也是那个时代几乎所有女性的宿命。只不过对于才女来说,孤独会来得更加猛烈一些。"大抵佳人命薄,自古而然,断肠独斯人哉?"(陈霆《渚山堂词话》)

不过,朱淑真跟一般逆来顺受的女性有所不同。她算得上是一个勇敢的女子,她勇敢地表达对爱情的憧憬和梦想,勇敢地表达对婚姻不幸的痛苦和怨恨,甚至控诉对社会的不满,讽刺社会对女子不公平的要求和指责。她曾在诗中说:"女子弄文诚可罪,哪堪咏月更吟风。磨穿铁砚成何事,绣折金针却有功。"诗题为《自责》,似乎是在"责备"自己没有像一般的女性那样恪守妇道。那个时候的女子,应该做的正事就是生儿育女,持家做女红,女性勤劳的标志是"绣折金针却有功"。风花雪月、吟诗作赋根本就不应该是女人的本分,"磨穿铁砚"对寒窗苦读的男人是值得赞美的勤奋,可对一个女人来说,那就是不安分的表现。

显然,朱淑真就是一个"磨穿铁砚"、才华横溢的女子,也是一个"不安分"的女子。在"自责"一番女子舞文弄墨的罪过之后,朱淑真也曾骄傲地宣称:"翰墨文章之能,非妇人女子之事,性之所好,情之所钟,不觉自鸣耳。"(《掬水月在手诗序》)这说明,朱淑真是"知错犯错",明知翰墨文章非女子分内之事,却还是要做,并且这已成了她宣泄愁苦心情的唯一途径。她所有的文字,都不是为了沽名钓誉,而只是为了尽情抒发自己的性情和内心的感受。

【拓展阅读】

朱淑真《江城子·赏春》

斜风细雨作春寒。对尊前,忆前欢。曾把梨花、寂寞泪阑干。芳草断烟南浦路,和别泪,看青山。　　昨宵结得梦因缘。水云间,悄无言。争奈醒来、愁恨又依然。展转衾裯空懊恼,天易见,见伊难!

宋

念奴娇

张孝祥

洞庭青草,近中秋,更无一点风色。玉鉴琼田三万顷,着我扁舟一叶。素月分辉,明河共影,表里俱澄澈。悠然心会,妙处难与君说。　　应念岭海经年,孤光自照,肝肺皆冰雪。短发萧骚襟袖冷,稳泛沧浪空阔。尽吸西江,细斟北斗,万象为宾客。扣舷独啸,不知今夕何夕。

在解读这首词之前,我觉得有必要先对张孝祥这位词人做一点简单的介绍,因为他生平的基本志向和这首词创作的背景有直接的因果关系。

张孝祥(1132—1169),字安国,别号于湖居士,历阳乌江(今安徽和县)人。张孝祥和岳飞、陆游、辛弃疾等人一样,是南宋坚决的主战派,一生以抗金北伐、恢复中原为志向,也正是这个原因导致了张孝祥在南宋政坛上的几起几落。

绍兴二十四年(1154),张孝祥参加殿试,被宋高宗钦点为进士第一。说来也巧,著名的爱国主战人士陆游恰好与他同年参加考试。本来陆游在前一年的锁厅试中已经被录取为第一名,可是更巧的是,秦桧的孙子秦埙这年也参加了考试。以秦桧当时在朝中炙手可热的权势,"状元"已经内定为秦埙了。可是主考官陈之茂一看到陆游的考卷便忍不住拍案叫绝,把先前秦桧交代过的事情抛在一边,将陆游录取为第一名,秦埙排在了第二。礼部考试的时候,陆游仍高居第一。秦桧恨陆游恨得咬牙切齿,就在高宗面前进言说陆游这人不能录取,说他"喜论恢复",成天将北伐抗金、收复中原挂在嘴边。这就犯了高宗最大的忌讳。这样一来,考试的结果可想而知:不但陆游自己被淘汰,连带提拔他的主考官陈之茂也受到了牵连。

陆游被淘汰,秦埙又被排在了拟录取名单中的第一位,张孝祥排在第七名。名单呈到了宋高宗御前,宋高宗亲自阅卷的时候,一看秦埙的名字排在最前面,文章的口气又俨然和秦桧如出一辙,心里就有点不爽,心想这秦桧简直是到了肆无忌惮的地步了,竟然如此明目张胆地内定自己的孙子为状元,这不是无法无天了吗!他不露声色再往下看,看到张孝祥的卷子时,宋高宗发现这个考生不但文章写得文采飞扬,议论中肯,而且一手好字也是写得笔墨酣畅,于是御笔一挥,钦点张孝祥为状元,将秦埙排在了第三名。宋高宗故意这样做,一方面确实是非常赏识张孝祥的才华,另一方面当然也是有意要借此打压一下秦桧的嚣张气焰。

考试结果一出来,秦桧当然气得双脚跳。恼羞成怒的秦桧故意刁难新科状元张孝祥:"皇上夸状元的诗写得好,不知道你平时最爱看谁宋

的诗啊?"张孝祥不卑不亢地回答:"杜甫的诗。"秦桧又问:"皇上喜欢你的书法,不知你的书法学的是谁的体啊?"张孝祥又冷静对答:"颜真卿。"秦桧哼了一声,冷笑着说:"天下的好事倒让你一个人占全了哈!"(周密《齐东野语》)

秦桧好不容易摁下去一个"喜论恢复"的陆游,没想到又冒出来一个张孝祥。新科状元的帽子刚刚戴上,张孝祥就做了一件一鸣惊人的事情:上书为岳飞鸣冤!他说"岳飞忠勇,天下共闻,一朝被谤,不旬日而亡……今朝廷冤之,天下冤之"(《宣城张氏信谱传》),请求朝廷恢复岳飞的爵位,抚恤其家族后代,并且由朝廷表彰岳飞的忠义,"播告中外"。

大家都知道岳飞是被秦桧陷害致死的,现在秦桧在朝中为相,新科状元却公开为岳飞鸣冤,秦桧岂能吞下这口气?

果不其然,气急败坏的秦桧不久就找了个莫须有的罪名,诬告张孝祥的父亲张祁谋反,将张祁逮捕,关在大理寺等待受审判罪。父亲谋反,儿子当然脱不了干系,可是就在张祁、张孝祥父子身陷"谋反门"的时候,秦桧死了。秦桧一死,张祁谋反的冤狱也得以平反,张孝祥官授秘书省正字,从此正式踏入仕途。

可是,秦桧虽然死了,南宋朝廷的主和国策依然没有本质的改变,凡是主战人士基本都处于被排挤、打压的状态,陆游、辛弃疾都是如此,张孝祥自然也不会例外。乾道二年(1166)六月,张孝祥再次被罢官,他从桂林出发,取道洞庭,准备回安徽老家去居住。

就在这一次被贬回家的路上,张孝祥写下了这首著名的中秋词《念奴娇》。

"洞庭青草,近中秋,更无一点风色。"洞庭湖和青草湖是两个相连的湖泊,总称"洞庭湖"。八月中秋,秋高气爽,洞庭湖微波不兴。张孝祥并不是湖南人,他这次经过洞庭,意料之外地欣赏到了洞庭湖的中秋月色。

说"意料之外",是因为中秋节一向被认为是一年之中赏月的最佳季节,张孝祥自己也曾经这样感慨过:中秋的月色当然是最美的,不过赏月也有讲究,不是随便找个地方抬头看天上就叫赏月了,比如说,中秋赏月的最好地点是在哪里呢?

张孝祥的答案是在水边。而水边赏月最好的状态又是远离喧嚣的人群,一个人独处天地之间,在空旷幽绝中与月亮对话,那才是中秋赏月的最佳境界。

用他自己的话来说,月色、临水、空旷、孤独,这是中秋赏月"四美"的最佳境界。而乾道二年的中秋节,他在完全没有心理准备的情况下,在洞庭湖边居然享受到了他向往已久的"四美"中秋月景。

幸福来得太突然,所以才高八斗的张孝祥屏退船夫和书童,让他们早早休息,他自己却不顾漫长旅途后的疲惫,信步上岸,就在洞庭湖岸边的金沙堆独自漫步,把自己裹进明净的月色中,独自享受着水天一色、空旷孤独的中秋之夜。

接下来,让我们跟着这首《念奴娇》的描写,和张孝祥一起感受洞庭湖畔"四美"皆备的中秋佳节吧。

第一美:中秋之月。"素月分辉,明河共影,表里俱澄澈。"皎洁的月光,灿烂的银河,光辉普照,洞庭湖水倒映着苍茫的夜空和澄明的月色,天空中没有一丝云彩,天、地、水一片空明澄澈,这是一个多么令人宋

沉醉的世界!

第二美:临水之观。按张孝祥的观点,观赏明月的最佳场所一定要在水边,因为只有水的透明清澈才能恰好和月色相映成趣,月亮在水中的倒影也会形成难得的自然景观。在那种情境下,天地不再是相隔万里、各自独立的世界,而是天地融合为一体,赏月的人置身其中,那种人和自然的默契亲近感便会油然而生。"玉鉴琼田三万顷",一望无际的洞庭湖就像是毫无瑕疵的美玉,又像是一面巨大的明镜,而张孝祥此刻赏月的金沙堆,被洞庭湖四面环绕,水天一色。置身在这样纯净、晶莹的世界中,平时被困扰的尘心仿佛也被洗涤得干干净净,得以回到没有被世俗污染过的赤子之心。

第三美:赏月宜独往。中国人过节喜欢热闹,一大群亲朋好友聚在一起,觥筹交错,歌舞喧哗,几乎所有的节日都被过成了大家聚在一起吃喝玩乐的狂欢节:元宵节热热闹闹观灯、放烟花,清明节热热闹闹结伴去春游,端午节热热闹闹赛龙舟、吃粽子,重阳节热热闹闹倾城而出登高喝酒……春节就更不用说了,从腊月开始就忙活着祭灶神爷,还要放鞭炮、舞龙舞狮、接财神、串门拜年、互相发红包,一直要热闹地过了正月才肯安静下来。

中秋节也不例外。唐朝以前中秋节还没有正式形成,八月十五人们除了欣赏月色之外并没有太多过节的花样。可宋朝人特别具有创新精神,一个本来普普通通的八月十五,硬是被他们过成了各种新花样层出不穷的重要节日。而且宋朝不再有宵禁,这也给宋朝人过节玩通宵打开了方便之门。

举一个最普通的例子吧,宋朝人过中秋节富贵人家要"结饰台

榭",歌舞通宵。他们将亭台楼阁、水榭长廊装饰得富丽堂皇,张灯结彩,把它们布置成大型"综艺晚会"的露天舞台,还要人演艺助兴,一直热闹到深夜,"夜深遥闻笙竽之声,宛若云外"。(《东京梦华录》)连小孩子们也得到特许可以"连宵嬉戏",一直呼朋引伴玩到天亮。

生活在这样热闹的大环境中,张孝祥却别出心裁,想要回到中秋节最初始的习俗——赏月,而且是一个人独自赏月,让安静的精神与同样安静的月色来一番心灵私语,寻求那种人与大自然天然契合的美妙感觉。"玉鉴琼田三万顷,着我扁舟一叶。"一望无垠的洞庭湖上,只有我"扁舟一叶",就仿佛夜空中高悬的那一轮明月,孤独的月与孤独的人,此刻才是天地间唯一的知音。"悠然心会,妙处难与君说",这种人与自然和谐相融的美妙,实在是难以用世俗的语言来表达了。

第四美:既然赏月宜独往,那么赏月的大环境当然就应该是"远去人迹""空旷幽绝"之地了。可是通常情况下,城市里生活的人们节奏都很快,谁会那么有空,白天上班忙得团团转,下班后还有闲情逸致独自一个人狂奔到杳无人烟的地方,就为了去看一会儿月亮?所以,这"远去人迹""空旷幽绝"之地其实是可遇而不可求的,而张孝祥却在中秋之夜无意中"闯"入了这样的地方,这真是个绝佳的赏月之地。

"中秋之月,临水之观,独往而远人。"在乾道二年的中秋节,一个偶然的机会,张孝祥居然享受到了梦寐以求的中秋赏月"四美"之境,所以他才情不自禁地高歌一曲《念奴娇》,以记录这番难得一遇的美景。"洞庭青草,近中秋,更无一点风色。玉鉴琼田三万顷,着我扁舟一叶。素月分辉,明河共影,表里俱澄澈。悠然心会,妙处难与君说。"既然"妙处难与君说",那就"上图"吧。的确,这首词的上半阕就好像

宋

我们今天旅行途中在朋友圈里"晒"出来的一张张"美图",张孝祥在我们眼前展示出一幅又一幅美妙绝伦的风景照。

词的下半阕从洞庭湖的中秋月色转到了词人心情的抒发:"应念岭海经年,孤光自照,肝肺皆冰雪。短发萧骚襟袖冷,稳泛沧浪空阔。尽吸西江,细斟北斗,万象为宾客。扣舷独啸,不知今夕何夕。""岭海"在这里指的是广西桂林。在广西一年左右的官场生活,张孝祥自认为无论是人品、才华还是为国为民效力的能力,他都无愧于心。可是人世间无人能够理解他,只有那轮孤悬的明月,清辉倾泻下来,映照出他那月光一样冰清玉洁、晶莹纯净的心。"孤光自照,肝肺皆冰雪"呼应了上半阕的"表里俱澄澈"一句,此处一语双关,既是说明月,更是表白词人清白高洁的内心。

"短发萧骚襟袖冷,稳泛沧浪空阔。"这两句将词人的自我剖析升华到了更高的境界。尽管词人只有三十五岁,但此时的他因为忧国忧民却已是鬓发稀疏。衣衫单薄的他在中秋的寒意中并没有瑟瑟发抖,而是"稳泛沧浪空阔"。人世间那些流言蜚语又能把我怎样?我还是稳稳地泛舟于三万顷洞庭波涛之中,任尔东西南北风,我自岿然不动。

"尽吸西江,细斟北斗,万象为宾客。"有人说张孝祥是从苏轼到辛弃疾豪放词风形成过程中承前启后的一个关键人物。这首《念奴娇》就非常能够反映张孝祥旷达豪放的个性魅力。词人胸怀宽广得仿佛可以将整个天地都揽入胸中:北斗七星是他的酒杯,他一口气就能饮尽浩浩荡荡的长江水,天地万物都是他邀请来的贵客,他们畅饮美酒,酣歌醉舞,即便是一个人孤独漂泊的中秋也变得如此壮气凌云,这种"天人合一"的宇宙意识是何等豪迈洒脱。

"扣舷独啸,不知今夕何夕。"随着词人的情绪扩展,《念奴娇》也来到了全词的最高潮。我们仿佛看到词人独自伫立在船头,有力地扣着船舷,放声长啸,天地之间只留下他慷慨激昂的长啸声,而他也在这苍茫的夜色中忘记了人世间的种种纷扰,甚至也忘记了这是时近"中秋"的一个特别节日。"不知今夕何夕",他忘记了时间,忘记了空间,忘记了个人的荣辱得失,就像永恒的明月一样,如冰雪般的高洁晶莹,定格成宇宙间永恒的一种存在。

洞庭青草,近中秋,更无一点风色。玉鉴琼田三万顷,着我扁舟一叶。素月分辉,明河共影,表里俱澄澈。悠然心会,妙处难与君说。 应念岭海经年,孤光自照,肝肺皆冰雪。短发萧骚襟袖冷,稳泛沧浪空阔。尽吸西江,细斟北斗,万象为宾客。扣舷独啸,不知今夕何夕。

南宋的文学家胡仔曾经盛赞苏轼的中秋词,说"自东坡《水调歌头》一出,余词尽废"(《苕溪渔隐丛话》),意思是说自从苏轼写了有关中秋节的《水调歌头》之后,其他写中秋的诗词都可以扔到垃圾桶里去了。然而这话实在说得有些绝对,倒是清代学者王闿运说过一句公道话,他认为张孝祥的《念奴娇》"飘飘有凌云之气,觉东坡《水调》有尘心"(《湘绮楼评词》)。王闿运认为张孝祥的中秋词在人生境界上甚至超过了苏东坡。

当然,我们并不是一定要将苏轼和张孝祥的中秋词比出高低优劣,不过诗词中的中秋节因为苏轼和张孝祥被分别赋予了更为深刻、更为丰富的内涵:"人有悲欢离合,月有阴晴圆缺,此事古难全"的人世悲欢,"孤光自照,肝肺皆冰雪"的高风亮节,都是诗人们对人生的深刻感悟。

宋

【拓展阅读】

魏了翁《跋张于湖念奴娇词真迹》：

张于湖有英姿奇气,著之湖湘间,未为不遇,洞庭所赋,在集中最为杰特。方其吸江酌斗,宾客万象时,讵知世间有紫微青琐哉!

摸鱼儿
辛弃疾

更能消几番风雨？匆匆春又归去。惜春长怕花开早，何况落红无数。春且住。见说道、天涯芳草无归路。怨春不语。算只有殷勤，画檐蛛网，尽日惹飞絮。　　长门事，准拟佳期又误。蛾眉曾有人妒。千金纵买相如赋，脉脉此情谁诉？君莫舞。君不见、玉环飞燕皆尘土！闲愁最苦。休去倚危栏，斜阳正在，烟柳断肠处。

辛弃疾这首《摸鱼儿》写于淳熙六年（1179），这一年，辛弃疾四十岁。要理解这首词，首先得了解辛弃疾在他四十岁的生命中都经历过什么，他的个性气质又有何特别之处。

我觉得，用一个当代流行的词语来形容辛弃疾挺适合的，这个词就是"霸道总裁"。我个人理解的"霸道总裁"应该是这样一种人：个人能力超强、事业成功、超级自信，一般人会觉得他特别高冷，可是在某些特定的时刻他又会表现出极其温柔细腻甚至脆弱的一面。

宋

我为什么说辛弃疾是宋代版的"霸道总裁"呢？我主要从两个方面来谈辛弃疾的特点。

第一个特点，也是霸道总裁标志性的特点之一，那就是事业成功。辛弃疾出生于南宋高宗绍兴十年（1140），是山东济南人。他出生的这一年，正是民族英雄岳飞被杀害的前两年，这时的济南已经被金政权统治了十二年，北宋的京城开封沦陷已经十四年。辛弃疾在金国统治下的山东出生、长大，却始终心系宋朝，他甚至在二十一岁的时候揭竿起义，带领一群起义军兄弟反抗金政权对汉人的压迫。据说，辛弃疾还有一个外号，叫作"青兕"，就是说他长得高大魁梧，像犀牛那样威猛善斗。

怎么样？首先从形象气质上辛弃疾就很有霸道总裁的潜质吧？而且他还是起义军首领啊！是不是一下子就能让人想到《水浒传》中的108好汉呢？

绍兴三十二年（1162），二十三岁的辛弃疾历尽千辛万苦，率领起义军冲破金军的重重围追堵截，回归了南宋政府。南宋朝廷授予他江阴签判的小差使。签判是一个什么样的官呢？简单地说，大约相当于现在的一个市级秘书吧。

辛弃疾写这首《摸鱼儿》的时候，是淳熙六年，也就是1179年。这一年的三月，辛弃疾从湖北转运副使调到湖南担任转运副使，后来朝廷又改任他到潭州（今长沙）做知州，职位相当于现在的长沙市市长，而且他兼任湖南安抚使，有点儿类似于现在的公安厅长了。

如果用我们现在的眼光来看，二十三岁正式进入公务员编制，用17年的时间，从一个科员级别的市级秘书，到四十岁时升到正厅级干部,而且是行政、军政一手抓,这是不是火箭般的晋升速度?他应该算得上是事业成功的典范吧。

形象威猛,事业成功,而且辛弃疾的个性确实还挺傲娇的,有那种所谓的高冷范儿。所以啊,曾经有人这样赞美过辛弃疾:稼轩者,人中之杰,词中之龙。这就是说辛弃疾不但是人中的豪杰,而且还是词人中的飞天之龙,是词人中的"霸才"。

那么辛弃疾这位宋代的"霸道总裁",会怎么在《摸鱼儿》中表现他儿女情长的另一面呢?

更能消几番风雨?匆匆春又归去。惜春长怕花开早,何况落红无数。春且住。见说道、天涯芳草无归路。怨春不语。算只有殷勤,画檐蛛网,尽日惹飞絮。　　长门事,准拟佳期又误。蛾眉曾有人妒。千金纵买相如赋,脉脉此情谁诉?君莫舞。君不见、玉环飞燕皆尘土!闲愁最苦。休去倚危栏,斜阳正在,烟柳断肠处。

辛弃疾就是这样一位"霸才",但他却在《摸鱼儿》中流露出了特别女性化的一面,甚至整首词读下来,我们会发现他完全是在用女性的口吻抒情,而且还是以一种特殊身份的女性在抒情,那就是怨妇,甚至可以说得更极端一点,就是弃妇。

如果用一句话来概括《摸鱼儿》的主题,那就是:一位"霸道总裁"的"怨妇情结"。

那么,这种"怨妇情结"是在什么时候被激发出来的呢?又是什么原因让辛弃疾一点儿都不想掩饰这种情结呢?

简单来说,这种特定时刻就是暮春时节,也就是春天快要结束的时候,而这种情绪的爆发口其实是一种惜春的情绪。

宋

我们品读宋词,可能会有这样的经验:女性在春天很容易产生一种伤春的情绪,这首《摸鱼儿》的上片体现的正是这样一种伤感的情绪:

更能消几番风雨?匆匆春又归去。惜春长怕花开早,何况落红无数。春且住。见说道、天涯芳草无归路。怨春不语。算只有殷勤,画檐蛛网,尽日惹飞絮。

词一开始仿佛是一位女子向老天爷发出了无奈而痛苦的质问:春天啊,你到底还能经受几番风风雨雨的摧残呢?春天好像才刚刚来过,却因不堪风雨的轮番摧残,又匆匆忙忙离开了。

"惜春长怕花开早",我每次读到这句词,都觉得情绪特别沉痛,一个爱惜春天、珍惜春天的人,他是那么希望春天能够留得久一点、再久一点,他甚至一直在默默地祷告:花儿呀,你索性不要开得那么早,你慢慢儿地开,让春天的脚步再从容一点吧。

可是,他的祷告有用吗?

没有用。

"惜春长怕花开早,何况落红无数",他怕看到花开是因为不想看到花落,但是命运是那么无奈,花儿不仅匆匆开过了,而且还早早地在风雨中凋零了,"何况落红无数",这是何等凄凉的暮春景色。

失望至极的词人,在痛苦中不由得大喝一声:"春且住。"春天啊!请你停下来吧!对春天的无限深情才会让他生出那么强烈的挽留之意,可是,春天的脚步会因为辛弃疾这一声深情呼唤就留下来吗?

当然不会。"见说道、天涯芳草无归路",春天终究消失在延伸到天涯的芳草凄迷中。"怨春不语。算只有殷勤,画檐蛛网,尽日惹飞絮。"因为春天的消逝,词人竟然心生埋怨:春天啊春天,你为什么不肯回答我?为什么不肯为我而停留?反而是屋檐下的蜘蛛,倒还勤勤恳恳,它们整日整日地结着蛛网,试图粘住那漫天飞扬的柳絮,好像它们也通晓人意,也在极力挽留这匆匆消逝的春光。

"更能消几番风雨?匆匆春又归去。惜春长怕花开早,何况落红无数。春且住。见说道、天涯芳草无归路。怨春不语。算只有殷勤,画檐蛛网,尽日惹飞絮。"上片全是借景抒情,辛弃疾从伤春、问春,到惜春、留春,再到怨春、恨春,一路写下来,情绪简直是波澜起伏。

这哪里像一个理性的霸道总裁呢?分明就是一个极端情绪化的女性口吻吧。

的确,这样一种纯粹而且强烈的抒情方式,让我们不禁产生一种疑问:辛弃疾写这首词的时候,不是正要从湖北调到湖南去吗?不是马上还要升官了吗?在离开湖北之前,辛弃疾的同事在衙门里的小山亭设酒宴专门为辛弃疾饯行,正是在饯行的宴席上,辛弃疾感慨万千地写下了这首词。既然是正常的调动和晋升,又是在同事的欢送酒宴上,多高兴的事儿呀!可辛弃疾当场写这样一首伤感甚至还充满着怨气的词,不是很煞风景吗?

要回答这个问题啊,我们还是得先来读读这首词的下半阕:

长门事,准拟佳期又误。蛾眉曾有人妒。千金纵买相如赋,脉脉此情谁诉?君莫舞。君不见、玉环飞燕皆尘土!闲愁最苦。休去倚危栏,斜阳正在,烟柳断肠处。

我想,你一定已经很敏锐地发现了,这首词的下半阕一连出现了历史上三个著名女性的历史故事。

宋

  第一位是汉武帝时候的陈皇后陈阿娇,第二位是汉成帝时候的赵皇后赵飞燕,第三位是唐玄宗时候的杨贵妃杨玉环。

  这三个人的故事我们都听得比较多了,现在很多影视剧也不断地在翻拍、演绎她们的故事。那辛弃疾引用她们的故事又想说明什么呢?

  我们先来看第一个女人:"长门事,准拟佳期又误。蛾眉曾有人妒。千金纵买相如赋,脉脉此情谁诉?"

  陈皇后是汉武帝的第一任皇后,也就是我们常说的"金屋藏娇"中的那个阿娇。陈皇后当初曾是汉武帝最宠爱的妻子,可惜好景不长,汉武帝又有了新欢——更加年轻貌美的卫子夫,他后来还把卫子夫立为皇后。真可谓是"但见新人笑,那闻旧人哭",陈皇后也被打入冷宫——长门宫。野史传说,陈皇后在幽居的绝望之中,曾经花重金聘请当时的著名才子司马相如,写了一篇《长门赋》,借这篇赋向汉武帝表白:你虽然不要我了,但我还是一心一意等着你回心转意呢!"长门"的典故被后来的诗人、词人频繁使用,用以代指遭到丈夫冷落或者遗弃的妻子。

  "蛾眉曾有人妒。""蛾眉"化用了屈原《离骚》中的句子:"众女嫉余之蛾眉兮,谣诼谓余以善淫。"这说明,辛弃疾认为陈皇后的失宠,是美貌的女子遭人妒忌,被人陷害,陈皇后就是典型的怨妇,是被抛弃的弃妇。

  辛弃疾在这里是把自己比作了被抛弃的陈皇后。其实他在很多词里都表达过类似于弃妇的情绪,例如他写的《满庭芳》也有这样的句子"倾国无媒,入宫见妒,古来颦损蛾眉",表达的是同样的弃妇情绪。

那么赵飞燕和杨玉环又是怎么回事儿呢?这是两位著名的古典美人儿,还有一个专门的成语说她们各有千秋的美貌——"环肥燕瘦",杨贵妃以胖为美,赵飞燕据说身体轻盈得可以在人的手掌上跳舞。汉成帝宠爱赵飞燕姐妹俩,甚至还因此废掉了宠爱多时的许皇后,改立赵飞燕为皇后,赵飞燕的妹妹也被封为昭仪,一时之间姐妹俩"贵倾后宫",获专宠十多年,后宫成为赵氏姐妹的天下。她们不仅迫害后宫妃嫔,甚至还残杀皇子。汉成帝死后,赵飞燕失去了靠山,被废为庶人,最后被迫自杀身亡。

再来说另外一位美人儿杨玉环,想当年李隆基对杨贵妃是恩宠有加。有了杨贵妃以后,唐玄宗从此觉得"六宫粉黛无颜色""三千宠爱在一身"(白居易《长恨歌》)。任你是什么绝色佳丽,都比不上一个杨贵妃。可惜的是,在后来的安史之乱中,唐玄宗携爱妃杨玉环仓皇逃出长安,在马嵬坡这个地方又遭遇兵变,为了保全自己的性命,唐玄宗不得已下令处死了杨贵妃。

赵飞燕和杨玉环都是曾经炙手可热、荣获专宠的女人,甚至她们的家族也连带着权势熏天,就像杜甫《丽人行》中形容的那样,是"炙手可热势绝伦"!可一旦遭遇变故,下场又是那么悲惨,她们最终也不过是化为了尘土!所以辛弃疾才会沉痛地感慨:"君莫舞。君不见、玉环飞燕皆尘土!"

既然辛弃疾是以陈皇后自比,那么赵飞燕和杨玉环,又象征着什么呢?要回答这个问题,还得先剖析一下辛弃疾写这首词的心态。

前面我们说到过,虽然辛弃疾是从湖北转运副使调任湖南转运副使,算是平级调动,而且不久后还升了一级,按道理,这应该算是大喜

宋

事。可是在辛弃疾看来,恰恰不是。为什么呢?

因为辛弃疾心目中的成功,并不是我们想象当中简单的升官和对权力的追求。辛弃疾真正的理想,是希望能够到前线战场上去,抗击金国、恢复中原、统一国家。可是当时的南宋朝廷,主和派占据主导地位,他们对辛弃疾这样主战的爱国人士非常嫉妒。虽然辛弃疾表面上是在不断升官,但事实上他在每一届地方官任上都待不长,有时候一年当中甚至要调动三四次,大好的光阴竟然就这样白白消耗在频繁的调动当中。这一次,他在湖北转运副使任上也只待了短短几个月时间,就又被调到湖南长沙。而且就在写下这首《摸鱼儿》之后的淳熙八年(1181),辛弃疾还被人罗织罪名,受到了革职处分,他因此被迫退隐,开始转入了断断续续的闲居生活。

了解了辛弃疾这种壮志未酬,且饱受猜忌和打压的经历,我们就能明白,他为什么会把自己比喻成是被打入冷宫的陈皇后了。美女容易遭人嫉妒,忠贞的贤臣也容易遭人忌惮,即便能有《长门赋》那样文采飞扬、感人至深的好辞赋,却依然"准拟佳期又误",仍然等不到皇帝的回心转意,这份忠贞的情感还能向谁倾诉呢?

而赵飞燕、杨玉环这些获专宠的宠妃,就好比皇帝身边那些炙手可热的权贵大臣们!"君莫舞。君不见、玉环飞燕皆尘土!"

显然,辛弃疾将朝廷中邀宠得意的权臣比作是玉环、飞燕:别看你们现在风光一时,可你们也别太得意忘形了,要知道终有一天你们都将化为尘土,消失在历史之中……

理解了辛弃疾引用这三位女性故事的象征意义,我们就能够体会结尾这几句词的深意了:"闲愁最苦。休去倚危栏,斜阳正在,烟柳断肠处。"

原来,这首《摸鱼儿》表面上是在表达惜春之意,实质上是在抒发强烈的忧国之情。他心目中再也经不起"几番风雨"摧残的是什么呢?是南宋朝廷!别人可能还沉醉在"山外青山楼外楼,西湖歌舞几时休,暖风熏得游人醉,直把杭州作汴州"的太平繁华中,可是辛弃疾却一直在担忧着南宋朝廷的风雨飘摇,他不忍心看着大宋的半壁江山最终也像斜阳一样,在烟柳断肠处沉沉坠落!

更能消几番风雨?匆匆春又归去。惜春长怕花开早,何况落红无数。春且住。见说道、天涯芳草无归路。怨春不语。算只有殷勤,画檐蛛网,尽日惹飞絮。　　长门事,准拟佳期又误。蛾眉曾有人妒。千金纵买相如赋,脉脉此情谁诉?君莫舞。君不见、玉环飞燕皆尘土!闲愁最苦。休去倚危栏,斜阳正在,烟柳断肠处。

这首词表面上用一种弃妇的口吻抒发伤春、惜春的深情,实际上含蓄地蕴含着怀才不遇和忧国忧民的愤慨之情。霸道总裁的怨妇情结,正是这首《摸鱼儿》独特的地方。或许,正如前人所说,辛弃疾词的魅力,就正是这样一种"敛雄心,抗高调,变温婉,成悲凉"(周济《宋四家词选目录序论》)的独特风格吧!

【拓展阅读】

梁启勋《词学》下编:

孝宗淳熙六年己亥,稼轩四十岁。时金世宗正大举南征,稼轩屡有建议而不行。君臣泄沓,得过且过,已知朝廷无意中原之希望,已断绝矣……"长门事"至"脉脉此情"数语,实建设于宋高宗不肯奉迎二帝,下诛心之论矣。

宋

青玉案
辛弃疾

东风夜放花千树。更吹落、星如雨。宝马雕车香满路。凤箫声动,玉壶光转,一夜鱼龙舞。　蛾儿雪柳黄金缕。笑语盈盈暗香去。众里寻他千百度。蓦然回首,那人却在,灯火阑珊处。

在很多人眼中,辛弃疾是一个慷慨豪迈的爱国词人,但其实他也有温情脉脉的一面,也写下过关于爱情的千古名句,这首《青玉案》就是其中的代表作。

元宵节,其实就是中国传统的情人节。因为这个节日为年轻人提供了自由恋爱的机会,他们可以趁着上街看花灯、通宵热闹的机会,和意中人尽情享受爱情的浪漫。再加上宋代经济很发达,物质条件相对较为丰富,宋代人也尤其好玩、好热闹,元宵节当然更要大肆庆祝一番。

那么在元宵节的晚上,辛弃疾会不会也来凑个热闹?这个威武生

猛的英雄词人,如果写起爱情词来又会有什么特别的味道呢?

这首《青玉案》就能带我们一起来感受宋代元宵节的热闹,同时也能让我们感受到辛弃疾在爱情当中的温柔和缠绵。

可以说,这是一首闹中取静的元宵词,也是一首以静制动的爱情词。

写这首词的时候,应是南宋乾道七年也就是公元1171年的正月十五,这时的辛弃疾正在司农寺主簿任上。南宋都城临安也就是今天的杭州,迎来了又一个元宵节,好不容易从外地调回京城的辛弃疾,当然不会错过京城元宵节的热闹。

词的上片描绘元宵花灯的五彩缤纷。第一句就气势不凡:"东风夜放花千树。"我们都知道西方的圣诞节,很多人羡慕外国人过圣诞节的一些习惯,比如说全家人要在一起装饰圣诞树,大街小巷的商店、餐厅都要用圣诞树、彩灯来装饰,圣诞树上挂满了漂亮的饰品和各种小礼物。其实要我说啊,我们根本不用羡慕外国人的圣诞节,中国的元宵节早就有装饰"灯树"的传统。例如唐代的时候,有一回过元宵节,杨贵妃的姐姐韩国夫人专门准备了一棵高达八十尺的百枝灯树,而且还特意把这棵树搬到高高的山丘上,树上挂满了千姿百态的花灯。元宵节的晚上,所有花灯全部点亮,方圆百里都能看得清清楚楚,连天上的月亮都黯然失色了。

怎么样?这种灯树的漂亮程度,比起圣诞树毫不逊色吧?唐代的诗人苏味道写过一首诗,其中的"火树银花合,星桥铁锁开",描绘的就是元宵花灯的绚丽多彩。

这首《青玉案》的第一句"东风夜放花千树",也是形容树上挂满

宋

了各式各样的彩灯,就好像是一夜东风吹过,吹开了千树万树的鲜花,它们在风中摇曳生姿,把元宵节的夜晚照耀得像白天一样明亮。"更吹落、星如雨。"不仅大街小巷的灯树争奇斗艳,家家户户还会用竹竿挑着灯毯,把它们悬在半空中,它们高高低低,参差错落,看上去又好像是星星被吹落人间。

"更吹落、星如雨",这两句描写特别有现场感,让我一下子想到了一首流行歌曲《流星雨》:"陪你去看流星雨,落在这地球上,让你的泪落在我肩膀,要你相信我的爱只肯为你勇敢,你会看见幸福的所在。""更吹落、星如雨",这样的句子会不会让你也想到流星雨划过夜空的浪漫呢?

这样热闹的元宵节,真的是让人心醉神迷。那么除了亮眼的彩灯树,那里还有什么特别吸引人的地方吗?

当然有。"宝马雕车香满路。凤箫声动,玉壶光转,一夜鱼龙舞。"元宵节到底有多热闹?出门看看就知道。这天晚上,大街小巷观灯的帅哥美女们,有的骑马,有的坐车,白玉制成的花灯流光溢彩,动听的音乐声从那些高门大户里传出来,还有鱼龙百戏,更是通宵不绝。

如果要用两个关键词来描述中国的元宵节,我觉得就是这两个词,一个是"热闹",另外一个就是"自由恋爱"。

在中国,过别的节日都叫过节,可是过元宵还有另外一种说法,叫作"闹元宵"!一个"闹"字,十足描绘出元宵节通宵热闹、纵情狂欢的特点。这就不奇怪为什么年轻人最喜欢过元宵节了。

词的上片可以说是做足了元宵节"热闹"的文章,可是,辛弃疾真的只想过一个"热闹"的元宵节吗?显然不是。热闹都是别人的,辛弃疾却是醉翁之意不在"灯"。他出门可不是为了看灯看戏的,那他想看什么呢?别忘了,元宵节是自由恋爱的情人节,所以词人当然是出来看美女的。

"蛾儿雪柳黄金缕。笑语盈盈暗香去。""蛾儿""雪柳""黄金缕"都是指美女们佩戴的各种首饰,金的、玉的、翠的,一个个都是亮闪闪的。美女们一个比一个漂亮,身上还散发出醉人的幽香。当她们三五成群、笑语盈盈地与词人擦肩而过的时候,辛弃疾有没有那么一点儿心动呢?

没有!美女如云的元宵节,词人居然一点儿都没心动。这就奇怪了,辛弃疾难道是柳下惠?是超人?

都不是,他之所以没有心动,是因为他的心里早就有了一个她,"出其东门,有女如云。虽则如云。匪我思存"。辛弃疾在人群中穿梭,尽管美女如云,可是他的目的却只有一个——一定要在人群中找到那个"她",那个唯一的"她"!

我还忘了说一句,这个时候的辛弃疾应该还是单身。辛弃疾二十三岁的时候从金人统治下的山东投奔南宋,和他一起回归南宋的还有他的原配妻子赵氏和两个儿子辛稹、辛秬。不幸的是,大约在辛弃疾二十六岁左右的时候,赵夫人就去世了,所以这个时候,辛弃疾的单身状态已经持续了大约有六年的时间了。

这样的辛弃疾,对于爱情抱着一份期待、一份渴望是完全可以理解的,可是他心里的那个"她"到底是谁呢?词里面没有明说。但可以肯定的是,辛弃疾相信这个元宵节的晚上,他的意中人一定会出现在某一盏花灯之下,她一定会在这个难得自由的夜晚,等待着情郎的出现。

宋

　　正因为这份相信,词人才会在人潮灯海中不辞疲倦地穿梭、寻找,一直找到天快亮了,人群慢慢地都散了,花灯也一盏一盏地熄灭了。凌晨的风带着嗖嗖的凉意,他的心也从满腔热烈的期待渐渐变得冰凉冰凉。当他满怀失落准备离开的时候,不经意地回了一下头,没想到,就是最后这一回头,他居然发现,在那个灯火黯淡、冷清寂静的地方,他一直在寻找的那个她,正静静地站在那里,一双比月色还要清亮的眼睛,静静地看着他。

　　女孩的衣裙在风中轻轻飞扬,神情却是安静恬淡,她的与众不同,她的清雅脱俗,和周围热闹的人群、繁华的灯海形成了鲜明的对比。

　　"众里寻他千百度。蓦然回首,那人却在,灯火阑珊处。"直到这一刻,词人才恍然大悟——自己只顾着在人群最热闹的地方寻寻觅觅,却忘了他的意中人一直是一个安静的女孩儿,是一个耐得住寂寞的女孩。这个女孩儿,会一直一直等着他,等着他繁华阅尽、红尘历尽,再和他一起看细水长流,一起看云卷云舒,一起看花开花落。

　　如果这是一部爱情大片儿的话,我觉得这个时候应该有特别煽情的音乐响起,同时导演会给这个女孩儿一个大大的特写镜头,我们会看到女孩儿清亮的眼眸里有盈盈的泪光闪动,她的嘴角却微微扬起一缕温暖的微笑。而在镜头的另一端,男主人公早已泪流满面,情不自禁地张开双臂,向着心爱的女孩儿飞奔过去,两人紧紧相拥在一起……

　　始终在灯火阑珊处静静等待的那个女孩儿,才是他真正的知音,能够和他相伴红尘,也相守寂寞。

　　越是在最繁华热闹的地方,越是在最容易迷失自我的时刻,我越

是珍惜你最安静的陪伴。我想,这也是爱情特别可贵的地方。

近代国学大师王国维认为,古往今来,要成就大事业的人,都必须经过三种境界,第一种境界是"昨夜西风凋碧树,独上高楼,望尽天涯路"。这说明要成就大事业,第一步就是要确立高远的目标,这样才有可能进入第二种境界"衣带渐宽终不悔,为伊消得人憔悴"。这是说在追求理想的过程中需要执着与坚守,才能最终到达第三种境界,这就是"众里寻他千百度。蓦然回首,那人却在,灯火阑珊处"。这才是理想实现的最高境界。

理想追求需要经过这三种境界,爱情的追求是不是也一样呢?

我觉得是一样的。或者说,爱情的追求和理想的追求其实本质上是相通的。古往今来,时代在变迁,可人们对人生的领悟却是惊人的一致。在《诗经》的时代,我们也读到过这样的感受:"蒹葭苍苍,白露为霜。所谓伊人,在水一方。溯洄从之,道阻且长。溯游从之,宛在水中央。"这首《蒹葭》和《青玉案》一样,也是在含蓄地表达爱情和理想追求过程的艰难,以及蓦然回首时候的豁然开朗。

同样类似的情感,在杜甫的诗中也能够看到。杜甫的《佳人》塑造了一个幽居空谷的绝代佳人形象,无论世界怎么乱,人心怎么变,她却始终如同空谷幽兰一般,"天寒翠袖薄,日暮倚修竹",始终保持着那种最纯洁的姿态,等着那个最能懂她的知音,等着他千百度寻觅过后的蓦然回首。

也难怪,梁启超在评价辛弃疾这首《青玉案》的时候说:"自怜幽独,伤心人别有怀抱。"在梁启超看来,辛弃疾就是延续了古人这种以爱情的追求来比拟理想追求的传统,那我们就不妨换个角度再来读辛

弃疾的词:"众里寻他千百度。蓦然回首,那人却在,灯火阑珊处。"如果辛弃疾真的"别有怀抱",那么"那人"是不是就可以理解为是辛弃疾自己呢?在万丈红尘的繁华喧嚣中,他却一直在寂寞地坚守,坚守他的理想,也等待着知音的出现。

【拓展阅读】

周济《介存斋论词杂著》:

稼轩不平之鸣,随处辄发,有英雄语,无学问语,故往往锋颖太露;然其才情富艳,思力果锐,南北两朝,实无其匹,无怪流传之广且久也。世以苏辛并称,苏之自在处,辛偶能到;辛之当行处,苏必不能到:二公之词,不可同日语也。后人以粗豪学稼轩,非徒无其才,并无其情。稼轩固是才大,然情至处,后人万不能及。

西江月

辛弃疾

明月别枝惊鹊,清风半夜鸣蝉。稻花香里说丰年。听取蛙声一片。　　七八个星天外,两三点雨山前。旧时茅店社林边。路转溪桥忽见。

在辛弃疾《青玉案》"东风夜放花千树"中,我们读到了一个执着于爱情的追求者;在《摸鱼儿》"更能消几番风雨"中,我们读到了一个霸道总裁无奈的怨妇情结;而在这首《西江月》的描述中,我们看到的不是一个英雄词人的慷慨纵横,咱们的辛弃疾,这一回,从霸道总裁转型成了一个随性自在的山野农夫。那么,"转型"之后的农民词人辛弃疾,又会呈现出怎样截然不同的风格呢?

这个问题,我还不忙着回答,因为在解读这首词之前,我还是先简单介绍一下《西江月》这个词牌。

《西江月》本来是唐代教坊曲,用作词调,调名可能来自于李白的

宋

《苏台览古》诗:"只今惟有西江月,曾照吴王宫里人。"《西江月》这个词调在《全宋词》的使用频率高达几百次,算是宋代词人相对比较偏爱的词调之一了,同时这也是辛弃疾比较喜欢的一个词调,他的词集中用到《西江月》词调的频率还挺高的。《西江月》的格律形式也很特别,我们读到过的很多词,要不就是押平声韵,也就是韵脚的字都必须是平声;要么就是押仄声韵,押韵的那个字都必须是仄声字。《西江月》却是平仄韵通叶格,上、下片各两平韵一仄韵。就以辛弃疾这首词为例,上半片押韵的两句"清风半夜鸣蝉"和"稻花香里说丰年",押韵的两个字"蝉"和"年"都是平声字;下半片押韵的两句"两三点雨山前"和"旧时茅店社林边","前"和"边"也都是平声字。但上片最后一句"听取蛙声一片"的"片"却是仄声字;下片最后一句"路转溪桥忽见",韵脚的"见"也是仄声字。这种有平声韵脚也有仄声韵脚,两种韵脚的字属于同一韵部的格律形式称为平仄韵通叶格。

一般来说,平声字发音相对比较温和,音调比较低,声音也能够拖得比较长;而仄声字则更明快、率性,音调往往偏高。汉字这种独特的声韵特质,是汉语诗词很重要的魅力所在,不同的声调营造出来的情绪差别还是挺大的,我们在读词的时候,不妨多感受感受那种平上去入所带来的抑扬顿挫之美:

明月别枝惊鹊,清风半夜鸣蝉。稻花香里说丰年。听取蛙声一片。　　七八个星天外,两三点雨山前。旧时茅店社林边。路转溪桥忽见。

讲完了词调,该回到词的内容本身了。我们读了太多抒情的词,或者是情景交融的词,可乍一读上去,这首《西江月》貌似是纯粹的写

景。其实我觉得这首词最大的特点就是：它看上去句句都是在写田园风景，可事实上，句句都没有离开田园生活当中的人，这就是辛弃疾填词技巧的高妙之处了。

那么，这首《西江月》怎么能够做到句句都不提到人，可事实上又是句句都在写人呢？我们现在就来逐句解读一下这首词吧。

"明月别枝惊鹊，清风半夜鸣蝉。"词一开始就为我们营造了一片宁静却又灵动的田园风光。我就是一个农村长大的孩子，而且尤其喜欢农村的夏天。记得小时候，我们总是在天黑前吃完晚饭，当夜幕降临，暑气渐渐消退，我们就把竹床搬到院子里。我惬意地躺在竹床上，享受着凉凉吹过的夜风，外婆坐在旁边，摇着蒲扇，一边赶着蚊子，一边有一搭没一搭地跟我聊天。随着夜越来越深，天上的星星就像灯一样，一盏一盏亮起来，直到满天繁星，而月亮从山头升起，挂在树梢，或者在群星簇拥的夜空，温柔地露出笑脸。白天聒噪个不停的知了，到了晚上似乎也安静了下来，也像我们聊天一样，有一搭没一搭偶尔响那么几声，没有了白天的狂躁，反而更加衬托出夏夜的安宁。

"明月别枝惊鹊，清风半夜鸣蝉。"辛弃疾笔下的乡村夏夜，和我记忆中的乡村夏夜是那么的相似。只不过辛弃疾用笔很巧妙，看上去是纯粹写景，其实还暗含着典故。你一定还记得曹操的《短歌行》吧："月明星稀，乌鹊南飞。绕树三匝，何枝可依。"这首诗里也写到了明月和惊飞的乌鹊。后来的小说《三国演义》还专门说了曹操创作《短歌行》的背景：建安十三年（208）十一月十五日的晚上，也就是赤壁大战的前夕，曹操率大军南下，破荆州、下江陵，顺长江往东，准备攻打孙权与刘备，一统天下。那天晚上天气晴朗，皓月当空，百万雄师阵容整

宋

齐,宽阔的长江水面上,是一眼望不到尽头的曹军战船。一时间,曹操胸中不禁豪情万丈,充满了即将大获全胜的渴望和喜悦,于是他下令,要和众将士在战前痛饮一番,以壮军威。

将士们酣饮谈笑的声音惊起了树上栖息的乌鹊,一连串鸟鸣声忽然响起,好几只乌鹊扑棱着翅膀一路向南飞去。曹操诧异地问:"怎么乌鹊会在半夜鸣叫呢?"左右赶紧回答:"今夜月色明亮,乌鹊看到以为是天要亮了,所以离开树枝鸣叫。"曹操哈哈大笑,他取来长矛,立于船头,又将酒杯斟满,满饮三大杯之后,将长矛一横,高歌了一曲慷慨激昂的《短歌行》。苏轼在《前赤壁赋》里也用到了这个典故:"舳舻千里,旌旗蔽空,酾酒临江,横槊赋诗,固一世之雄也。"

由此可见,明月当空,寂静的夜里忽然响起的人声,惊起了树上栖息的乌鹊,这是古典诗词当中较为常见的一种场景,这种常见的场景也是由乌鹊的生活习性决定的。

乌鹊在古典诗词中一般指的是喜鹊,喜鹊是一种和人很亲近的鸟儿,最喜欢将鹊巢筑在民宅旁边的大树上。一听到有人来,喜鹊就会鸣叫,这就相当于给民宅主人报信儿了:"有人回来咯,有人回来咯。"唐代诗人王勃的《寒梧栖凤赋》里也说到过鹊儿报信的这一特点:"游必有方,哂南飞之惊鹊;音能中吕,嗟入夜之啼鸟。"

因此,"明月别枝惊鹊"这句词看上去纯是写景,但一个"惊"字,其实又暗示了人的踪迹由远而近。因为有人不期而至,才会"惊"起早就应该在鹊巢里栖息的喜鹊。

"明月别枝惊鹊,清风半夜鸣蝉。"明月当空,清风习习,惊起的鹊儿离开了栖息的树枝,半空中传来鹊儿翅膀扑腾的声音,树林里又隐

隐听到知了的鸣叫,真可谓静中有动,动中有静。偶尔的动态,又更加衬托出夜晚总体上的安静,这正是我们熟悉的夏天的乡村夜景。

"稻花香里说丰年。听取蛙声一片。"如果说前面两句"明月别枝惊鹊,清风半夜鸣蝉"是自然景观的一种铺垫,纯粹的乡村景色当中已经暗示着人的由远而近,那么接下来的这两句"稻花香里说丰年。听取蛙声一片"就是含蓄地告诉我们:主人公登场了。而且,即使这两句词并没有明确告诉我们主人公是谁,但我们却能毫不费力地猜到,登场的人物除了词人之外,还另有他人,也就是说,至少不止一个人。因为"稻花香里说丰年",一个"说"字,就告诉了我们,这绝对不是词人一个人在自言自语,而是至少有两个人在说话。当然了,能够在这样的夜晚,和词人一起闻着稻花香,听着一阵阵青蛙叫声,说说笑笑谈论着丰收年的,应该是当地的老农吧。

"明月别枝惊鹊,清风半夜鸣蝉。稻花香里说丰年。听取蛙声一片。"上片没有一个字说到"人",可是从第一句"明月别枝惊鹊"开始,"人"始终是这个乡村的主角,宁静的乡村夏夜其实暗含着热闹喜悦的气氛。这种热闹的气氛,绝对不是仅仅由喜鹊和知了的声音带来的,而是丰收的希望给村民带来了抑制不住的喜悦,使得整首《西江月》洋溢出一种明快和欢悦的情调。

是啊,对于靠天靠地生活的农民来说,还有什么比丰收更值得高兴的呢!

"七八个星天外,两三点雨山前。旧时茅店社林边。路转溪桥忽见。"上片隐约写了一群人站在稻田边喜笑颜开地讨论着丰收,下片就自然地转到了词人一个人的所见所闻了。和邻居老农痛痛快快聊了宋

一会儿之后,词人告别他们独自继续走上了回家的路。他看到的是什么呢?"七八个星天外,两三点雨山前",这两句描写的内容和上片的风景相比有了细微的变化,上片是夜空晴朗,明月如水,可下片却是"七八个星天外",星星突然显得寥落稀疏了。夏天天气善变啊,这意味着一会儿工夫就变天了,从明月当空,到星星稀少,再到几滴小雨落下,短短两句词"七八个星天外,两三点雨山前"就写出了一系列的天气变化。山前落下的那几滴雨,好像在催促着词人:赶紧回去吧!可能要下大雨了呢。

这不期然飘下来的两三点雨,让词人着急着要回家避雨了,可是黑灯瞎火的,本来在白天显得非常清楚的路线,到了半夜也变得有些陌生了,那个地标式的"茅店"怎么不见了呢?难道匆忙间走错路了?毕竟田间小道纵横交错,一不小心走错路是很正常的事儿。

"旧时茅店社林边。""社"是指祭祀土地神的土地庙。词人清楚地记得,那个茅店应该就在树林边土地庙附近,怎么走了半天还没看到呢?"旧时茅店社林边。路转溪桥忽见。"正在疑惑的时候,词人顺着脚下的小路转过溪水上的一座小桥,猛一抬头,那个茅店就出现在了他的眼前。

"旧时茅店社林边。路转溪桥忽见。"结尾两句仍然是纯粹写景,可是词人既然发现了熟悉的茅店,说明他找着了回家的方向,那种惊喜的感觉已经呼之欲出了。

值得一提的是,自1181年冬,词人被奸佞中伤、弹劾以致罢官后,就开始在上饶定居,一直住了十五年左右。虽然辛弃疾的日常生活并不需要依靠种地来维持,可是此时的他早已和当地的农民打成了一片,他和农民们真的已经达到了那种同命运、共呼吸的地步。

这时候,辛弃疾成功地完成了从霸道总裁到山野农夫的华丽转型。他一会儿向西边的邻居老农学种树,一会儿又饶有兴趣地欣赏东边邻居家春蚕孵化的过程,或者看着东家娶妇、西家嫁女,他也跟着欢喜热闹。"稻花香里说丰年,听取蛙声一片"不只是农民的欢喜鼓舞,也是辛弃疾发自内心的由衷喜悦。

多年的乡村闲居生活,辛弃疾写下了许多反映农民生活的词作,这首《西江月》无疑是其中很杰出的代表,像"稻花香里说丰年,听取蛙声一片"这样洋溢着丰收喜悦,和农民同喜同乐的情绪,在辛弃疾笔下经常能够见到。例如他写的《浣溪沙》词,也流露出类似的情感:"父老争言雨水匀,眉头不似去年颦。殷勤谢却甑中尘。啼鸟有时能劝客,小桃无赖已撩人。梨花也作白头新。"春天来了,风调雨顺,收成显然比去年好,乡村父老紧锁的眉头也舒展开了。丰收与否,不仅主宰着农民的命运,也紧紧地牵引着辛弃疾的欢喜或者是忧虑的情绪,这让我们看到了辛弃疾与农民甘苦与共的真诚。

明月别枝惊鹊,清风半夜鸣蝉。稻花香里说丰年。听取蛙声一片。　七八个星天外,两三点雨山前。旧时茅店社林边。路转溪桥忽见。

一首《西江月》,从头至尾没有出现一个人,貌似句句写景,但其实又是句句写人。辛弃疾并不只是一个田园风光的旁观者,他已经将自己的忧乐情怀完全融入了农民的生活。一草一木、一山一水、一花一鸟、一片蛙声、一缕稻香,我们看到的似乎都只是乡村的自然风景,但其实,处处都寄托着词人最真实的经历和最真诚的情感。

宋

【拓展阅读】

陈廷焯《白雨斋词话》：

稼轩词有以朴处见长，愈觉情味不尽者……信手拈来，便成绝唱，后人亦不能学步。

清平乐
辛弃疾

茅檐低小,溪上青青草。醉里吴音相媚好,白发谁家翁媪。大儿锄豆溪东,中儿正织鸡笼。最喜小儿亡赖,溪头卧剥莲蓬。

这首词是辛弃疾被罢官后,在江西上饶闲居时候的作品。虽然我们一般把辛弃疾定义为豪放派词人的典范,一说起他的词,那就是激昂排宕、慷慨纵横,是典型的英雄之词,他本人也是词人中的"霸才"。可其实,要论起题材的多样、词风的多变,而且每一种风格都能驾驭得炉火纯青的词人,还真是非辛弃疾莫属。所以,这样一首妙趣横生的亲情词出现在辛弃疾笔下,我倒是一点儿都不奇怪。

说实话,唐宋词是爱情题材的主要领地,亲情主题在词中比较罕见,描写幼儿幼女童趣的作品就更加罕见了!正因为罕见,才尤其显得珍贵。辛弃疾的《清平乐》就是这样一首罕见而珍贵的亲情词。

淳熙八年(1181),辛弃疾被罢职,才四十二岁的辛弃疾,正当年富

宋

力强的时候,却因为他一贯的抗金主战立场受到朝廷主和派的排挤,不得不投闲置散。正是这一段漫长的闲居生活,让我们看到了一个被迫转型的辛弃疾——他完成了从朝廷高官到"山野农夫"的身份转型,以往众人眼中纵横驰骋的"辛大帅",从此变成了"山野农夫"般的"辛稼轩"。

正像乌台诗案之后的苏轼,被贬黄州,从而成就了历史上伟大的"苏东坡"一样;辛弃疾的被罢官,也成就了历史上伟大的"辛稼轩"。在辛弃疾上饶带湖的居所中,"稼轩"可以说是整个建筑物的灵魂所在,一个"稼"字,充分体现了辛弃疾的重农思想和归农情怀。"稼"的本义是种植谷物,泛指农业劳动,这说明,辛弃疾的闲居虽然是被迫的,但他在思想上,早就有了对田园生活的向往。

那么,归隐田园的辛稼轩,生活状态究竟是不是他预想的那样恬然自适呢?这首《清平乐》就是这个问题的答案。

这首词从三个角度为我们勾勒了一幅山村家庭生活图。首先是家庭周边的自然环境,其次是家庭周围的邻里环境,最后是家庭成员的亲情环境。

"茅檐低小,溪上青青草",这两句描绘的是清新爽洁的自然环境:显然,这里不是豪门云集的高档别墅区,放眼望去,最常见的是那种屋檐低矮的茅草房,虽然很朴素,甚至可以说得上是粗糙,可是就是这样简陋的茅草房,恰恰和"溪上青青草"的自然环境"无缝对接"了。潺潺绕过的清澈小溪,盛夏时期一片郁郁青青的草地,看来茅草房的建筑材料还真是就地取材,绝无污染,十足环保。"茅檐低小,溪上青青草",寥寥两句,辛弃疾就为我们呈现了一幅青山绿水的原生态生活环境。

当然了,辛弃疾的词可不是像我们一眼看上去的那么简单,就是这两句看上去几乎纯粹白描的词,居然也蕴含着一个很容易被人忽略掉的典故。原来,杜甫在《绝句漫兴九首》中写过这样的句子:"熟知茅斋绝低小,江上燕子故来频。"杜甫的意思是说,连江上的燕子都知道我家的茅屋比别家的更矮、更小,所以燕子都爱来我家筑巢。

杜甫写这首诗的时候是在成都,我们都知道成都有一处著名的景点——杜甫草堂,也就是杜甫当年在成都的住处。奔波一生的杜甫在成都草堂度过了多年的悠闲时光,无论是草堂周围的自然生态环境,还是他和周围邻居相处的生活环境,都显得那么简单、自在。这期间,杜甫写了很多诗歌。这不仅是杜甫生命中相对安宁的一段时光,也是他收获诗歌又一个高峰的时期。

这首《清平乐》一开始就化用杜甫的诗句,是不是辛弃疾也有以杜甫作为人生榜样的含义呢?我觉得应该是有的。尽管辛弃疾的经济条件比杜甫不知好了多少倍,他住的也不是像杜甫草堂那样的简陋茅屋,但诗词中的意象往往都有含蓄的象征意义:"茅檐低小"看上去是写景,其实反映的是一种知足常乐的心态。杜甫也好,辛弃疾也好,政治上的失意都没有让他们自暴自弃、自甘沉沦,这样的逆境反而成就了他们文学创作的高峰,奠定了他们作为伟大诗人的基础。

"茅檐低小,溪上青青草。"看似白描的简单词句,也许恰恰蕴含着无比深厚的寓意,这也是辛弃疾词的一个重要特点。写完了自然环境,接下来就该写邻里环境了。那么,像辛弃疾这样退隐下来的朝廷高官,又会怎么看待他身边那些平民百姓,甚至是山野村夫的邻居呢?

宋

"醉里吴音相媚好,白发谁家翁媪?""吴音",就是吴语,是当地的方言。上饶这个地方在宋代的时候属于江南东路,现在的上饶,也是在浙江、江西、安徽三省交界的地方,所以上饶兼有三个地方的文化特征。比如说在建筑形式上,上饶就颇有徽派建筑的风格,现在号称"中国最美乡村"的婺源就是典型徽派建筑的代表。上饶人说话的方言接近于现在的浙江,因此辛弃疾才会说"醉里吴音相媚好"。辛弃疾是山东人,可是他回归南宋已经有二十年左右,南宋都城临安就在吴语区内,所以吴语让辛弃疾倍感亲切。吴语的特点是清柔软媚,用他们当地话来说就是"嗲嗲的"。尤其在醉意朦胧中,传来那么一两声细细柔柔的吴侬软语,连辛弃疾这个北方汉子都要被"融化"了。他原本还以为是哪家的青年小伙和姑娘在悄悄说情话呢,睁眼一看,却发现原来不知道是谁家的白发老头老太在聊天儿。

生活在这样的邻里环境中,真可以说是辛弃疾的幸运了。在朝廷上见惯了或是剑拔弩张,或是冷淡漠然的同事关系,回到农村,置身于简单亲切、轻松和谐的邻里氛围之中,辛弃疾觉得,整个身心都得到了舒展。

"茅檐低小,溪上青青草。醉里吴音相媚好,白发谁家翁媪?"词的上片简简单单四句,从生活的自然环境写到了邻里环境,接下来映入眼帘的就该是词人自己的家庭了吧?

不错,下片辛家的主角终于隆重登场了。

辛弃疾一家可是个大家庭,他先后生了九个儿子、两个女儿,据上饶的学者考证(汲军、应子康《辛弃疾信州词与信州生活》),他最小的儿子是在他六十多岁时生的。有意思的是,辛弃疾的儿子名字都是禾字旁,意思都和农作物有关,也都是为了呼应"稼轩"这个名号,由此也可看出辛弃疾的田园情怀。不过在他四十二岁退居上饶的时候,身边还只有四个儿子,也就是辛稹、辛秬、辛䆉和辛穧。

那么,在这首《清平乐》中,闪亮登场的是哪三个儿子呢?答案还要去词里找。我们还是先来看看这三个儿子分别都在做什么:

大儿锄豆溪东,中儿正织鸡笼。最喜小儿亡赖,溪头卧剥莲蓬。

看来,三个儿子中最勤劳、最负责的是长子,他在溪东头的豆田里锄草,这是最耗体力的活儿,看来长子已经开始承担一家人的生计了。次子正在编织鸡笼,这大概不算是太艰苦的体力活儿,但这是一个技术活儿,肯定需要一些耐心和细心,可见二儿子的性格是比较踏实沉稳的。

可是,最勤劳的长子和最踏实的次子都不是辛弃疾要描写的重点,他的重点全放在了小儿子身上:"最喜小儿亡赖,溪头卧剥莲蓬。"

就像大多数家庭一样,小儿子往往最受父母偏爱,性格也往往是最调皮捣蛋的,大英雄辛弃疾家也不例外。小儿子正躺在溪边剥莲子呢,他剥莲子可不是为了给家里减轻负担,而是当零食吃着玩儿。可偏偏就是这个"好吃懒做"的小儿子,最得辛弃疾的喜爱:"最喜小儿亡赖。""亡赖"本来是个贬义词,指的是那种撒泼刁蛮的恶劣行为,但这里显然是表达亲昵的意思,就好比我们爱怜地称呼小孩子:你这个"小鬼头"、你这个"小傻瓜"、你这个"调皮蛋"一样。

辛弃疾的大儿子辛稹和二儿子辛秬都是出生在辛弃疾南渡之前。到1181年辛弃疾归隐上饶的时候,大儿子辛稹早就是二十大几的小伙子了;二儿子辛秬出生于1159年,此时也二十三岁了;三儿子辛䆉

宋

大约出生在 1175 年到 1176 年之间,这个时候大约六岁;四儿子辛穮就出生在辛弃疾归隐上饶的这一年,也就是 1181 年。

我这么一说,大家应该都明白了,如果这首《清平乐》是写在辛弃疾归隐之后的两三年之内,那么辛稹和辛秬都是二十多岁的成年人,词当中的"大儿锄豆溪东"和"中儿正织鸡笼"应该分别是指辛稹和辛秬。最小的四儿子辛穮还应该抱在怀里或者是刚刚蹒跚学步的时候,还不会自己独立采莲蓬、剥莲蓬。所以"最喜小儿亡赖"的"小儿",极有可能是指三儿子辛䄄。

这个时候辛䄄正处孩童时代,说不定就是一个满地撒野、"人见人厌"的"熊孩子",当然不用干那些费力气、要技术的农活儿。"溪头卧剥莲蓬"实在是太符合辛䄄当时的行为习惯了,他能够安安静静趴在草地上剥莲蓬玩,已经是难得的乖巧了。这样一个萌萌哒的熊孩子,谁还忍心去责备他"好玩懒做"呢?

其实,在辛弃疾的众多子女中,他最偏疼的确实是三儿子辛䄄。这并不是做父亲的偏心,他之所以偏疼辛䄄是有原因的。原因至少有三个,第一个原因是在辛稹、辛秬之后,时隔近十六年,辛弃疾才添了辛䄄这个儿子,中年得子当然更加宝贝了。第二个原因,辛稹、辛秬是辛弃疾在南渡之前的原配夫人赵氏所生,可是赵夫人在跟随辛弃疾南归之后不久就去世了,辛弃疾后来续娶了范夫人,辛䄄就是他和范夫人生的第一个孩子。第三个原因,辛䄄从小就显得特别聪明,但恰恰是这个聪明的孩子,体质偏偏最虚弱,成天三病两痛的,没少让辛弃疾夫妻操心。

正因为辛䄄从小身体不是很强壮,辛弃疾对他比对其他儿子更纵容一些就可以理解了。他还给这个瘦弱的儿子取了个乳名叫"铁柱"，希望这个小名能给儿子带来硬朗健康的身体和好运气，并且专门为铁柱写了另外一首《清平乐》词：

灵皇醮罢，福禄都来也。试引鹓雏花树下，断了惊惊怕怕。　　从今日日聪明。更宜潭妹嵩兄。看取辛家铁柱，无灾无难公卿。

这首词更加体现出了一个父亲的舐犊情深：他祈求灵皇保佑儿子福禄双全。而且看来铁柱不仅身体弱，胆子还小，所以辛弃疾又虔诚地为儿子祈福，希望儿子能够从此"断了惊惊怕怕""日日聪明"，能够无病无灾一直到享受公卿的平安富贵。其中"无灾无难公卿"还化用了苏轼的《洗儿戏作》诗："人皆养子望聪明，我被聪明误一生。惟愿孩儿愚且鲁，无灾无难到公卿。"

从这样的词句中，我们哪里还能看到一个在战场上纵横驰骋、视死如归的钢铁硬汉辛弃疾？他分明是一个极其慈爱、极其柔软的父亲！

"最喜小儿亡赖，溪头卧剥莲蓬。"这样看来，铁柱其实并不是一个满地撒野、到处闯祸、"人见人厌"的"熊孩子"，而是因为身体弱又极其聪慧，他才得到了全家人的一致照顾和偏爱。不幸的是，即便辛弃疾如此心疼铁柱，铁柱还是在淳熙十年左右因病夭折了。辛弃疾悲恸万分，专门为铁柱写了《哭𰖮十五章》诗，诗中有"泪尽眼欲哭，痛身肠已绝"的句子。一个父亲的肠断心碎，如此毫不掩饰地倾泻而出，令人为之泪下。

辛弃疾的词，就是这样率性自然、毫不做作、绝无矫饰。只有率性之人，才能作有情之词啊！其实不要说是词了，即便是在传统诗歌的宋

领域,亲情也多聚焦在对父母的感恩和兄弟的手足之情,写舐犊之情的作品非常稀少。就算偶尔出现父母写给子女的诗,也大多是摆出一副长辈的姿态,对儿女进行教诲。例如陶渊明的《责子》诗,"虽有五男儿,总不好纸笔",他为五个儿子不好好读书操碎了心;再比如说陆游,他也会谆谆告诫儿子要好好学习,好好去领悟人生真谛,"汝果欲学诗,工夫在诗外"(《示子遹》)。纵览整个传统诗词领域,能像辛弃疾这样纯粹地描写童趣,一派天然纯真的,还真是不多见。

西晋时候的著名诗人左思曾经写过一首《娇女诗》,诗中刻画了两个小女儿调皮可爱的模样:"明朝弄梳台,黛眉类扫迹。浓朱衍丹唇,黄吻澜漫赤。"小女孩学着大人的样子画眉毛,结果眉毛画得又粗又黑,就像扫帚扫地留下来的痕迹一样;用胭脂抹口红吧,结果弄得满嘴通红,血盆大口似的,简直惨不忍睹。在一系列的捣蛋闯祸之后,当父亲终于板起脸,操起棍子作势要好好教训她们一顿的时候,两个小女孩却又"瞥闻当与杖,掩泪俱向壁",故意做出一副委屈害怕的样子,手捂着脸,对着墙壁站着,一副娇气十足的样子。做父亲的看了,心疼还来不及,哪里真的狠得下心去教训她们呢!

左思的《娇女诗》就是通过刻画两个小女儿的淘气可爱,表达出慈父的拳拳爱意。从左思的《娇女诗》之后,描写小儿女的诗作才开始渐渐出现在诗坛之上,后来李商隐的《骄儿诗》、苏轼的《洗儿戏作》诗等,都是表达了父母对小儿女的一片慈爱之心。

对于父母来说,孩子能不能真的出人头地,成为公侯卿相,那真的不是最重要的,最重要的是孩子"无灾无难",平安一生,那才是为人父母最大的期盼吧。所以,当辛弃疾写下"最喜小儿亡赖,溪头卧剥莲蓬"的时候,他的内心,该是怀着多少慈父的深切关爱啊。

茅檐低小,溪上青青草。醉里吴音相媚好,白发谁家翁媪?大儿锄豆溪东,中儿正织鸡笼。最喜小儿亡赖,溪头卧剥莲蓬。

也有人认为词中的大儿、中儿、小儿指的是别人家的孩子,可我还是认为这最有可能是写辛弃疾自己的孩子们。尽管以辛弃疾的经济条件,并不需要靠孩子们种地来维持生计,但做一些力所能及的农活儿还是极有可能的。而且"最喜小儿亡赖"这一句,一个"最喜",简直就是辛弃疾情不自禁的父爱流露。

【拓展阅读】

况周颐《蕙风词话》:

词太做,嫌琢。太不做,嫌率。欲求恰如分际,此中消息,……正复难言。但看梦窗何尝琢,稼轩何尝率,可以悟矣。

东坡、稼轩,其秀在骨,其厚有神。初学看之,但得其粗率而已。其实二公不经意处,是真率,非粗率也。馀至今未敢学苏、辛也。

丑奴儿
辛弃疾

少年不识愁滋味，爱上层楼。爱上层楼，为赋新词强说愁。而今识尽愁滋味，欲说还休。欲说还休，却道天凉好个秋。

辛弃疾的确是一个"神行百变"的词人，词作数量非常多，《稼轩词》今存共六百多首，数量雄冠两宋；而且稼轩词风格多样，千变万化。对于两宋词人整体风格的评价，我曾经有一个也许不太恰当的比喻，将几位词坛大家的词风与金庸武侠小说中的经典武功相比：晏几道有如小龙女古墓派的"玉女心经"，在一片虚静中沉醉在梦幻般的过往，却流溢着超越肉体情欲的纯真爱恋，需要以心会心的心灵默契；苏轼则颇似周伯通自创的"空明拳"，原本是游戏为之，并不刻意遵循既定的章法，却因自身高深的武学造诣，即使是消遣，亦虚实相间，空明澄澈，柔韧兼具，直臻化境；秦观几类杨过在极度伤感、茫然中悟出的"黯然销魂掌"，一片凄恻缠绵却仍不失柔厚内力；周邦彦好比全真派的剑术，法度严谨，章法缜密，游刃有余，颇具大家风范；辛弃疾则神似黄老邪的"落英神剑掌"，即便是虚晃一招，其实虚招之下已暗含无数招变化，招数繁富奇幻，招招威猛凌厉，如桃林中狂风骤起，落英缤纷，可谓出神入化，神行百变；至于姜夔词的风韵，则仿佛是段誉的"凌波微步"，独得"神仙姊姊"逍遥派武功的精髓，潇洒飘逸，轻灵玄妙，姿态万方……

我觉得辛弃疾的词风神似黄老邪的"落英神剑掌"，可谓出神入化，神行百变。我们已经在《清平乐》中感受过他的拳拳父爱、舐犊情深，在《西江月》中体会过他笔下的田园情趣、简单自在，在《青玉案》里品味过他的一往情深、执着无悔，在《摸鱼儿》里又分明见到了他的愤慨和无奈……既然辛弃疾的词风是如此变幻莫测，那么这首《丑奴儿》又会让我们看到一个怎样的辛弃疾呢？我们还是先来读词吧。

少年不识愁滋味，爱上层楼。爱上层楼，为赋新词强说愁。而今识尽愁滋味，欲说还休。欲说还休，却道天凉好个秋。

《丑奴儿》这个词调又名《采桑子》，格律形式和《采桑子》是一样的，词调的正体是双调，四十四个字，上下片各四句三平韵。辛弃疾这首《丑奴儿》还有一个词题——"书博山道中壁"。南宋的时候，博山地处江南东路信州永丰县（今江西上饶广丰区）西郊二十余里的地方，原名"通元峰"，因为远远看上去形似庐山香炉峰，因此改名为"博山"。

在上饶闲居期间，辛弃疾很喜欢在博山流连，博山寺以前还保留着辛弃疾的读书堂。博山也留下了辛弃疾很多的词作，在他的词集中就有《江神子·博山道中书王氏壁》《丑奴儿近·博山道中效李易安宋

体》《清平乐·博山道中即事》《鹧鸪天·博山寺作》等。辛弃疾为什么如此偏爱博山,写下那么多关于博山的词作呢?

首先,当然是因为博山风景优美,令人流连忘返了。辛弃疾在《江神子·博山道中书王氏壁》里这样描绘博山的风光:"一川松竹任横斜。有人家。被云遮。雪后疏梅,时见两三花。比著桃源溪上路,风景好,不争些。"这首词写的应该是博山冬天或者早春的景色,大雪过后,三三两两的梅花刚刚开始绽放,沿河的松树、竹子恣意地纵横生长着,白云生处隐隐有人家显现,这样恬静的风景,和陶渊明笔下的桃花源相比毫无二致。

辛弃疾还描写过春天的博山:"隐隐轻雷,雨声不受春回护。落梅如许。吹尽墙边去。 春水无情,碍断溪南路。凭谁诉?寄声传语,没个人知处。"春雷隐隐,春雨潇潇,落梅飞尽,春水初涨,春波荡漾,仍然是一派天然野趣,难怪辛弃疾喜欢感受博山的一年四季,因为对他来说,博山"一松一竹真朋友,山鸟山花好弟兄"(《鹧鸪天·博山寺作》)。

博山不仅山川秀美,而且还民风淳朴。辛弃疾在《清平乐·博山道中即事》中记录下了博山人自在的生活状态:"一川明月疏星,浣纱人影娉婷。笑背行人归去,门前稚子啼声。"虽然是人声,但却恍若天籁,真是让人仿佛身临其境,平添一份出尘之想。

这首《丑奴儿》是辛弃疾在博山的秋日感怀。不过这首词并不是描绘博山的秀美风景或者人物生活,而重点是在词人个人情绪的抒发,并且这种情绪的感发是通过对比的方式来完成的,对比的双方,是"少年"时的辛弃疾和"现在"的辛弃疾。

少年时候的辛弃疾和"现在"的辛弃疾除了年龄的增长之外,又有什么区别呢?

词的上片是这样回忆少年辛弃疾的:"少年不识愁滋味,爱上层楼。爱上层楼,为赋新词强说愁。"少年时代的辛弃疾,和大多数少年一样,都具备两大特点。第一大特点是初生牛犊不怕虎,对未来的世界充满了激情和梦想,总觉得"一切皆有可能"。第二大特点就是在青春期的时候情绪容易波动,有时候可以激情澎湃,豪迈得仿佛可以征服全天下;可是一转眼又可能会变得多愁善感、敏感多思;一会儿可能为了怜惜几朵落花而潸然泪下;一会儿可能会为了一场春雨而感慨万分;一会儿可能会为了几声寒蛩的鸣叫而悲秋伤怀;或者为窗前经过的一位红衣少女而怦然心动,甚至梦萦魂牵……

所有这些细微的情绪变化,也许都会变成忧伤的文字,记录下多愁善感的少年时光。比如说,我记得我少年时特别喜欢一首歌,罗大佑的《光阴的故事》,网上说这首歌被评为了"100首必听经典老歌之一"。这首歌至今我还会唱,其中有几句歌词似乎很契合那个年代少男少女的情感:"春天的花开秋天的风以及冬天的落阳,忧郁的青春年少的我曾经无知地这么想,风车在四季轮回的歌里它天天地流转,风花雪月的诗句里我在年年地成长,流水它带走光阴的故事改变了一个人,就在那多愁善感而初次等待的青春。"我觉得这样的歌词和辛弃疾"少年不识愁滋味,为赋新词强说愁"可以说得上是异曲同工吧?只不过辛弃疾的词更加凝练,罗大佑的词更加细腻而已。

当然了,不光是少男"爱上层楼。爱上层楼,为赋新词强说愁",少女其实也是差不多的,比如说李清照就写过这样的句子:"小院闲窗春

宋

色深，重帘未卷影沈沈，倚楼无语理瑶琴。　远岫出云催薄暮，细风吹雨弄轻阴，梨花欲谢恐难禁。"学者们大多认为这是李清照在待字闺中时写的词，主题也是少女的寂寞怀春。"倚楼无语理瑶琴"和辛弃疾的"爱上层楼"，这种青春期的多愁善感，是何其相似啊。

当然了，处在特殊时代，有特殊个性、特殊经历的辛弃疾，他在少年时代的多愁善感，跟别人应该还是有些不一样的。怎么个不一样法，这首词里面当然没有明说，但我们可以结合辛弃疾的经历来推测一下。

辛弃疾出生于南宋绍兴十年（1140）五月十一日。这一年，靖康之难已经过去了14年。这一年，南宋朝廷还发生了许多事，例如抗金名将李纲卒于此年。这年五月，也就是辛弃疾出生的这个月，宋高宗赵构求和好不容易换来的太平日子，又因金人单方面撕毁协议而被打破：都元帅完颜宗弼率军分四路大举攻宋。虽然这次南侵屡次被南宋抗金名将刘锜、岳飞击败，可惜朝廷被秦桧之流控制，岳飞、韩世忠等相继奉诏班师，黄河以南州郡又被金人攻陷。

第二年，宋金签订绍兴和议，东以淮河、西以大散关为界，宋朝皇帝向金国称臣，每年贡纳银、帛各二十五万两、匹。次年，岳飞被赐死于大理狱，岳云被杀。此后的南宋朝廷于屈辱中换得了数十年的"太平"。

而在女真贵族统治下的北方，金人对汉族老百姓实施了极为严酷的统治政策，比如，禁止汉人穿自己的民族服装，一律必须剃发结辫，谁敢违抗，即刻处死。不仅如此，大量的汉人还被金人像奴隶一样驱使，当牲口一样贩卖。金国统治者为了继续入侵偏安江南的南宋王朝，还不断向汉族居民大量地征兵征饷……北方的老百姓"怨已深、痛已剧而怒已盈",都伸长了脖子等着南宋王朝派兵北伐,赶走金人,收复中原,把他们从水深火热中解救出来。但是,南宋朝廷长期的"不作为"让沦陷区的百姓失望了,失望之余,他们觉悟到求救不如自救,于是起义层出不穷。

辛弃疾就是在这样的形势下出生并成长于属于沦陷区的山东。当时,济南已经被金政权统治很久,正是民族矛盾异常激烈的时候。辛弃疾从小受祖父辛赞影响很大。辛赞本来在宋朝做官,北宋灭亡后没有来得及跟随朝廷一起南渡,为了族人的性命安全,辛赞只好屈身在金朝做官。可辛赞是典型的"身在曹营心在汉",虽然他自己在金朝忍辱偷生,可是心里的民族大义是一刻都没有忘记过,并且还深深地影响了他的孙子——幼小的辛弃疾。

据辛弃疾后来写的文章《进美芹十论劄子》说:"大父臣赞……每退食,辄引臣辈登高望远,指画山河,思投衅而起,以纾君父所不共戴天之愤。尝令臣两随计吏抵燕山,谛观形势。"从小时候起,他的爷爷辛赞就带着他登高望远、指点着被金兵统治的大好河山,希望他将来能继承爷爷没有完成的志向,抗击金兵,报仇雪恨。辛赞甚至还带着辛弃疾和他的部下一起两次到达燕山,观察抗金的地理形势。

爷爷这种言传身教,使得幼小的辛弃疾很早就在心里种下了对金朝的深仇大恨,很早就树立了有朝一日一定要赶走金兵、恢复中原的远大目标。因此,少年时代的辛弃疾,最爱登高望远、指点江山;那时的他,对未来充满了自信,认为收复中原、统一中国指日可待;那时的他,很可能还没有真正体验过人生的忧愁悲苦,可是为了填写新词,偶尔也会多愁善感,写下一些如今看来只不过是无病呻吟的忧伤词句。

宋

"少年不识愁滋味,爱上层楼。爱上层楼,为赋新词强说愁。"这就是辛弃疾回忆自己少年时代的感慨。当然"愁滋味"也化用了前人的词句,比如晏几道《两同心》词写过:"好意思、曾同明月,恶滋味、最是黄昏。"陈慥的《无愁可解》词说:"光景百年,看便一世,生来不识愁味。"黄公度的《菩萨蛮》词也有类似的句子:"眉尖早识愁滋味,娇羞未解论心事。"

在多愁善感的少年情怀中,又被注入了指点江山、恢复中原的激昂壮志,这又是辛弃疾独有的特点了!

少年时代是如此,如今又怎么样呢?"而今识尽愁滋味,欲说还休。欲说还休,却道天凉好个秋。"

写这首词的时候,当时的辛弃疾正当壮年,却不得不闲居在上饶,眼看着大好年华转瞬即逝,南宋朝廷在抗金战线上仍然毫无作为,朝廷内部的党争却持续不止。二十多年来,他已经尝尽人生的种种忧愁滋味,理想不断遭遇现实的残酷打压,愁绪已经积累得太深、太多,反而让他不知道该从何说起,该如何诉说,又该向谁诉说了。千言万语、千愁万绪只化为一句"好一个凉快的秋天"。

"欲说还休"是化用了李清照《凤凰台上忆吹箫》的句子:"生怕离怀别苦,多少事、欲说还休。"顺便说一句,辛弃疾也是李清照的忠实粉丝,他不仅常常化用李清照的词句,而且还有意识地模仿李清照的风格填词,比如他的《丑奴儿近》词题就标明是"博山道中效易安体",他学李清照用寻常俗语入词,营造出一种清新巧妙的意境。

"欲说还休,却道天凉好个秋。"看似平淡的一句话,却蕴含着辛弃疾最为深沉、最为悲凉、最为无奈的情绪,蕴含着他忧国忧民的深切感怀,也蕴含着他报国无门的忧愤之情。这种看尽人世沧桑、洞察人性脆弱的中年情怀,又岂是少年时期初生牛犊的无知无畏所能比拟的呢!

其实,与这首词表达的情怀相似的还有另一首词:

此生自断天休问,独倚危楼。独倚危楼,不信人间别有愁。　君来正是眠时节,君且归休。君且归休,说与西风一任秋。

这两首词表达的情绪是一致的:英雄末路,壮志难酬,只能被迫像陶渊明那样做一个归隐田园的隐士,万千愁绪化作一句"却道天凉好个秋""说与西风一任秋",悲秋情绪和人生感怀就这样融为了一体。在这样的句子中,我们没有看到那个驰骋沙场的勇士,只看到了一个和秋天一样、心情萧瑟的垂老词人,他的万千心事只能"欲说还休",万千理想却只能"君且归休"。

少年不识愁滋味,爱上层楼。爱上层楼,为赋新词强说愁。　而今识尽愁滋味,欲说还休。欲说还休,却道天凉好个秋。

俗话说时势造英雄,可是让英雄末路的,也往往是不可抗拒的时运。或许,这就是辛弃疾这首《丑奴儿》想要表达的主要情绪吧。

【拓展阅读】

吴世昌《词林新话》:

词本为抒情或应歌而作,至东坡而渐用以言志。此风经南宋而大畅,辛词遂以言志为主要内容。

宋

破阵子
辛弃疾

醉里挑灯看剑，梦回吹角连营。八百里分麾下炙，五十弦翻塞外声，沙场秋点兵。　马作的卢飞快，弓如霹雳弦惊。了却君王天下事，赢得生前身后名。可怜白发生！

从唐代的敦煌曲子词，到南宋的辛弃疾，词的历史已经走过了数百年。在这数百年中，通过那些词坛大家的文字，我们一起享受过风花雪月的浪漫，领略过亲情、友情的深厚，体会过时光流逝、季节轮回的忧伤，感受过人性关怀的温暖，也拥有过观照宇宙人生的哲学情怀。这一路走来，当我们回首过往，面对当下，凝望未来，不知道你是不是会和我一样，也有一份淡淡的感慨呢？

这首《破阵子》诠释的便是典型的辛弃疾式的豪迈慷慨。而且《破阵子》这个词调，就是唐宋时期较为少见的、具有豪迈风格的词调之一。所以，我们有必要先来聊一聊《破阵子》这个词调。

《破阵子》本是唐代教坊曲,根据宋代陈旸《乐书》的记载,唐代时候的《破阵乐》属于龟兹部,是秦王创制的大曲,当时歌舞演出的时候,规模达到了两千人,参演人员都穿着铠甲,挥舞着军旗,场面相当壮观。"秦王"就是唐太宗李世民,他的父亲李渊称帝后曾封李世民为秦王。我们也知道,李世民是一个军功赫赫的皇帝,他的江山是打下来的,既然《破阵乐》本来是属于军乐,尤其在军队仪仗或者某些重要军事演习活动中使用,可想而知,其曲调风格一定是颇为雄壮的。《破阵子》这个词调就是出自大曲《破阵乐》,它继承了军乐的慷慨激昂。辛弃疾这首《破阵子》描写的正是驰骋战场的英雄气质,可以说,词的主题内容与词调还是蛮契合的。

这首《破阵子》还有一个词题"为陈同甫赋壮词以寄之"。"陈同甫"就是辛弃疾的至交好友陈亮,"同甫"是陈亮的字。"赋壮词以寄之",说明辛弃疾是特意写了这首雄壮的战争词寄给陈亮。那么,他为什么要和陈亮来分享这首金石铿锵的"壮词"呢?在仔细解读这首词之前,我们有必要先来说说辛弃疾为陈亮写这首词的主要原因。

1181年,四十二岁的辛弃疾被罢职,随后就一直定居在江西上饶。陈亮是辛弃疾难得的知己,早在临安时他们就已经成了惺惺相惜的好朋友。他们同是豪放派词人,个性张扬豪迈,喜欢谈兵论法;他们持有相同的抗金主张,都以国事、天下事为己任,都曾经慷慨激昂地上书皇帝,纵论抗金北伐的策略,并且因此而名声大震。正因为他们毫不掩饰的抗金志向,直言不讳地屡屡上书劝谏,因而都被主和派打压排挤。辛弃疾被撤职退居江西上饶后,陈亮一直想找机会去看望他。一直到淳熙十五年(1188)冬天,陈亮特地赶到辛弃疾在上饶的新居,二人才

宋

终于实现了盼望已久的相聚。

这时候,北宋灭亡已逾60年,南宋形成了较为稳定的偏安局面,朝廷主和派占据了主导地位,尤其是在公元1164年(隆兴二年),宋金签订了隆兴和议,这是继秦桧主导的绍兴和议之后又一次极其屈辱的和议。南宋朝廷除了继续割地赔款之外,跟金朝的关系也由过去的称"臣"改为称"侄"。自此以后,宋朝送往金朝的国书,正式的格式就变成了这样:

侄宋皇帝昚,谨再拜致书于叔大金圣明仁孝皇帝阙下……

宋孝宗赵昚要自称名字,而金朝回复的国书只写"叔大金皇帝",不像宋朝一样还要署上皇帝的名字,国书上也不写"谨再拜",只写"致书于侄宋皇帝",皇帝前面不用尊号,不称"阙下"。两方的不平等从国书的格式上便可以看出来。可就是这样的不平等,太上皇赵构还沾沾自喜,觉得自己占了好大的便宜。因为以前绍兴和议签订的时候,赵构要对金国皇帝称臣,现在儿子赵昚称金国皇帝为叔叔了,"君臣"关系变成了"亲戚"关系,那自己不就是金国皇帝的大哥了吗?辈分一下子提高了,这不是占了大便宜吗?

隆兴和议再一次浇灭了抗金主战派涌动的激情,朝廷的不思进取,大臣们文恬武嬉的状态,让辛弃疾、陈亮这些爱国志士们扼腕痛惜。陈亮不顾自己身份的低微,冒险上书皇帝,历陈朝廷不可对敌人软弱,恳请皇帝励精图治、振兴国家。可是这篇历史上著名的《中兴五论》被朝廷置之不理。陈亮的屡次上书让朝廷的主和派十分忌惮,他因此遭到了严酷的排挤和打压。可是这一切都没有改变陈亮恢复中原的爱国志向,也因此,他和志同道合的辛弃疾成了至交好友。

陈亮来到上饶的时候，辛弃疾其实正卧病在床。可是好友的到来，让辛弃疾瞬间兴奋了起来。他与陈亮讨论国家大事常常到深夜还不觉疲倦，他带着陈亮流连在上饶的风景名胜，他们在鹅湖、瓢泉等地一起高歌痛饮，将他们对国事的担忧、对个人身世的悲愤都倾泻在酒杯之中、抒发在诗词之中。

然而，世上没有不散的筵席，陈亮在上饶待了十天，终于还是到了分别的时候。离去的那天，辛弃疾心中恋恋不舍，与陈亮挥手告别之后，他又很后悔没有多送陈亮一程。

辛弃疾是一个心里想什么马上就会付诸行动的人，第二天，他就沿着陈亮离去的路线快马加鞭地追了过去。可是时值冬天，等他追到鹭鸶林的时候，雪深泥滑，马匹无法再前行。他只好在鹭鸶林附近的方村独自喝了一夜的闷酒。

就在方村投宿的时候，他辗转反复难以入眠，这时，耳边远远地飘来了笛声。笛声的悲切激发了词人的创作激情，他挥笔写下了词史流芳的《贺新郎》（把酒长亭说）一词。所谓心有灵犀一点通，没想到只过了五天，陈亮就写信来索要辛弃疾的词。收到辛弃疾的词作后，陈亮感慨万分，立即用原韵和词一首。这样反复唱和了好几次，辛弃疾与陈亮酬唱的五首《贺新郎》轰动了南宋词坛。在这五首词中，辛弃疾与陈亮不仅把两人的友谊比作是古代伯牙和子期的知音之交，更把两人暂时的退隐比作是闻鸡起舞的祖逖与刘琨，无论他们曾经遭受到怎样不公平的待遇，一旦国家有难，他们都将毫不犹豫地挺身而出。

辛弃疾和陈亮深厚的友谊、共同的男儿志向不仅成为了南宋词坛的佳话，也曾经激发了辛弃疾创作这首《破阵子》的灵感与激情。

宋

醉里挑灯看剑,梦回吹角连营。八百里分麾下炙,五十弦翻塞外声,沙场秋点兵。

尽管这个时候辛弃疾已经被撤职,被迫闲居,可是他经常在愤懑的醉意中"挑灯看剑",仿佛在梦中又重新回到他的青年时代:那时,辛弃疾曾经率领着山东的起义军兄弟们在金军阵营里杀敌无数。

"八百里"是牛的名字,《世说新语》记载了关于八百里牛的一个故事:王君夫有一头牛,名字叫八百里驳,因为毛色驳杂,行进的速度非常快,可以日行八百里,所以叫作八百里驳。王君夫把他的牛看得非常宝贝,经常把牛的蹄子、牛角都打磨得光洁透亮,在宾客们眼前炫耀。有一次,王武子故意对王君夫说:"射箭的工夫我本来是比不上你的,不过今天我偏要和你比试比试,赌注就是你这头八百里驳宝贝牛,如果我输了,我就给你一千万钱。"王君夫的射艺确实要比王武子高,而且他心里还盘算,就算万一自己输了,王武子总不至于真把这么珍贵的宝贝牛给杀掉吧!

于是王君夫就答应了王武子的挑战,并且让王武子先射。没想到王武子一箭中的,并且立即命令左右,赶紧去取来牛心烤了吃。不一会儿工夫,牛心果然烤熟送了过来,王武子吃完烤牛心便扬长而去,只剩下王君夫目瞪口呆,半天没缓过神来,估计啊,他的心都要碎了。

王武子这种大嚼烤牛肉的豪迈作风居然还得到了后代不少诗人的崇拜。比如苏轼就写过这样的诗句:"要当啖公八百里,豪气一洗儒生酸。"(《约公择饮是日大风》)陈师道也在《秋怀十首》中说道:"壮哉八百里,一割探其心。"辛弃疾《破阵子》里的"八百里分麾下炙"用的正是这个典故,以此来展现战场将士的豪迈气度。

"五十弦翻塞外声。""五十弦"本来是指一种名为瑟的乐器,这里泛指军中乐器。

"醉里挑灯看剑,梦回吹角连营。八百里分麾下炙,五十弦翻塞外声,沙场秋点兵。"将烤熟的牛肉分给麾下勇猛的部将,军乐团奏出慷慨激越的边塞战歌,威武的将军在秋风中检阅千军万马,整装待发。

战场,那才是一个军人施展才华、保家卫国的地方。

如果说上阕写的是上战场前的"誓师大会",展示了将士们临上战场前的威武勇猛,那么下阕一开始就直接进入了战场上厮杀的场面:"马作的卢飞快,弓如霹雳弦惊。""的卢"是一种骏马的名字,相传当年刘备的坐骑就是的卢马,的卢马可以一跃三丈,曾经驮着刘备死里逃生。这里当然是泛指在战场上冲锋陷阵的骏马。战马像的卢马一样飞驰,离弦之箭像霹雳惊雷一般射向敌军,让敌人闻风丧胆。

辛弃疾和陈亮都渴望着能够驰骋疆场,消灭敌人,收复沦陷的国土,挽救处于水深火热中的老百姓,建功立业,报效国家和君王:"了却君王天下事,赢得生前身后名。"可惜的是,南宋王朝只剩下半壁江山,朝廷的主事者却并没有收拾旧山河的意思,像辛弃疾、陈亮这样的英雄志士遭到猜忌,一直被排挤。眼看着鬓生白发,大好的青春年华迅疾消逝,抗金北伐的大好机会也一再丧失,怎不令英雄扼腕,壮士痛惜!

结尾一句"可怜白发生",让此前所有雄壮的词句突然转为沉痛与悲凉,情绪的巨大落差让人不由得长叹三声,为末路英雄再掬一捧清泪!

醉里挑灯看剑,梦回吹角连营。八百里分麾下炙,五十弦翻塞外

宋

声,沙场秋点兵。　马作的卢飞快,弓如霹雳弦惊。了却君王天下事,赢得生前身后名。可怜白发生!

"了却君王天下事,赢得生前身后名。可怜白发生!"理解了辛弃疾和陈亮的上饶鹅湖之会,我们才能深刻理解,辛弃疾在上饶的闲居生活,看上去从容悠闲,可实际上,面对破碎的山河、破碎的理想,他的内心深藏着何等的苍凉与悲愤!

【拓展阅读】

辛弃疾《贺新郎》

陈同父自东阳来过余,留十日。与之同游鹅湖,且会朱晦庵于紫溪,不至,飘然东归。既别之明日,余意中殊恋恋,复欲追路。至鹭鹚林,则雪深泥滑,不得前矣。独饮方村,怅然久之,颇恨挽留之不遂也。夜半投宿吴氏泉湖四望楼,闻邻笛悲甚,为赋《贺新郎》以见意。又五日,同父书来索词,心所同然者如此,可发千里一笑。

把酒长亭说。看渊明、风流酷似,卧龙诸葛。何处飞来林间鹊,蹙踏松梢微雪。要破帽、多添华发。剩水残山无态度,被疏梅、料理成风月。两三雁,也萧瑟。　佳人重约还轻别。怅清江、天寒不渡,水深冰合。路断车轮生四角,此地行人销骨。问谁使、君来愁绝?铸就而今相思错,料当初、费尽人间铁。长夜笛,莫吹裂。

陈亮《贺新郎·寄辛幼安和〈见怀〉韵》

老去凭谁说?看几番、神奇臭腐,夏裘冬葛。父老长安今余几?后死无仇可雪。犹未燥、当时生发!二十五弦多少恨,算世间、那有平分月。胡妇弄,汉宫瑟。　　树犹如此堪重别。只使君、从来与我,话头多合。行矣置之无足问,谁换妍皮痴骨?但莫使、伯牙弦绝。九转丹砂牢拾取,管精金、只是寻常铁。龙共虎,应声裂。

辛弃疾《贺新郎·同父见和,再用韵答之》

老大那堪说。似而今、元龙臭味,孟公瓜葛。我病君来高歌饮,惊散楼头飞雪。笑富贵千钧如发。硬语盘空谁来听?记当时、只有西窗月。重进酒,换鸣瑟。　　事无两样人心别。问渠侬、神州毕竟,几番离合?汗血盐车无人顾,千里空收骏骨。正目断、关河路绝。我最怜君中宵舞,道"男儿、到死心如铁"。看试手,补天裂。

陈亮《贺新郎·酬辛幼安,再用韵见寄》

离乱从头说。爱吾民、金缯不爱,蔓藤累葛。壮气尽消人脆好,冠盖阴山观雪。亏杀我、一星星发。涕出女吴成倒转,问鲁为齐弱何年月?丘也幸,由之瑟。　　斩新换出旗麾别。把当时、一桩大义,拆开收合。据地一呼吾往矣,万里摇肢动骨。这话把、只成痴绝!天地洪炉谁扇鞲?算于中、安得长坚铁。洰水破,关东裂。

陈亮《贺新郎·怀辛幼安,用前韵》

话杀浑闲说。不成教、齐民也解,为伊为葛。樽酒相逢成二老,却忆去年风雪。新著了、几茎华发。百世寻人犹接踵,叹只今、两地三人月。写旧恨,向谁瑟?　　男儿何用伤离别。况古来、几番际会,风从云合。千里情亲长晤对,妙体本心次骨。卧百尺、高楼斗绝。天下适安耕且老,看买犁卖剑平家铁。壮士泪,肺肝裂。

南乡子

辛弃疾

何处望神州？满眼风光北固楼。千古兴亡多少事，悠悠，不尽长江滚滚流。　年少万兜鍪，坐断东南战未休。天下英雄谁敌手？曹刘。生子当如孙仲谋。

《南乡子》是唐代教坊曲名，在敦煌卷子中保存有舞谱，说明这个词调原本应该是舞曲。陈元龙注《片玉集》云："晋国高士全隐于南乡，因以为氏也（号南子）。"这就是《南乡子》调名所本了。《花间集》中收录了十八首《南乡子》，吟咏的都是南方风物，说明早期的《南乡子》词确实是带有鲜明的地域特色。

辛弃疾的这首《南乡子》，词题为"登京口北固亭有怀"，标明了这首词创作的地方"京口"，也即今镇江。

我是专程去过镇江的，还特意去寻找了王安石笔下的"京口瓜洲一水间，钟山只隔数重山"。我在扬州历尽波折找到了瓜洲古渡，白居易的《长相思》里也写到过:"汴水流,泗水流。流到瓜洲古渡头。"瓜洲古渡就在长江边上,古代曾是非常繁华的交通要地,现在当然已经废弃不用了,只是作为一个历史古迹隐藏在庭院深深之处。当时我是冲着白居易与王安石的诗词才想着要去寻找瓜洲古渡的。比起扬州的瘦西湖、大明寺、东关街这些大名鼎鼎的景点,瓜洲古渡简直是被遗忘了的角落,显然人迹罕至。我问遍了出租车司机都弄不清瓜洲古渡在哪里,最后还是靠导航引导着到了附近,然后又问了好几个人,才终于找到了隐藏得很深的瓜洲古渡。

从瓜洲古渡出来,我又找到现在的长江码头,上了轮渡,不过二十来分钟,就从扬州来到了镇江。镇江城北有北固山,它下临长江,三面临水,山势奇绝,地势险固,故得名北固山,山上建有北固楼,又名北固亭。在北宋的时候,瓜洲和镇江固然只有一水之隔,现在的扬州、镇江也只是一水之隔,几十分钟的航程,来来往往十分方便。可是不要忘了,辛弃疾生活的时代是南宋,在那个时候,镇江北固亭却是重要的军事重地之一。

南宋乾道五年(1169),守臣待制陈天麟曾经补建了北固楼,并且写下《重建北固楼记》,其中有这样的句子:"兹地控楚负吴,襟山带江,登高北望,使人有焚龙庭、空漠北之志。神州陆沈殆五十年,岂无忠义之士奋然自拔,为朝廷快宿愤,报不共戴天之佳谁,而乃甘心恃江为固乎?则予是亭之复,不特为登览也。"

这段记文说明陈天麟修复扩建北固亭的时候,北宋灭亡已四十多年,所以他说"神州陆沈殆五十年"。国家灭亡,徽宗、钦宗二帝被俘虏,"靖康耻,犹未雪",这是宋人不共戴天之仇啊!当忠义之士登上北

宋

固亭,放眼望去,看到北方大片沦陷土地的时候,难道就没有报仇雪恨的雄心壮志吗!因此,陈天麟扩建北固亭,不是为了登览秀美江山,而是为了提醒爱国志士们不要忘记国家的深仇大恨,也提醒后继者,要为北伐恢复的共同目标而奋斗。

辛弃疾,就正是陈天麟所殷切盼望的那种"忠义之士"。

嘉泰四年(1204),辛弃疾登上北固亭,他放眼北望神州大地——如今已沦陷多年的中原,"满眼风光"映入他的眼帘。"何处望神州?"这首词以设问开篇,以"满眼风光北固楼"作答,既表明"望"的地点,又结合北固楼的地理位置含蓄表达出无限感慨。

如果是一般的登览诗词,接下来应该饱蘸笔墨描写词人在北固亭上欣赏到的壮美河山,可是,辛弃疾偏偏没有按常理接着来一番风景描写,而是宕开一笔,突然来了一句"千古兴亡多少事",迅速将他看到的"满眼风光"尽化为对历史兴亡的无限感慨——站在北固亭上,千古兴亡的事件就像一幅长长的历史画卷,在他眼前悠悠地延展开来,那些曾经在这里叱咤风云的历史人物也从这幅"画卷"中一一闪现。

历史太悠远,人物太丰富,故事太繁多,它们就像不尽长江一样在词人眼前奔流不息。"不尽长江滚滚流"既是词人在北固亭上看到的眼前实景,同时也蕴含着历史风云如滚滚长江滔滔东逝的无限感慨。

杜甫《登高》诗中也有过"不尽长江滚滚来"的诗句,在诗人、词人笔下,长江东逝仿佛是亘古不变的自然景观,可这从古流到今的长江水,究竟见证了多少千古兴衰的历史事件?不变的"满眼风光",变幻的"千古兴亡",熔铸成了词人此时此地的无限感慨。

喜欢用典、擅长用典是辛弃疾词的一个重要特点,他常常在一首词中连用多个典故，因此甚至被人戏评为"掉书袋"。这首《南乡子》虽然是一阕小令，篇幅短小，但辛弃疾依然做到了几乎无一句无来历。尤其是词的下阕，词人在这幅漫长的历史画卷和千古兴亡中聚焦了一个历史人物——孙权。

孙权是辛弃疾十分佩服的一个英雄人物，他在《永遇乐·京口北固亭怀古》中也写过："千古江山，英雄无觅，孙仲谋处。"孙权，字仲谋，继承其父孙坚和兄长孙策的基业，并正式称帝，建立吴国，曾将治所迁至丹徒（今属镇江），号曰"京城"，后再迁都建业（今南京），将镇江改名为京口镇。"年少万兜鍪"便是描绘孙权的英雄形象：兜鍪本意是士兵戴的头盔，这里代指兵士。少年时代的孙权就已指挥千军万马在战场上纵横驰骋，往来不败。

"坐断"即占据的意思，在群雄逐鹿的东汉末年，孙权占据江东，一手开创了一度非常强盛的吴国，号称东吴大帝，几次大战显示出其过人的战略智慧。他不断征战四方，战功赫赫，当时逐鹿天下的英雄人物中能与他抗衡的也只有曹操和刘备，三分天下的局面由此形成。

"生子当如孙仲谋"借用了曹操的一句感慨。建安十八年（213），曹操亲率大军出濡须（今安徽芜湖无为县北），意图一洗赤壁战败的前耻。孙权以水军围攻，俘虏三千余人，曹军中溺水淹死的也有数千人。孙权数度派人挑战，曹操只能坚守不出，于是孙权亲自乘轻船从濡须口进入探察敌情，曹操军中诸将都以为是孙权派来挑战的将领，准备迎击，只有曹操判断说："这一定是孙权本人，想要亲自考察一下我军阵势啊！"孙权的军队人数虽然远远少于曹军，但阵容整齐肃然，训练有素，孙权的治军智慧与胆量让曹操佩服不已，他不由得感叹："生子

宋

当如孙仲谋。刘表的儿子和孙仲谋比起来,简直就像猪狗一般了。"

看来,辛弃疾虽然自负英雄一世,其实他也是有自己衷心钦佩的偶像的,他的"爱豆"(偶像)就是有勇有谋、胆识过人的孙权,因此"孙仲谋"才成为了他笔下屡屡出现的英雄形象。

《南乡子》解释到这里,也许你会问:辛弃疾为什么会来到京口北固亭,并且写下这首咏史感怀的作品呢?

要回答这个问题,得把时光回溯到一年前,也就是南宋宁宗嘉泰三年(1203),前前后后闲居近二十年的辛弃疾忽然再次被朝廷起用——任绍兴知府兼浙东安抚使。嘉泰四年(1204)正月,宋宁宗亲自召见辛弃疾,询问他北伐抗金的有关细节——北伐抗金,收复中原,统一国家,这是辛弃疾毕生追求的理想。

爱国诗人陆游还曾专门写过一首诗送给他《送辛幼安殿撰造朝》,他在诗中把辛弃疾比作是像管仲、萧何一样的将相良才,他写道:"大材小用古所叹,管仲萧何实流亚。"陆游希望辛弃疾不要介意过去朝廷对他的冷落和排斥,希望他勇于担负起恢复神州的大任,还告诫他不要仓促应战,同时还要提防那些小人们乘机陷害。

可见,陆游和辛弃疾在抗战北伐这件大事上是完全一致的,而且在思想上也是做了充分准备的。

辛弃疾对这次召见也寄予了无限厚望,他慷慨激昂地对宋宁宗说:"夷狄必乱必亡,愿付之元老大臣,务为仓猝可以应变之计。"(李心传《建炎以来朝野杂记》)

辛弃疾这一番召对至少包含了三大信息:

第一,"必乱必亡"。他理性分析宋金对峙的形势,金朝在内忧外患的层层紧逼下已是日薄西山,摇摇欲坠。他希望南宋朝廷打破自靖康以来普遍患上的"恐金症",树立抗金必胜的信心。

第二,"愿付之元老大臣"。抗金北伐大业应该交由经验丰富的元老重臣指挥,应慎重选择主将。这个时候,辛弃疾已经六十五岁了,他历经南宋高宗、孝宗、光宗、宁宗四朝,有丰富的前线作战经验,显然辛弃疾是将自己包括在"元老重臣"之列的。他在那首有名的《永遇乐·京口北固亭怀古》中也曾写道:"凭谁问:廉颇老矣,尚能饭否?"他将自己比作先秦时赵国的老将廉颇,表示年纪虽老、壮志犹存的胆识与魄力。

第三,"务为仓猝可以应变之计"。尽管辛弃疾渴望北伐收复中原,但他更知道,战争不可能一蹴而就,而必须经过周全的策划、筹备,决不能急功近利,仓促挑起战争。

这年三月,辛弃疾被派到镇江担任知府。镇江是宋金对峙的前沿,军事地位极其重要。辛弃疾一到镇江,立即着手开始进行北伐的各项准备工作。在镇江备战期间,辛弃疾曾多次登上长江边的北固山勘察形势,并写下了这首咏史名作《南乡子》。

"年少万兜鍪,坐断东南战未休。天下英雄谁敌手?曹刘。生子当如孙仲谋。"从这首《南乡子》的慷慨气势来看,此时的辛弃疾,虽然已是六十五岁高龄,却依然壮志凌云,对北伐恢复中原的英雄功业充满了信心。

然而,令英雄扼腕的是,此次北伐的主导者韩侂胄并非辛弃疾所期许的那种沉稳智慧的"元老大臣",甚至韩侂胄发动北伐的动机也并不全是为了国家恢复大计,而是掺杂了私心——韩侂胄的侄女就是宁宋

宗的皇后,因此韩侂胄是以外戚的身份手握重权,为了巩固自己的政治地位,他急于干几件大事来树立威信。只是可惜得很,大权在握的韩侂胄最终辜负了大家的期望。他虽然有心恢复,但却是个志大才疏之人,而且更要命的是他的旗下大多是纨绔子弟,他们以为北伐是儿戏,建功立业唾手可得呢。他们哪里等得及让辛弃疾这样的"元老大臣"做好充分的战备,对敌情进行深入的探察与了解呢?

于是,没过多久,辛弃疾因与韩侂胄战略不合,又一次被安上"好色贪财"的罪名,于开禧元年(1205)秋归铅山。这一年,辛弃疾六十六岁。

开禧二年(1206),在根本没有准备充分的情况下,韩侂胄就匆匆发动了北伐战争。果然如辛弃疾所预料的那样,这场由南宋朝廷发起的战争,因为过于仓促草率而遭遇惨败。这次惨败的结局,是南宋朝廷再一次向金人求和。

"何处望神州?满眼风光北固楼。千古兴亡多少事,悠悠,不尽长江滚滚流。"前人曾经这样评价辛弃疾的词:"辛稼轩当弱宋末造,负管(仲)、乐(毅)之才,不能尽展其用,一腔忠愤,无处发泄……故其悲歌慷慨,抑郁无聊之气,一寄之于其词。"(徐釚《词苑丛谈》引黄梨庄语)明明身负管仲、乐毅那样出将入相的大才,却生于南宋弱世,被猜忌、被排挤不得重用,一腔忠愤之情只能发泄在他的词作中,这首《南乡子》堪称辛弃疾这类"悲歌慷慨"之作的代表。

何处望神州?满眼风光北固楼。千古兴亡多少事,悠悠,不尽长江滚滚流。　年少万兜鍪,坐断东南战未休。天下英雄谁敌手?曹刘。生子当如孙仲谋。

嘉泰四年(1204),当六十五岁的辛弃疾知镇江府,登北固山北固亭纵览神州风光,考察敌军形势的时候,这是他最后一次出山,也是他最后一次实现北伐理想的机会,然而韩侂胄等人的急功近利让他的理想再次破灭了。"千古兴亡多少事,悠悠,不尽长江滚滚流。"辛弃疾的身影也终于消逝在滚滚长江般的历史长河之中,但他的文字穿越千百年至今依然铿锵有力,激昂回荡。

【拓展阅读】

谢章铤《赌棋山庄词话》:

学稼轩,要于豪迈中见精致。近人学稼轩,只学得莽字、粗字,无怪阑入打油恶道。试取辛词读之,岂一味叫嚣者所能望其项踵。蒋藏园为善于学稼轩者。稼轩是极有性情人,学稼轩者,胸中须先具一段真气、奇气,否则虽纸上奔腾,其中俄空焉,亦萧萧索索如牖下风耳。

宋

永遇乐

辛弃疾

千古江山,英雄无觅,孙仲谋处。舞榭歌台,风流总被,雨打风吹去。斜阳草树,寻常巷陌,人道寄奴曾住。想当年,金戈铁马,气吞万里如虎。　　元嘉草草,封狼居胥,赢得仓皇北顾。四十三年,望中犹记,烽火扬州路。可堪回首,佛狸祠下,一片神鸦社鼓。凭谁问:廉颇老矣,尚能饭否?

辛弃疾的这首《永遇乐》应该是大家最熟悉的作品之一了,因为我记得中学语文课本选录了这首词,并且还要求是要背诵的。这首词不仅我们很熟悉,也是辛弃疾自己的得意之作。

我曾经说过,辛弃疾词有一个很重要的特点就是千变万化,好像就没有辛弃疾驾驭不了的风格。尽管这样,我还是觉得这首《永遇乐》最能代表辛弃疾的主体风格和词作个性。首先,这首词的主题就是抗金北伐、收复中原、统一国家,非常符合我们对辛弃疾"爱国词人"这个

身份的定位;其次,这首词的风格慷慨豪迈,也非常符合我们对辛弃疾"豪放派"词人代表的身份定位;最后,除了豪放之外,这首词的创作技巧里面还包含了辛弃疾最重要的一个特点,那么,这是一个什么样的特点呢?

在公布答案之前,我先讲一个和这首词相关的小故事,答案就包含在这个故事里面。

这个故事是一个叫岳珂的人首先讲出来的。岳珂这个名字我们可能不太熟,可是说起他的爷爷,那就无人不知无人不晓了:岳珂就是岳飞的孙子,他的父亲是岳飞的第三个儿子岳霖。岳飞被杀害时,岳霖才十二岁。

或许正是因为这层出身的关系,辛弃疾非常看重岳珂,虽然岳珂比辛弃疾年轻四十多岁,但辛弃疾还是将他视为忘年之交,两个人一度交往很频繁。

据岳珂说,辛弃疾每次聚会都会让家中的歌女演唱他填的词,而且他最喜欢的词调是《贺新郎》,其中有几句是辛弃疾经常挂在嘴边,一边吟诵一边自我陶醉的,这几句词是,"我见青山多妩媚,料青山见我应如是",还有"不恨古人吾不见,恨古人不见吾狂耳"。每次吟诵完,辛弃疾都拍着大腿大笑不止,还一定要回头问席上的宾客:"你们觉得我写得怎么样啊?"

客人们哪里会扫他的兴呢!当然是异口同声地说:"写得好!""太棒了!"

后来辛弃疾写了这首《永遇乐》之后,自我感觉就更好了,觉得这么好的词不好好在"朋友圈"里面晒一晒简直埋没了。于是他又专门宋

邀了一局,让歌女们在宴会上反复演唱,自己还很陶醉地跟着打节奏。这一回,他不是笼统地问客人们"我的词写得怎么样啊",而是轮流一个一个地问客人,还不允许客人们敷衍地赞美,必须一个个指出这首词里还有哪些瑕疵,还有哪些可以修改完善的地方。

客人们被逼得没办法了,只好言不由衷地找一两点不痛不痒的小"毛病",辛弃疾却不满意客人们的敷衍,挥着扇子继续环顾四周,气氛着实尴尬。这个时候反而是岳珂初生牛犊不怕虎,赶紧出来打圆场,他慨然站起来说:"我年纪轻,不敢随便议论您的大作。只是当年范文正公(范仲淹)曾经为他写的《严陵祠记》以千金求一字之易。现在晚辈不才,有一点小小的疑问,不知当不当说?"

辛弃疾一听很高兴,赶紧请岳珂把话说完。于是岳珂说:"您这首新作啊,写得很好,晚辈就是觉得掉书袋掉得太厉害了点儿。"

辛弃疾一听,"大喜",亲自给岳珂斟上酒,还对在座的客人说:"这位后生才真是一针见血,说中了我最大的毛病啊!"

于是辛弃疾把自己关在家里,又把这首词仔细琢磨修改了几十遍。由此可见,辛弃疾虽然性情豪爽粗犷,可是对待创作和学问却一丝不苟、从善如流、极其严谨。

故事讲完了,不知道你有没有听出来,这个小故事提到的辛弃疾词,最明显的一个特点是什么呢?那就是岳珂所说的"新作微觉用事多耳"。"用事多"的意思就是掉书袋掉得太厉害,历史典故引用得太多啦。

喜欢用典,的确是辛弃疾词创作最重要的特点之一。而且和其他的词人不一样,其他词人通常是化用唐诗中的名句,但辛弃疾却是"驱使《庄》《骚》、经、史,无一点斧凿痕"。也就是说,古人的经典名作,没有辛弃疾不敢用、不会用、不能用的。辛弃疾虽然是武人出身,可是他读的书是真多,记性也是真好,再加上他还那么勤奋,因此他填词善于用典故。他典故用得多,那可是唐宋词人里面出了名的。

我记得当年我考博士的时候,有一道题就和辛弃疾的用典有关:题面是一首辛弃疾的词,题目要求将词中所有的典故一一标出来,并且注明这个典故是出自哪本典籍,原文是怎么说的……这次考试对我影响太深,以至于我后来再读辛弃疾的词,首先关注的,就是他在词中又用了多少历史典故。

那么,这首《永遇乐》用了多少典故,这些故事又分别表达了什么样的情感呢?我们不妨先把故事一个一个拎出来。

"千古江山,英雄无觅,孙仲谋处。舞榭歌台,风流总被,雨打风吹去。"第一个故事和孙仲谋有关,孙仲谋就是东吴大帝孙权了。前面我在讲辛弃疾《南乡子》的时候,就讲到了辛弃疾对孙权的崇拜:"天下英雄谁敌手?曹刘。生子当如孙仲谋。"

顺带强调一下,这首《永遇乐》和前面讲到的《南乡子》大致是同一时期创作的。嘉泰四年(1204),六十五岁的辛弃疾被重新启用,任命为镇江知府。因此,这两首词都是这一时期在镇江北固山北固亭上的怀古讽今之作。

《南乡子》作于1204年,《永遇乐》则是写于第二年,也就是开禧元年(1205)。这一年,辛弃疾六十六岁了。

"千古江山,英雄无觅,孙仲谋处。舞榭歌台,风流总被,雨打风吹去。"孙权当年称帝,建立吴国,曾将治所迁至丹徒(今属镇江),号曰

宋

"京城"。江山纵然千古不灭,可风流人物当年成就的英雄霸业,如今又能到哪里去追寻呢?

第二个故事和南朝宋武帝刘裕有关。刘裕字德舆,小字寄奴,先祖世居京口,后来他取代东晋政权称帝,成就霸业,就是从京口开始的。"斜阳草树,寻常巷陌,人道寄奴曾住。想当年,金戈铁马,气吞万里如虎。"刘裕当年曾经两度挥戈北伐,先后消灭南燕、后秦,收复洛阳、长安。作为一个开国皇帝,金戈铁马、睥睨群雄,那是何等的豪迈气概!

上阕引用的两个历史典故,孙权和刘裕,一个称雄江左,一个北定中原,都是锐意进取的英雄人物,也都曾经在京口建立过不世功勋。如果说苏轼赤壁怀古的时候,曾经感叹"大江东去,浪淘尽、千古风流人物",那是在悲凉中蕴含着一种旷达和超脱;而辛弃疾在京口北固亭怀古,却更加凸显出对英雄的执着追慕,他始终不放弃对英雄的追觅,因为他自己,就想再现当年英雄的辉煌。

"千古江山,英雄无觅,孙仲谋处。舞榭歌台,风流总被,雨打风吹去。斜阳草树,寻常巷陌,人道寄奴曾住。想当年,金戈铁马,气吞万里如虎。"上片怀古,下片将怀古之幽情拉回到了现实。京口作为南宋与金对峙的军事要塞,辛弃疾镇守在这里,又应该如何作为呢?

首先,要避免重蹈仓促应战的历史覆辙。"元嘉草草,封狼居胥,赢得仓皇北顾。"这里要说到第三个历史典故了。"元嘉",是刘裕的儿子南朝宋文帝刘义隆的年号。"封狼居胥"讲的是汉代骠骑将军霍去病,霍去病当年追击匈奴,匈奴左贤王失败逃遁,霍去病于是在狼居胥封山记功而还。封,就是筑台祭天,将功劳汇报给上天的意思。狼居胥山,在今天内蒙古的西北部。

"元嘉草草,封狼居胥,赢得仓皇北顾。"这几句是说刘义隆想要效仿当年的霍去病,北伐立功,可是仓皇出战,意图侥幸的最终结果是惨败。他曾三次北伐,都没有成功,特别是元嘉二十七年(450),宋文帝北伐再度失败,北魏太武帝拓跋焘乘胜大举南侵,一直追到了长江边。宋文帝曾经登楼北望,悔恨不已。

由此可见,辛弃疾虽然终生都以抗金北伐为奋斗理想,可他并不是一个急功近利的人,他用刘义隆草草北伐招致惨败的历史教训告诫南宋统治者,尤其是这一次的北伐统帅韩侂胄:抗金北伐当然是终极目标,但切不可贸然轻进,以免遗恨终生啊!

"四十三年,望中犹记,烽火扬州路。""四十三年"仍然是写实,辛弃疾二十三岁的时候从山东回归南宋,到他六十六岁这一年,已经过去四十三年了。因此这一句其实还包含着他总结平生的意味。这四十三年来,他何曾有一刻忘记过抗金北伐的理想呢!"四十三年,望中犹记,烽火扬州路。"京口的对岸就是扬州,北宋灭亡之后,金兵又好几次南侵扬州,曾经的繁华都会几乎成了一片废墟,姜夔《扬州慢》词描述的就是扬州被洗劫之后的荒凉景象:"自胡马窥江去后;废池乔木,犹厌言兵。渐黄昏,清角吹寒,都在空城。"

"四十三年,望中犹记,烽火扬州路。"四十三年的绵延烽火,带给国家的是满目疮痍,带给自己的则是刻骨铭心的悲愤。可是南宋朝廷上上下下,还会不会牢记亡国的耻辱呢!"暖风熏得游人醉,直把杭州作汴州。"历史尘封了悲伤,时间消磨了意志,辛弃疾分明从朝野上下宋

文恬武嬉的状态中看到了一种可怕的懈怠："可堪回首,佛狸祠下,一片神鸦社鼓。"

第四个历史典故出现了。"佛狸",是后魏太武帝拓跋焘的小名。元嘉二十七年,拓跋焘追击宋文帝刘义隆一直追到长江边,还在瓜步山(在今江苏六合)建立了行宫,这就是后来的佛狸祠了。

"可堪回首,佛狸祠下,一片神鸦社鼓。"写这首《永遇乐》的时候,正逢社日,在这个祭祀的日子里,当词人回首历史,听到的竟是佛狸祠震耳的鼓声,看到的是在神庙中抢夺祭品的乌鸦。人们沉浸在暂时的太平之中,抗金意志越来越薄弱,谁还会记得曾经的国耻、历史的教训呢?

正是在这样历史与现实的强烈对比之中,辛弃疾才掏心掏肺地喊出了他的满腔热望："凭谁问:廉颇老矣,尚能饭否?"

第五个典故就是历史上的名将廉颇了。六十六岁的辛弃疾,将自己比作是战国时期赵国老将廉颇。当年秦赵交战,赵王派人去看廉颇是否还能领兵打仗,可是廉颇的仇人郭开生怕廉颇东山再起,于是重金贿赂了那个人。他回来对赵王汇报说："廉将军虽然老了,但一顿饭可以吃一斗米、十斤肉,还能披甲上马。可是他和微臣才坐了一会儿,就去了三趟厕所。"言下之意是,廉颇身体不行啦,赵王最终没有重新启用廉颇。

"凭谁问:廉颇老矣,尚能饭否?"辛弃疾以廉颇自居,强烈地表达出烈士暮年壮心不已的慷慨志气。然而这样的反问中也暗含着深切的忧虑和愤慨不平。当年的廉颇尚有赵王问起,而自己呢,恐怕是连过问的人也没有了吧,纵然有万丈雄心,又有谁会重视呢?

辛弃疾的担忧并非杞人忧天,因为就在这年秋天,六十六岁的辛弃疾再度被罢官。辛弃疾归田以后,韩侂胄北伐果然如辛弃疾所预料的那样,因为过于仓促草率而遭遇惨败:"元嘉草草,封狼居胥,赢得仓皇北顾。"历史的教训再次惨痛上演。这次惨败的结局是南宋朝廷再一次向金人求和。

这一次,金人以索取权臣韩侂胄的脑袋为议和条件。韩侂胄勃然大怒,准备再次对金朝用兵,而且又想到了请辛弃疾再次出山,以壮军威。但是,这一次,辛弃疾再也不能豪迈应征了。1207年,这也是辛弃疾生命的最后一年,在这年的秋天,六十八岁的辛弃疾抱恨长眠。在他临终前的一刻,他强撑起病体拼尽全力大喊三声:"杀贼!杀贼!杀贼!"这是他留在这个世界上最后,也是最顽强的心声!

千古江山,英雄无觅,孙仲谋处。舞榭歌台,风流总被,雨打风吹去。斜阳草树,寻常巷陌,人道寄奴曾住。想当年,金戈铁马,气吞万里如虎。　　元嘉草草,封狼居胥,赢得仓皇北顾。四十三年,望中犹记,烽火扬州路。可堪回首,佛狸祠下,一片神鸦社鼓。凭谁问:廉颇老矣,尚能饭否?

这首词虽然使用了很多历史典故,但辛弃疾以豪迈的才气、浓烈的情感,纵横在历史与现实之间,历史智慧与英雄悲情交错其中,不仅不会让人感到晦涩隔膜,反而让人产生悲歌慷慨之情。

【拓展阅读】

辛弃疾《贺新郎》

邑中园亭,仆皆为赋此词。一日,独坐停云,水声山色,竞来相娱。

宋

意溪山欲援例者,遂作数语,庶几仿佛渊明思亲友之意云。

  甚矣吾衰矣。怅平生交游零落,只今余几?白发空垂三千丈,一笑人间万事。问何物能令公喜?我见青山多妩媚,料青山见我应如是。情与貌,略相似。 一樽搔首东窗里。想渊明《停云》诗就,此时风味。江左沉酣求名者,岂识浊醪妙理?回首叫云飞风起。不恨古人吾不见,恨古人不见吾狂耳!知我者,二三子。